태국·미얀마 설화

부처와 보살의 나라, 그곳에서 전해온 믿음과 깨달음의 이야기들

건국대 서사와문학치료연구소
다문화 구비문학대계 3

태국·미얀마 설화
부처와 보살의 나라, 그곳에서 전해온 믿음과 깨달음의 이야기들

2022년 5월 10일 초판 인쇄
2022년 5월 15일 초판 발행

지은이   신동흔 외
펴낸이   이찬규
펴낸곳   북코리아
등록번호   제03-01240호
전화   02-704-7840
팩스   02-704-7848
이메일   ibookorea@naver.com
홈페이지   www.북코리아.kr
주소   13209 경기도 성남시 중원구 사기막골로 45번길 14
            우림2차 A동 1007호
ISBN   978-89-6324-853-0 (94810)
            978-89-6324-850-9 (세트)

값 13,000원

건국대 서사와문학치료연구소
다문화 구비문학대계 3

태국·미얀마 설화

부처와 보살의 나라, 그곳에서 전해온
믿음과 깨달음의 이야기들

신동흔 박현숙 김정은 오정미
조홍윤 김영순 황혜진 강새미
김민수 김자혜 김현희 엄희수
이승민 이원영 한상효 황승업

북코리아

머리말 : 현장에서 만난 1,364편의 생생한 이야기

　　캄보디아, 베트남, 필리핀, 중국, 일본, 인도, 카자흐스탄, 에스토니아, 브라질….

　　세계 여러 나라에서 온 이주민 화자들이 한국어로 구술하는 설화들을 들으면서 마치 꿈속의 한 장면에 들어와 있는 듯했다. 그들의 입에서 가지각색 설화들이 술술 흘러나오고 있는 광경이 거짓말 같았다. 책에서나 볼 수 있었던, 아니 책으로도 볼 수 없었던, 깊은 재미와 의미가 차락차락 우러나는 원형적 이야기들! 그 보물 같은 이야기들을 현장에서 만날 수 있다는 것은 최고의 축복이었다.

　　한국에 이주해서 생활하는 외국 출신 제보자들을 대상으로 한 설화 조사를 계획하면서 기대보다는 걱정이 컸다. 한국과 달리 설화 문화가 유지되고 있어서 구전설화를 기억하고 전해줄 수 있으리라는 기대가 있었지만, 30~50대가 주축을 이루는 제보자들이 설화를 오롯이 구연할 수 있을지 의문이었다. 모국어가 아닌 한국어로 구술해야 하는 상황이라서 더 그랬다. 한국생활이 쉽지 않을 이주민들이 선뜻 마음을 열어줄까 하는 걱정도 없지 않았다.

　　결과는 기대 이상이었다. 수많은 이주민 제보자들이 기꺼이 자국 설화 구연에 나서 주었다. 모국의 이야기와 문화를 알린다고 하는 책임감과 자부심이 주요 동기였지만, 그들은 곧 설화 구연이 매우 즐겁고 유익한 일이라는 사실을 깨달았다. 그들은 한 명의 문학적 주체가 되어서 자신이 아는 이야기들을 성심성의껏 들려주었다. 고향에 계신 어른들에게 연락해서 묻거나 숨은 자료를 찾아서 구연해 주기도 했다.

　모든 이야기는 책이나 자료를 읽어주는 형태가 아니라 내용을 기억하고 새겨서 말로 구술하는 형태로 조사를 수행했다. 마음으로 기억해서 재현한 것이라야 화소(話素)와 스토리가 살아있는 진짜 구비문학 자료가 되는 것이기 때문이다. 제보자들이 구술로 전해준 이야기들 속에는 실제로 구비문학적 힘이 생생히 깃들어 있다. 재미있고 의미심장하며, 현장감이 넘친다. 그 언어는, 살아 있다.

　조사 과정에서 이야기를 들으면서 놀란 적이 한두 번이 아니다. 이주민 제보자들은 평균적인 한국 사람들보다 훨씬 이야기를 잘했다. 한 사람이 수십 편의 설화를 유려하게 구술한 사례가 여럿이며, 한 편의 설화를 30분 이상 완벽하게 구연한 경우도 꽤 많았다. 캄보디아의 킴나이키 제보자 같은 경우는 한 편의 설화를 2시간에 걸쳐 생생하게 구연하기도 했다. 한국의 유력한 이야기꾼들에게서도 좀처럼 보기 어려운 모습이다.

　10여 명으로 구성된 조사팀이 만 3년에 걸친 현지조사를 통해 만난 화자는 150명 이상이며, 수집한 자료는 약 2,000편에 이른다. 이 중 공개 동의를 얻지 못한 이야기와 완성도가 낮은 이야기들을 제외하고 가치 있는 것들을 선별한 결과 27개국 130여 명 제보자가 구술한 1,364편의 이야기 자료가 추려졌다. 자료마다 기본 구연정보와 줄거리(개요) 등을 갖추어서 정리하니 분량이 단행본 20권을 채우게 되었다. 양적·질적 측면에서 '한국구비문학대계'에 비견될 '다문화 구비문학대계'라고 해도 좋겠다고 생각해서 이를 총서명으로 삼았다. 『한국구비문학대계』(1980~1988; 전 82권)는 한국 구비문학 조사사업의 빛나는 성과이자 인류의 소중한 문화유산으로서, 갈수록 가치가 증대되고 있는 구술자료집이다. 우리의 『다문화 구비문학대계』도 그와 같은 역할을 하게 될 것으로 믿는다. 세계 각국의 설화를 생생한 한국어로 집대성했다는 점에서 전에 없던 새롭고 특별한 언어문화 자료집이다. 이와 같은 현지조사 성과는 세계적으로도 유례없는 일임을 강조하고 싶다.

　다문화 구비문학대계는 20권의 자료집과 1권의 연구서로 구성되어 있다. 자료집 구성은 다음과 같다.

1~2권 : 캄보디아 설화 (64편)

3권 : 태국·미얀마 설화 (53편)

4~5권 : 베트남 설화 (114편)

6권 : 필리핀·인도네시아·대만·홍콩 설화 (72편)

7~9권 : 중국 설화 (186편)

10권 : 몽골 설화 (92편)

11~12권 : 일본 설화 (149편)

13권 : 인도·네팔 설화 (78편)

14권 : 카자흐스탄 설화 (61편)

15권 : 러시아·중앙아시아 설화 (55편)

16권 : 유럽·중동·중남미 설화 (57편)

17권 : 세계의 문화와 풍속 이야기 (93편)

18권 : 세계의 속신·금기와 속담 (160편)

19권 : 세계의 신과 요괴 전승 (91편)

20권 : 한국 이주 내력 및 생활담 (39편)

1~16권까지 각국 설화를 나라별로 정리해 실었고, 17~20권에는 세계 여러 나라 문화 이야기와 속담, 생애담 등의 구술담화를 모아서 수록했다. 15권의 '중앙아시아'에는 우즈베키스탄, 키르기스스탄, 타지키스탄이 포함되며, 16권에는 에스토니아, 스웨덴, 터키, 아제르바이잔, 사우디아라비아, 도미니카공화국, 칠레, 브라질, 파라과이 등 9개국 자료가 실려 있다. 다 합치면, 설화가 수록된 나라는 총 27개국에 이른다. 중국편 자료가 가장 많은데, 한족과 조선족 자료를 포괄한 것이다. 7권에 한족 제보자의 구술자료를, 8~9권에 한국계 중국인 제보자 구술자료를 수록했다. 설화는 각 나라마다 앞쪽에 신화와 전설에 해당하는 것들을 싣고 뒤쪽에 민담을 실었다. 같은 유형의 자료를 한데 모으고 서로 내용이 통하는 자료를 이어서 배치함으로써 효과적으로 내용을 견줘볼 수 있게 했다.

27개국 총 1,364편에 해당하는 설화 자료 가운데는 한국에 처음 소개되는 것들이 매우 많다. 1, 2권에 해당하는 캄보디아 설화는 대부분 길고 흥미로운 것들인데, 모두가 한국어로 처음 출판되는 것들이다. 필리핀과 몽골, 인도, 카자흐스탄 등의 수많은 이야기들도 대부분 새로운 것들로 구성돼 있다. 베트남과 중국, 일본 설화 가운데는 한국에 알려진 유명한 이야기들도 포함돼 있지만, 새롭게 소개되는 것들도 많다. 각국의 대표 설화, 예컨대 베트남 설화 〈의붓자매 떰과 깜〉이나 일본 설화 〈복숭아 동자 모모타로〉 같은 경우는 제보자마다 이야기를 구술해서 최대 7~8편에 이르는 각편을 수록했는데, 세부 내용상 크고 작은 차이가 있다. 각편(各篇)마다 미묘한 차이가 있는 것은 구비설화의 본래적 특징으로, 이는 중요한 연구대상이 된다. 각국 주요 설화의 구술자료 각편들을 생생한 구어로 풍부하게 갖춘 것은 해당 국가에도 없던 일로서, 본 자료집의 가치를 더욱 높여주는 요소가 된다.

구비문학에 낯선 독자들로서는 구술을 녹취한 본문이 처음에 다소 어색하게 여겨질 수도 있을 것이다. 하지만 찬찬히 읽어나가다 보면 구술 담화의 맛과 가치를 생생히 느끼게 되리라고 믿는다. 구술자의 다양한 목소리가 귀에 쟁쟁 울려오는 듯한 경험을 할 것이다. 이주민 구술자들에 대하여, 이들은 오롯한 문화적·문학적 주체이자 구비문학 아티스트라고 말하고 싶다. 설화를 전공하는 한국인 연구자들에게 한국어 구술로 큰 감동과 깨우침을 안겼으니 특별한 아티스트가 아닐 수 없다. 현지조사 과정에서도 틈나는 대로 부탁했거니와, 이들이 앞으로도 적극적인 설화 구술로 21세기 한국어문화의 한 주역이 되어 주기를 기대한다.

본 자료집은 구비문학 연구와 언어문화 연구, 다문화 한국사회 연구를 위한 기초 자료로 널리 활용될 수 있다. 학술연구 외에 문화콘텐츠와 교육용으로도 본 자료집은 큰 의의를 지닌다. 작가와 기획자들에게 새롭고 특별한 소재를 제공할 것이며, 각급 학교와 평생교육 기관 등에서 다문화 교육자료 등으로 활용될 것이다. 아울러 본 자료는 일반 독자들에게도 재미있고 소중한 문학적·문화적 경험을 전해줄 것이다. 한국인 독자들은 외국의 문학과 문화에 대한 이해를 넓히는 한편으로 이주민들에 대한 인식을 일신할 것이며, 이주민과 다문화가정 구성원들은 문화적 정체성과 자부심을 내면화할 것이다. 아무쪼록 이 책이 한국사회 구성원들이 열린 마음으로 서로를 이해하는 가운데 상생적 화합과 발전을 이루어나가는 데 기여하기를 바라는 마음이다.

3년간의 현지조사와 정리 작업은 한국학중앙연구원 한국학 토대연구 지원 사업에 힘입어 진행되었다. 꼭 필요한 지원이 이루어져서 좋은 자료들을 널리 수집할 수 있게 된 데 대해 감사의 뜻을 밝힌다. 자료의 출판은 연구지원과 별개로 이루어진 것으로, 출판사의 후의와 결단에 의해 이루어졌다. 자료집의 가치를 이해하고 기꺼이 출판을 맡아준 북코리아 이찬규 사장님과 편집부 김수진 과장님께 깊은 감사 인사를 드린다.

이 자료집이 나올 수 있었던 것은 현지조사와 자료정리의 실무를 맡아 수고한 전임연구원과 연구보조원들이 있었기 때문이다. 팀장을 맡아서 일련의 길고 힘든 작업을 훌륭히 감당해준 박현숙, 김정은, 오정미, 조홍윤 박사와 이원영, 황승업, 김자혜, 김현희, 한상효, 김민수, 이승민, 엄희수, 강새미 등 여러 연구원의 노고에 감사와 사랑의 마음을 전한다. 공동연구원으로서 현지조사와 연구작업을 적극 뒷받침해준 김영순, 황혜진 선생님께도 깊이 감사드린다.

이 책은 기꺼이 이야기를 들려준 여러 제보자들에 의해 이루어진 것이다. 낯선 조사자들을 반갑게 맞이하고 바쁜 시간을 쪼개어 열성껏 이야기를 풀어내 주신 130여 명 제보자들께 머리 숙여 인사드린다. 본 자료집이 특별하고 귀중한 문화유산으로 자리 잡아 오래도록 널리 활용됨으로써 제보자들의 열정과 노고가 빛을 발할 수 있기를 바라 마지않는다. 모두들 행복하게 씩씩하게 잘 지내면서 한국사회의 실질적 주역 구실을 해주시기를 기원하며, 다시 만나 많은 이야기들을 즐겁게 나눌 수 있기를 기대한다.

2022년 5월
저자를 대표하여
신동흔

목차

미얀마

12

일러두기

    1. 본 자료집은 한국에 와 있는 세계 여러 나라 이주민이 한국어로 들려준 설화와 생애담, 문화 이야기 등을 화자가 구술한 대로 녹취하여 정리한 것이다. 현지조사는 구비문학 전공자들이 만 3년에 걸쳐서 진행했으며, 구비문학 조사 및 정리 방법에 따라 자료를 수집 정리했다. 27개국에서 온 130명 이상의 제보자를 직접 만나서 구술 자료를 녹음했다. 제보자의 주축은 결혼이주민이며, 유학생과 이주노동자도 포함돼 있다.

    2. 자료집은 총 20권으로 구성되어 있으며, 총 1,364편의 구술 이야기 자료가 수록되어 있다. 1~16권에는 각 나라별로 신화와 전설, 민담 등 설화자료를 실었고, 17~20권에는 여러 나라 문화 이야기와 속신·속담, 신과 요괴 전승, 생애담 등을 종합해서 실었다. 별권으로 연구서 『다문화 이주민 구술설화 연구』를 갖추어 조사사업의 성격과 의의를 밝히고, 자료 총목록을 제시했다.

    3. 모든 자료마다 조사일시와 장소, 제보자와 조사자 등 기본 구연정보를 제시하고, 이야기 줄거리(또는 개요)를 제시하여 이해의 편의를 도왔다. 그리고 모든 설화와 생애담 자료에 '구연상황'을 제시하여, 해당 이야기가 어떤 맥락에서 구술되었는지 알 수 있게 했다. 설화집에 해당하는 1~16권 말미에는 나라별 제보자에 대한 정보가 제시되어 있다. 제보자 인적사항과 특성은 조사 당시를 기준으로 삼은 것으로, 추후에 변동되었을 수도 있다.

4. 이야기 본문은 녹음된 내용을 그대로 받아 적었으며, 현장 상황을 생생히 전하기 위해 조사자와 청중의 반응 부분을 함께 담았다. 한국어 어법에 맞지 않는 구술도 그대로 반영하여 전사했으며, 오해의 소지가 큰 경우 괄호 속에 표준어 표기를 제시했다. 내용 이해를 위해 필요한 경우에는 각주를 달아서 보충 설명을 했다.

5. 이야기 본문에서 제보자의 구술 외에 조사자와 청자의 반응은 [　] 속에 넣어서 정리했으며, 기타 보충설명은 (　) 안에 제시했다. 여러 조사자가 발언한 경우 '조사자 1', '조사자 2' 등으로 표시했는데, 번호는 구연정보의 조사자 순서에 준한다. 본문은 이야기 전개 흐름에 따라 문단을 나누었으며, 대화에 해당하는 부분은 행을 바꾸어 표현했다. 대화에 부수되는 언술은 행을 달리하되, '고'나 '구'는 구어체 특성을 살려 대화문 뒤에 붙였다. 2인 이상의 제보자가 공동으로 구술한 자료는 각 제보자와 조사자의 발화를 단위로 삼아 단락을 나누는 방식으로 편집했다.

6. 본 자료집에 자료를 수록한 모든 제보자들에게는 사전에 자료공개 동의를 받았다. 다만, 생애담 등의 구술에서 사적 정보가 노출될 수 있는 부분은 내용을 일부 삭제하거나 **로 표시하기도 했다. 조사장소도 개인정보 보호를 위해 번지수와 같은 세부정보를 삭제했다.

태국

곡물여신 파넷보섬

● **구연정보**

조사일시 : 2017. 01. 04(수) 오후
조사장소 : 서울특별시 광진구 화양동
제 보 자 : 와닛차 [태국, 여, 1990년생, 유학 6년차]
조 사 자 : 박현숙, 김민수, 엄희수

● **구연상황**

제보자가 이 이야기는 유래담이며, 어릴 적부터 들었던 이야기라고 설명했다. 구연 준비를 위해 다시 한번 이야기를 찾아보았고, 이야기에 대해 좀 더 자세히 아는 계기가 됐다고 덧붙였다. 구연을 마친 뒤 제보자는 어릴 때 어머니가 밥알 한 톨도 남기지 말고 먹으라고 했고 남긴 밥알은 한 톨씩 바깥에 버리고 오게 했다고 회상했다. 쌀 안에 파넷보섬 여신이 있다는 믿음 때문에 그랬던 것 같다고 했다.

● **줄거리**

하늘에 한 여신이 있었다. 인간 세상에 덕이 점차 사라지자 여신은 세상에 내려와 벼가 되고자 했다. 세상에 내려온 여신은 숲에 있는 도사를 찾아갔다. 도사는 일 년에 한 번 꽃이 필 때 외에 다른 날에 눈을 뜨면 눈에서 불이 뿜어져 나왔다. 여신은 명상하는 도사 앞에 밥과 꽃을 바치고 돌아갔는데, 도사가 그만 꽃향기에 취해 눈을 뜨고 말았다. 그 바람에 눈에서 불이 뿜어져 나와 여신을 태워 재로 만들었다. 도사가 여신을 불쌍히 여겨 그녀의 소원대로 큰 볍씨로 환생시켰다. 도사는 여신이 변한 큰 볍씨를 지팡이로 잘게 부순 뒤 가루를 널리 흩날렸다. 가루는 밭에 떨어져 감자와 타로가 되고 논에 떨어져 벼가 됐다. 태국 사람들은 벼 안에 곡물 여신 파넷보섬이 산다고 믿어서 함부로 밥을 남기거나 버리지 못하게 한다.

하늘에 어떤 신이 하나 있었어요, 여신이. 이 여신은 거의 다 이렇게, 덕은 거의 다 없어져서 다시 세상에 내려와야 되는 그런 때라서 그래서 이 여신은 자기가 내려와야 된다면 그 인간을 보니까 먹고 사는 거는 별로 없어가지고, 먹을 게 별로 없어가지고 자기가,

"쌀로 아니 벼로 태어나고 싶다."

고 이렇게 얘기했어요.

그래서 인드라신이, (웃으며) 또 인드라신이 이렇게,

"세상에 내리라."

고 해서.

그래서 이 여신이 내려와서 어떤 숲에 있는, 숲에 있는 도사가 한 명 있었어요. 그 도사가 그거 명상을 하고 있는데 이 도사는 일년에 한 번만 눈을 떠요. 그거 그 꽃이 필 때, 그 숲에 꽃이 필 때만 눈이 떠가지고. 근데 그 외에 시간에 눈을 뜨면은 그거 (손으로 눈에서 불이 뿜어져 나오는 동작을 하며) 그 불이 나는 거예요. 그 눈에서 불이 나서 이렇게 태울 수 있다는 그런 얘기가 있었어요.

근데 이 여신이 내려왔을 때 이 도사가 명상하고 있을 때 이렇게 밥을, 밥이랑 꽃을 이렇게 뭐죠? 드리는 거를 이렇게 놔두고 막 이렇게 갔는데 이 꽃의 향기가 너무 향기로워서 도사가 그 꽃의 향기를 맡고 그 봄이, 그 뭐지? 꽃이 핀다고 생각해서 (손으로 눈을 뜨는 동작을 하며) 눈을 떠서 이렇게 불이 났어요. 그래서 그 여신을 태워가지고 (웃음) 그 여신이 다 막 이렇게 재로 이렇게 됐어요.

근데 그 도사가 이렇게 보니까,

'아! 이 사람은 원래 여신이었구나.'

그래서 불쌍히 여겨서 다시 살려줘요, 사람으로. 살려줬는데 이 여신이 도사한테 얘기했어요.

"나는 그 벼가 되고 싶어서 세상에 내려왔다."고.

막 이렇게 얘기해서 도사가, 아니 여신이 벼가 되겠다고 막 그래서 변신했어요.

이 큰 벼알이 됐는데, 그래서 이 도사는 도와줄려고 해서 지팡이를 들고 막 두드렸어요, 그 벼알을. 두드려서 이 벼알을 작게작게 막

(손으로 퍼트리는 동작을 하며) 이렇게 흩어져서, 세상으로 멀리 흩어져서 숲에 떨어질 때는 그 그거 고구마? 고구마 아닌데. [조사자 2: 감자?] 감자. 네 감자, 감자랑 (웃으며) 타로. 태국에서 그 타로가 더 많아요. 그래서 감자랑 타로가 되고. 그 뭐지? 그 (네모를 그리는 손동작 하며) 벼? 벼. [조사자 2: 평야?] [조사자 1: 벼?] 논. 아! 논. 논에 떨어지면 벼가 되고. [조사자 1: 그러니까 밭에 떨어지면 감자랑 타로가 되고 논에 떨어지면 벼가 되고.] 네. 그런 유래가 됐어요.

그래서 아마 이렇게 태국 사람들은 벼알에 이 '파넷보섬'이라는 신이 살고 있다는 그런 믿음이 있어요.

[조사자 1: 그래서 그걸 남기면 안 되고.] 네. [조사자 1: 남기면 다시 이제 땅으로 보내야 된다는 그런 게 있나 보지? 남은 거는?] 네. 그런 것 같은데 근데 이렇게 [조사자 1: 한꺼번에 다 쏟아부어도, 안 되고 한 톨씩 갖다가 왔다 갔다 하면서.] 네. (웃음) 엄마의 어렸을 때 어른들이 (등 뒤로 무언가를 들고 있는 시늉을 하며) 이렇게 벌을 줬어요.

[조사자 1: 아, 그러니까 남긴 당사자가 그렇게 하라는 거죠? 그럼 많이 남기면 귀찮아서라도. (웃음)] 네 맞아요. (웃음) 그래서 귀찮아서 다 먹어야 돼요. [조사자 1: 아, 재밌다. 써먹어야 되겠는데? 저승 가서 먹는다는 것보다 훨씬 효과적일 것 같은데.] (웃으며) 네.

배의 수호신 매야낭

● 구연정보

조사일시 : 2017. 01. 04(수) 오후

조사장소 : 서울특별시 광진구 화양동

제 보 자 : 와닛차 [태국, 여, 1990년생, 유학 6년차]

조 사 자 : 박현숙, 김민수, 엄희수

● 구연상황

제보자가 아기에게 예쁘다는 말을 하지 않는 금기에 대해 말하자 조사자가
혹시 금기를 어겨서 귀신이 사람을 해코지하거나 괴롭힌 이야기가 없는지 물
었다. 제보자는 기억이 안 난다면서 미리 준비해온 믿음과 관련한 이야기를
구연했다. 구연을 마친 뒤 태국에서는 차를 사면 꼭 사원에 간다는 설명을 덧
붙였다.

● 줄거리

옛날에 능숙하고 안전하게 배를 잘 모는 여자가 있었다. 어느 날 여자가 사람
들을 싣고 바다로 나갔는데 갑자기 태풍이 불었다. 배가 뒤집히려 하자 여자
가 신에게 기도를 했다. 인드라 신이 나타나서 여자에게 나중에 배를 지켜주
는 신이 되겠다고 약속하면 기도를 들어주겠다고 했다. 여자가 허락하자 잠
시 후 태풍이 멈추었다. 그리고 여자는 사라져버렸다. 그 후 사람들은 그 여자
를 배의 수호신으로 모시고 매야낭이라고 불렀다. 매야낭은 교통수단을 두루
보호해 주는 역할을 한다.

태국에도 믿음이 관련된 건데 태국에서 배를 타거나 막 차를 타
거나 막 모든 그거 교통, 교통수단을 탈 때는 그런 보호해 주는 신이

있다는 믿음이 있어요. 그리고 이 신 이름은 '매야낭'*이에요. 보통 막, 특히 배를 운영하는 사람은 항상 이 신을 (기도하는 손 모양) 이 렇게 뭐, 그, 그런 기도하고 막 그렇게 떠나기 전에 항상 기도해야 되 는 그런 주문이 있어요.

제가 그 이것도 제가 찾아왔는데, 매야낭은 옛날에, 옛날 옛날에 어떤 여자가 있었어요. 근데 그 여자가 되게 그 배를 모는데 되게 능 숙해가지고 그래서 사람들이 이 여자의 배를 탈 때는 항상 안전하다 는 소문이 났어요. 막 뭐 그 위기가 없는, 막 사고가 없을 거라는 그 런 소문이 나가지고 사람이 항상 안전하게 막 그 그녀랑 탔어요.

근데 어느 날 막 이렇게 바다로, 바다로 떠났는데 이렇게 태풍이 났어요. 그래서 이 배가 거의 넘어, 넘어진, 넘어진다 해야 하나? [조 사자: 뒤집혀?] 예, 뒤집, 거의 뒤집힌 상태에서 사람들이 막 너무 놀 라가지고 그래서 이 여자한테,

"신한테 기도하라."고.

막 이렇게 해가지고 이 여자가 신한테 기도했어요.

"우리를 살려주, 살려달라."고.

막 이렇게 기도했는데 신이, 또 인드라 신이 와서 막 이렇게,

"내가 도와줄 건데 조건이 있어. 이 여자가, 그 내가 도와주면 이 여자가 신이 돼서 이렇게 그 배랑 있어야 된다."고.

막 이렇게 얘기해가지고 그 여자가 막 동의해서,

"그래요. 절 도와주세요."

이렇게 해서 인드라 신이 도와주고 그 사람의 배를 살려줬는데 그 여자가 없어졌어요. 그 배 안, 배에서 없어지고 그래서 사람들이 이 여자를 '매야낭'이라고 부르고, 항상 배랑 막 뭐 차 이렇게 보호 해주는 그러한 신으로 믿는다고 하는 얘기였어요.

[조사자: 근데 원래는 이제 이게 배였다가 점점 차도 생기고 이러면서 운송수단에 들어가는 거를 보호해주는 수호신은 다 매야낭이라고 부르나

---

* 태국의 이름 중에는 '매'라는 단어가 많이 들어가는데 '매'는 엄마라는 뜻이다. '매야 낭'의 이름에서도 '매'는 엄마를, '야'는 할머니를 뜻한다.

보죠?] 네. 그런 거 같아요.

　　[조사자: 그럼 차를 타면 사람들이 매야낭한테 이렇게 빌거나 그런 의식들을 해요?] 음, 차는 그렇게 뭐 막 떠날 때마다는 안하는데 [조사자: 처음 사면 사고 나지 말라고.] (고개를 끄덕이며) 처음 살 때는 아마 할 것 같아요. 저도 자세하게 모르겠는데 있다고 들었어요. 약간 매야낭이 차를 보호해준다는 그런 것도 있다는 거 들었는데. 근데 보통 배랑 좀 더 관련이 많이 있는 거 같아요.

우사탑 바위

● **구연정보**

조사일시 : 2017. 01. 04(수) 오후

조사장소 : 서울특별시 광진구 화양동

제 보 자 : 와닛차 [태국, 여, 1990년생, 유학 6년차]

조 사 자 : 박현숙, 김민수, 엄희수

● **구연상황**

제보자가 〈어머니와 결혼할 뻔만 왕자(쁘라빠톰불탑 유래)〉를 구연한 후 잠시 조사자와 대화를 나눈 뒤, 이번에 구연할 이야기는 왕에 대한 전설이라며 자발적으로 구연을 시작했다. 조사자와 제보자가 사제관계인지라 조사자가 평소에 자연스레 쓰는 예삿말로 질문을 하기도 했다. 구연을 마친 뒤 라푼젤 이야기와 유사한 점이 있다는 반응이 나왔다.

● **줄거리**

어느 왕에게 아름다운 딸 우사가 있었다. 왕은 우사에게 남자들이 접근하지 못하게 탑을 지어 그곳에서 지내게 했다. 외로운 우사는 목욕을 갔다가 말라이를 만들어 강물에 띄워 보내며 인연을 만나게 해달라고 소원을 빌었다. 말라이를 주운 다른 나라의 왕자가 우사를 찾아왔다. 우사와 왕자는 서로 사랑에 빠졌다. 왕이 이 사실을 알고 왕자에게 화를 내며 목숨을 건 내기를 제안했다. 하룻밤에 사원 쌓기 내기 시합이었는데, 시종 몇 명만 데리고 있는 왕자에게 불리하게 진행됐다. 그때 왕자의 시종 하나가 꾀를 내서 새벽녘에 하늘로 불을 쏘아 올렸다. 왕의 부하들이 해가 뜬 줄 알고 사원을 쌓는 작업을 중단한 사이에 왕자와 시종들이 사원을 쌓아서 내기에서 이겼다. 왕자는 왕을 죽인 뒤 우사를 데리고 성으로 돌아왔다. 그런데 왕자의 여러 아내가 우사를 질투하여 괴롭혔다. 견디지 못한 우사는 그곳을 떠나 자신이 살던 탑으로 돌아와 외롭게 죽었다. 뒤늦게 우사를 찾아온 왕자는 죽은 우사를 발견하고 슬픔을 못 이겨 따라 죽었다. 우사가 죽은 자리에 탑 모양의 바위가 생겼고, 왕자가 죽은 자리에는 마굿간 모양의 바위가 생겼다. 우사탑 바위는 태국 우돈타니에 있다.

어떤 나라가 있었는데 왕이 딸 하나 있었어요. 그리고 이 딸은 '우사'라는 뭐지? 공주인데 이 공주는 되게 너무 아름다워요. 되게 예쁘고 그래서 왕이 너무 아껴서 그 시집을 안 보내겠다는 그런 의지가 있어가지고 그래서 탑을 만들었어요. 근데 이 탑은 그 타워 같은 거 만들었는데 그리고 우사 그 공주를 탑에 가뒀어요. 남자가 뭐지? 접근하지 못하게 그래서 높게 탑을 만들었어요.

근데 어느 날 막 이렇게 우사 공주가 목욕하러 갔는데, 강에서 목욕하러 갔는데 그 뭐지? 시종들이랑 같이 갔는데 너무 외로워가지고 막,

'남자를 만나게 해달라.'고.

이렇게 기원해서 '말라이' 그거 꽃 뭐지? 꽃송이, 태국에서 막 왕궁에서 그런 거 많이 만들어요. 꽃 같은 거 이렇게 (바느질 손동작 하며) 바늘에 해가지구 막 이렇게 [조사자 1: 수를 놓는 거야? 꽃을? 아니면 꽃을 만들어?] 아니 꽃을, 여러 꽃을 [조사자 1: 바느질을 해서?] 바느질로 해서 이렇게 모양을 예쁘게 만들어가지고 [조사자 1: 그걸 뭐라고 그래요? 태국에서는?] 태국에서는 '말라이'라는 그건데요, 말라이 만들어서 그 기도하고 막,

'인연을 만나게 해달라.'고.

'이 말라이를 줄 수 있는 사람은 내 인연이라.'고.

이렇게 기도해서 강물로 막 이렇게 띄워줬어요. 그래서 이 말라이는 강으로 띄우다가 어떤 나라에 갔어요. 그리고 그 강 옆에 있는 그 궁을 어떤 왕자가 하나 있는데 그 왕자가 이 말라이를 주워가지고 강물 옆에서 그리고 너무 향기가 너무 향기로운 거예요, 그 말라이가. 그리고 너무 솜씨를 보면 너무 예쁘게 만들어서,

'아! 이거는 보통 사람이 아니구나.'

이렇게 생각해서 이 말라이의 주인을 찾겠다고 막 이렇게 떠난 거예요. 그래서 그 말을 막 타고 갔는데 그 어떤 나라에 도착했을 때 말이 다시는 안 움직이는 거예요. 아무리 해도 이렇게 안 가요, 그 말이. 그래서 거기서 멈춰서 그 근처에 갔는데 숲에 있는 강에서 어떤 여자가 목욕하고 있는데 그 여자는 우사예요. 그래서 그 우사를 보

고 너무 아름다워서 서로 사랑에 빠진 거예요. 그래서 하룻밤을 같이 지내게 됐는데 아버지 몰래 막 이렇게. (웃음)

그래서 그 하룻밤을 지내게 됐는데 나중에 그 왕은 알게 됐어요. 이 남자가 같이, 자기 딸이랑 같이 있는 거. 그래서 알게 돼서 너무 화가 나고,

"이 왕자를 죽이겠다."고.

막 그래서 근데 이 왕이 아니 이 왕자가 왕답게 해야 되는 거라서,

"서로 이렇게 내기를 하자."

이렇게 해서 그래서 왕이 그 하룻밤 안에서 사원을, 누가 사원을 먼저 끝낼 수 있으면, 그 만드는 게 끝낼 수 있으면 그 사람은 이기고 뭐지? 잠깐만요. (기억이 나지 않아 잠시 생각하다가)

"지는 사람은, 진 사람은 그 죽여야 된다."고.

죽어야 된다는 그런 얘기를 [조사자 1: 사원을 쌓는다고?] 예, 사원 쌓는 내기예요. 이거 하룻밤에 지어야 되는데 그거 누가 먼저 완성할 수 있는 사람은, 그 사람은 이기는 거예요.

근데 왕이 그 자기 나라에서 막 온통 막 군인들을 막 모아가지고 이렇게 같이 쌓잖아요. 근데 왕자가 몇 명밖에 없어가지고 자기가 그 시종이랑 몇 명 같이 왔으니까.

그래서 사원을 쌓는데 근데 시종 한 명이 이렇게 꾀를 만드는 거를 제안했어요. 태국에 금성 같은 건가? 금성이 올라가면 그거는 거의 밤이 거의 다 끝난 거잖아요, 약간. [조사자 1: 새벽.] 네 새벽에, 새벽이 다 될 거니까 그래서 이건 약간 어떤 불을 만들어가지고 (높은 곳에 매다는 손동작 하며) 조금 높이 산 위에 이렇게 달려서, 그 불을 달려서 그 왕의 군인들이 착각하게, 이거 새벽이라고 생각해서 그만뒀어요. 그 사원을 그만두는 거니까.

그래서 빨리 막 이거 사원을 쌓아서 결국은 새벽이 다 될 때 먼저, 그 왕자가 먼저 완성했어요. 그래서 완성해가지고 그래서 진사람 죽어야 되니까 그래서 죽였어요, 왕을. 죽여서 그리고 우사 공주를 데려와서 자기 나라로 데려왔어요.

자기 나라로 데려왔는데 이 왕들은 원래 여러, 아내가 여러 명

있었어요. 그래서 그 시기를 해가지고 그전 아내들은, 전 아내들은 다 시기를 해가지고 꾀를 만들었어요. 이렇게 왕자가 떠나야, 그 일 년 동안 떠나야 이렇게 나라가 그 [조사자 1: 안정된다고?] 네. 안정할 수 있다고.

막 그래서 일 년 동안 떠났는데 우사 아내는 전 아내들한테 괴롭힘을 당하고 그래서 참지 못해서 그래서 떠났어요. 다시 자기 나라로 돌아가고, 그리고 너무 마음이 아파해서 자기 그거 탑에서 죽었어요, 자기 탑에서 죽고.

그리고 그 왕자가 돌아왔는데 이 사실을 알게 되고 너무 슬퍼해서 다시 우사를 찾으러 가는 거예요. 그래서 탑까지 갔는데 우사가 죽는 거를 보고 너무 슬퍼하고 막 그래서 마음이 아파해서 따라 죽었어요. 그 옆에 있는.

그리고 이거는 약간 전설인데 왜냐면 태국에서 어떤 큰 바위가 있어요. 약간 탑 같은 모양이 있는데 그거는 '우사탑'이라는 그런 바위를 불렀어요.

[조사자 1: 그러면 우사탑 바위 옆에는 그 죽은 왕자탑 같은 것도 있어요?] 어, 그 탑 아니고 [조사자 2: 그 바위가 왕자가 죽어서 된 거 아니에요?] 네? 왕자가 따라 죽어서, [조사자 2: 네, 따라 죽어서 그 바위가 된 거 아니에요?] 아니, 아니에요. 그 먼저 우사가 [조사자 2: 먼저 죽은 우사탑 바위가 따로 있고?] 우사가 [조사자 2: 우사는 자기 탑에서 죽었잖아요.] [조사자 1: 응, 죽었는데.] 네.

근데 왕자는 옆에 그 어떤 그 뭐죠? 외양간? 그 말 외양간 있잖아요. [조사자 1: 마구간.] 네, 마구간. 그거 말을 이렇게 세우고 (웃으며) 말을 세우는 데에 죽어가지고 옆에 있는 약간 그 아마 바위 같은건데. 마구간 같은 모양이 있어가지고 그래서. [조사자 1: 그럼 둘 다 바위가 된 거네.] 네.

[조사자 1: 그럼 이 바위가 어디에 있다고 그래요?] 저도 기억 안 나는데. 근데 아마 동부, 동북부에 있는. 잠깐만요. (제보자가 정보를

찾다가) 아 '우던타이'*라는 지역. [조사자 2: 우런타이?] 아니 (허공에 글씨를 쓰며) '던'. 우던타이. [조사자 1: 동북부 지역에.]

　　[조사자 2: 아까 그게 뭐라고?] [조사자 1: 우사.] 그 태국 말로는 '허난우사'예요.

　　(제보자가 핸드폰으로 찾은 정보와 사진을 조사자에게 보여줌.)

● 태국 동북부 이산의 도시이고 우돈타니 주의 주도이다. 우돈타니는 이산 북부의 주요 상업 중심지이고 베트남 북부, 중국 남부, 라오스로 가는 관문이다.

소원을 들어주는 따키안 나무 [1]

● **구연정보**
조사일시 : 2017. 10. 29(일) 오후
조사장소 : 전라남도 순천시 해룡면 순천 기적의 도서관
제 보 자 : 나우봉 [태국, 여, 1975년생, 결혼이주 17년차]
　　　　　　누자리 [태국, 여, 1975년생, 결혼이주 10년차]
조 사 자 : 박현숙, 김현희

● **구연상황**
누자리 제보자가 나우봉 제보자와 함께 태국의 귀신들에 대한 이야기를 마친
뒤, 단독으로 임신과 출산 경험담을 들려주었다. 조사자가 누자리 제보자에
게 태국에 아이를 점지해 주는 신이 있는지 묻자 나우봉 제보자는 소원을 들
어주는 나무가 있다고 했고, 누자리 제보자는 그 나무 이름이 따키안이라고
했다. 두 제보자는 따키안 나무에 대하여 자유롭게 구연했다.

● **줄거리**
태국 펫차분에 소원을 들어주는 따키안 나무가 있다. 옛날에 마을 사람들이
그 나무에 귀신이 붙었다고 생각하여 나무를 베어 강에 던졌다. 그런데 나무
가 우기에도 떠내려가지 않고 그 자리에 계속 올라왔다. 마을 사람들이 그 나
무를 신령스럽게 여겨 다시 모셔왔고, 나무에 일곱 가지 색상의 천을 둘렀다.
사람들은 그 나무가 소원을 들어주고, 행운을 가져다준다고 믿는다.

조사자 : 한국에서는 아이를 점지해 준다고. 삼신할머니가 아이들을
　　　　이제 열심히 기도하고 하면 아이를 점지해 준다고 해서 아이를
　　　　만들어 주는 신이 있어요. 근데 혹시 태국에는 임신을 못 하거나
　　　　이러는 사람들이 누군가에게 비는 신들이 있어요? 아니면 아이
　　　　를 만들어 주는 신?

나우봉 : 아, 있어요. 아니면 그 나무잖아요. 나무에 자기가 그 뭐지? 사람 이야기 많이 들으면 나무. 이 나무에 가서 기도하면 애기 생긴다고. 나무에.

조사자 : 그 나무가 어떤 나무든 상관없어요?

나우봉 : 큰 나무죠. 오래된 나무. 그 나무 오래된 나무.

누자리 : 따키안 나무. 따키안 나무.

나우봉 : 이름이 똔 따키안.

조사자 : 똔 따키안? 그게 나무 이름이에요?

나우봉 : 네. 나무이름 따키안. 엄청 큰 나무.

조사자 : 마을마다 있어요?

나우봉 : 아니요.

누자리 : 우리 마을에 있어요. 옛날에는 있는데 지금은 나무 없지만, 그 배로 있는데. 그 배는 타는 게 아니고.

나우봉 : 그냥 그 뭐지? 소상이나? 뭐이나.

누자리 : 옛날에는 누구 잘랐는지 모르겠지만 그래서 강에 던졌어요.

조사자 : 배를? 아니면 나무를?

누자리 : 나무.

조사자 : 나무를 잘라서 강에 던졌어요?

누자리 : 네. 그 동네 생각이 그 나무는 귀신이 있어서. 귀신이 있는데,

나우봉 : 다시 모시고 와서 그 자리에 그대로 놔둬요. 그 나무 그대로 놔두고 만들어 놓은 다음에 믿음하고, 그 천에 여러 무슨 색깔 빨간 색깔, 흰 색깔, 파란 색깔, 가서 묶고서 장식하고.

누자리 : 일곱 가지 색깔.

조사자 : 그 일곱 가지 색깔이 뭐예요?

나우봉 : 대부분 밝은 색깔.

조사자 : 정해져 있지 않아요?

나우봉 : 우리는 그런 거 정확히 모르니까.

누자리 : 무지개.

나우봉 : 무지개 색깔 같은 거. 그 한국에 그 나무 있잖아요. 천에 걸고 이렇게.

조사자 : 한국은 다섯 색깔이거든요. 근데 여기는 일곱 가지 색깔이 라는 거죠?

누자리 : 네네. 그전에는 그 묶고 잘라서 던져서 그 동네에 그 나무 있으면 비도 안 오고, 아무도 논 못하고 그런 것 계속 갖다 놔서. 그래서 이 나무 때문에 그러는데. 동네 다 와서 이 나무 자르고 강에 던졌어요. 그 나쁜 거,

조사자 : 씻겨 가라고?

누자리 : 네. 다 나가고 우리 동네 그러는데. 그래서 옛날이야기인데. 몇 년 후에 우기 있을 때 물이 많이 나잖아요. 그 나무는 그대로 그 던진 장소에 그대로 올라오고. 항상 매년, 매년 올라오는데. 그래서 어디 안 가서, "그 귀신은 여기 좋아하나봐." 그러는데. 그래서 또다시 이장이나 이야기하면서 또다시 올라오고. 그 오 래됐으니까 가지도 잎도 다 없어서 그냥 큰 나무만 남았어서 그 래서 옮겨서 절에 놔두고 그 옛날도 지금도 믿었잖아요. 그 나무 에서 뭐가 이렇게 숫자 나오잖아요.

조사자 : 숫자가 나와요?

나우봉 : 만지면 숫자가 나와?

누자리 : 만지면 아니면 가루. (나우봉과 태국어로 대화하다가) 그렇 게 바르면 숫자 나오고, "로또 맞았어." 그렇게 했는데,

조사자 : 그럼 지금 그 나무가 모셔져 있는 절이 있는 거잖아요. 그 절 이름이 뭐예요?

누자리 : 네. 타남이요. 타남 절.

나우봉 : 이름이 왓타남*.

조사자 : 왓타남 절은 어디에 있어요?

누자리 : 펫차분**. 저희 동네에 있어요.

● 예전에는 왓타남 사원이라고 했는데, 현재는 위치옌부리 지역에 있는 사원이라고 하 여 위치옌반룸이라고 한다.

●● 태국 북부의 저지에 위치하고 북부와 중부의 경계에 있는 주이다. 동쪽과 서쪽으로 펫차분 산맥이 있다.

조사자 : 사람들이 소원 빌고 할 때 나무에 가서 빌고 하는 거예요?

누자리 : 네. 그래서 우기할 때 일 년에 한 번에 그 나무는 강에 가져
　　　　가고, 그 뭐지? 행사 있어서 그래서 한번 못 내리고, 또다시 가져
　　　　오고 그 자리 놔두고 일 년에 한 번 행사가 있어요.

조사자 : 일 년에 한 번씩 행사를 해요? 날짜는 정해져 있어요?

누자리 : 우기.

나우봉 : 우기 한 8월 달에.

누자리 : 8월 중.

조사자 : 그러면 이제 비가 너무 많이 오지 말라고?

누자리 : 비 많이 오면 그 강에 물 많이 있잖아요. 그때는 해요. 그 귀
　　　　신 뭔가 모르겠지만 그 나무 너무 말라서 한 번 지키려고 올라
　　　　오니까 오래돼서 그 버리는 거 오래됐어요. 갑자기 나타나서 그
　　　　비 올 때, 비 많이 올 때 나타나서 그렇게 봤는데. 그래서 항상
　　　　일 년에 한 번 비 많이 올 때 처음에 볼 때처럼 그냥 물속에 내
　　　　리고 또다시 올라오고. 그 시장이나 그 뭐지? 큰스님, 시장, 큰스
　　　　님, 이장 동네들이 여러 명 같이 잡고 같이 물 내리고 또 올라오
　　　　고, 그 자리 놓고 낮에도 잔치 있어요, 잔치해주고. 그전에는 나
　　　　쁜 행동 생각하는데 그래서, '아니 그 나무 잘라도 그대로 있는
　　　　데 그 나무는 아니더라.' 생각하는데 또 몇 년 후에 다시 나타나
　　　　니까. 다시 가져오고. 행운이 있어서 숫자 보고 로또 일등 이등
　　　　맞춰서.

조사자 : 맞춘 사람들이 있겠죠?

누자리 : 네. '소원도 빌고 다 맞는데.' 그런 생각하고.

조사자 : 그렇구나.

소원을 들어주는 따키안 나무 [2]

● **구연정보**

조사일시 : 2017. 11. 18(토) 오전

조사장소 : 전라남도 순천시 해룡면 순천 기적의 도서관

제 보 자 : 누자리 [태국, 여, 1975년생, 결혼이주 10년차]

조 사 자 : 박현숙, 김현희

● **구연상황**

제보자가 〈링산과 지탭 도시 유래〉 구연을 마친 뒤, 1차 조사 때 구연한 〈소원 들어주는 따키안 나무〉 전설을 어머니에게 전화하여 다시 물어봤다고 했다. 조사자가 제보자에게 들려달라고 하자 구연을 시작했다. 제보자가 구연을 마치고 나서 태국인들은 나무에 천사나 신령이 깃든다고 믿어서 나무를 함부로 베지 않지만, 왕의 배를 만드는 용도라고 말하고 자르면 탈이 없다고 했다. 이야기판에는 나우봉 제보자가 청자로 참여했다.

● **줄거리**

한 왕실에서 영주들에게 배 제작에 필요한 좋은 나무를 보내라고 했다. 펫차분 영주가 좋은 나무를 찾으라고 명령하자, 사람들이 북쪽 왕반면에서 가뭄에도 시들지 않은 자매나무를 찾아서 베려고 했지만 베어지지 않았다. 자매나무에게 좋은 말을 전하는 사람이 사정을 이야기하고 나무를 베니까 나무가 거대한 소리를 내면서 쓰러져 땅에 박혔다. 나무를 뽑은 땅에서는 물이 솟아났다. 사람들이 그 물에 나무를 띄워 운송하던 중 왕궁에서 이미 좋은 나무를 구했다는 소식을 듣고서 자매나무를 버리고 돌아갔다. 자매나무는 역류를 타고 거슬러 고향으로 돌아가려고 했다. 그런데 동생 나무가 힘이 빠져서 사리부리 사오하이에서 익사했고, 언니나무도 혼자 거슬러 가다가 익사하고 말았다. 백 년 후에 언니나무가 물 위에 떠올랐다. 사람들이 스님의 도움으로 언니나무를 건져서 타남사원으로 옮겼다. 사람들이 그 나무에 찾아와서 소원을 빌었다. 동생나무도 몇 년 후에 사라부리 사우하이 마을에서 떠올라 사람들이 건져서 나무 위에 지붕을 씌웠다. 사람들이 동생나무에도 찾아와서 소원을 빈다. 언니나무가 있는 타남사원은 위치옌반룸으로 이름이 바뀌었다.

[조사자: 그다음에 하나는 지난번에 이야기했다가 어머니한테 얘기 들어서 다시 해준다는 산 이야기죠?] 산 아니에요. 나무. 그 이름이 나무 '맛'이에요. 옛날에 그 나무 불러서 '맛' 요즘에는 '따키안' 언제 이름 바꾸는지 모르겠어요. [조사자: 옛날 이름 '맛'이고 어떤 이야기예요?]

그 궁전에 발표 나서 영주들에게 좋은 나무 좋은 나무가 잘라서 왕궁에 보내라 했는데 왕실에 배를 만들기 때문에 전체 다 보냈어요. 그리고 '펫차분'*, 우리 시, 펫차분시 아까 '위치옌부리'는 읍이에요. 옛날에는 따로따로 있었는데 요즘은 포함해서 펫차분은 시이고, 위치옌부리는 읍이에요. 그리고 펫차분 영주가 들었는데 들어서 자기 도시에 좋은 나무 있나 없나 찾자.그 사람들이,

"찾아보라."고.

"찾으면 이야기해줘."

했는데 그래,

"펫차분 왕반, 왕반면, 북쪽에. 펫차분 북쪽에 있는 왕반면에 맛 나무 있다."고.

들었는데 그냥 바로 가서 그 나무는 다른 나무보다 달라요. 두 나무는 좀 다른 나무보다 더 크고 튼튼하고 나뭇잎도 다 많이 있는데, 그 다른 나무는 뭐죠? 잎이 썩어져서 별로 크지 않고 그러는데 비가 오래돼서 안 오니까. [조사자: 가뭄이 와서 비가 안 와가지고?] 네. 하지만 그 두 나무는 아직도 튼튼하고 잎도 초록색 같은 거 많이 있어서.

그리고 그 뭐지? 그 영주가 이 두 나무를 자르라고 했어요. 그냥 왕궁에 보내 달라고 했는데 그래서 어떻게 잘라도 못 잘랐어요. [조사자: 아무리 잘라도 안 잘려?] 네네. 안 잘려서 그냥 태국사람들이 다 믿고 그 나무 속에 뭐가 천사이나 귀신이나 안에 있어서 그러는데 그리고 영주가,

"누군가."

----

* 태국 북부의 저지에 위치하고 북부와 중부의 경계에 있는 주이다. 동쪽과 서쪽으로 펫차분 산맥이 있다.

(조사자를 쳐다보며) 수사학이에요?

"누군가 수사학 가지고 있나?"

그러는데,

"좋은 말[言] 가지고 있나? 없나? 있는 사람이면 이야기해 봐. 그 나무한테 이야기해 봐."

그러는데,

그리고 '군쪽' 그 사람 이름이 군쪽. 이야기했는데 뭐라고 이야기했는지 모르겠지만, 이야기 하고 났더니 바로 자를 수 있어요. 잘라졌어요. [조사자: 이야기했더니 바로 잘라졌어요?] 네네.

그 나무 잘라서 이런 나무 있잖아요. 밑에서 자르고 쓰러져야지 가지는 땅속에 [조사자: 박혔어?] 네. 그 쓰러질 때는 천둥소리 같은 거 나오고, 큰 소리 나오고, 그 나뭇가지는 땅속에 그 뭐죠? 들어가서. [조사자: 가지가 땅속으로 다시 박혔다는 거죠?] 네네.

박히고 그 사람들이 거기 옆에 사람들이 다 빼고 그 땅속에 바로 물이 나와요. [조사자: 아, 이게 가지가 땅속으로 박히니까 거기에 구멍이 생기면서 물이 나와요?] 네. 그전에는 다 마르잖아요. 다 말리고 이 나무 때문에 가지 때문에 빼고, 바로 물속에 호수처럼 그렇게 생기는데.

그래서 다 나무 다 꾸며서 깨끗하게 이제 이쁘게 만든 거 잘라서 가져가고. 강에 뭐죠? 뜨고. [조사자: 배 말고? 띄웠어요? 강에다?] 지금은 나무의 나무가 길으면 바로 들고 가잖아요. 길이 괜찮고. 옛날에는 길이 없어서 어디 가던지 강으로 가고 다 배 타고 강으로 가는데 이 나무도 똑같이. [조사자: 강에다 띄웠다는 거죠?] 네.

띄워서 사람도 같이 양쪽 잡고 가는데, 가서 두 개 다 가져가고 그러는데 여기 펫차분이 있고 여기 왕궁 있고 그냥 중간에 가서 소식이 들었어요.

"그 북쪽에 보내는 좋은 나무 왕궁에 받았다."

했는데.

그리고 이 사람들이 맛나무 가져가는 거 포기했어요. [조사자: 이미 북쪽에서 좋은 나무가 왔다는 소식을 듣고 더 가져가는 걸 포기했어요?] 네.

"더 가진 거 필요 없어. 더 좋은 거 보내 왔으니까."

그러는데 그래서 사람이 다 포기하고 바로 집으로 돌아갔어요. 그리고 이 두 나무는 그대로 놔두고 그래서 나무 하나는 언니이고, 나무 하나는 동생이고. 그래 두 나무는 이야기하는데,

"우리 집으로 다시 돌아가자."

하는데 원래는 강의 물 이렇게 가잖아요. 그 두 나무는 이렇게 올라갔어요. [조사자: 반대로 거슬러서?] 네.

반대로 올라가서 그래서 중간에 동생이 힘이 빠지고 바로 물속에 익사했어요. [조사자: 힘이 빠져서 바로 물에 빠져버렸어요?] 네네. 거기서는 '사라부리'● 도시인데 그 동네는 '사우하이'예요. 거기 빠지고 언니 혼자만 계속 가고 가서 한 우리 동네, 엄마 동네에 사원 있어 절 있어. 거기서 거기 바로 힘도 없어서 더 이상 못가서 또 익사했어요, 거기.

그리고 한 백 년 후에 또다시 올라오고 [조사자: 물에 빠져있던 언니 나무가 백 년 후에 다시 올라왔어요?] 네네. 다시 올라오고. 그 절에 있는 그 이름이 '타남 왓타남'이야. 왓타남에 있는데 그 스님 보이고 동네 사람들 다 불러 왔어요. 그래서,

"그 나무 꺼내 줄라."

하셔서 처음에는 못 꺼내고 어떻게 사람 몇 명 들어가도 안 돼서 또 누구든지 이야기를 했어요.

그 엄마는 말 안 했어서. 그 이야기 또 이야기하고,

"좋은 걸로 그 올라오고, 좋은 걸로 올라오자."

그러는데 그래서 그때는 그냥 쉽게 가져오고. [조사자: 좋은 말을 하고 났더니 움직여요?] 네. 움직이고 그 절, 타남사원 거기서 놔두고 그때부터 지금까지 믿은 사람이 그 사원에 가고 소원 빌었어요.

[조사자: 지금은 다 뿌리도 내리고 가지도 생기고 이런 나무예요? 아니면 그때 처음에 잘라 놓은 그 모습 그대로? 사진 보여준 거?] 잘라 놓은 그 모습대로. 네. 그전에는 나무가 너무 커서 그 물속에 오래 있으니까

● 태국 중부에 있는 주이다.

껍질이 나무가 다 빠지고 그대로 남았어요.

　[조사자: 이 나무는 타남사원으로 옮긴 지는 역사가 얼마나 돼요?] 그
거는 잘 모르겠어요. [조사자: 아주 오래된 거죠? 그렇죠.] 네네.

　[조사자: 그때 나무가 쓰러지면서 가지가 땅을 파서 물이 나왔다 했잖
아요. 그래서 생겨난 호수 이름이 뭐예요? 지금도 그 호수가 있는 거예요?]
지금은 있는 거 없는 거 말 안 했는데, 그리고 이름이 뭐지? 잘 기억
안 나는데. [조사자: 아직도 그 호수가 그 물이 있는지 없는지도 잘 모르는
거죠?] 네네. 그리고 큰 구멍이잖아요. 가지가 너무 커서. [조사자: 웅
덩이가 생겼구나.] 네네. [조사자: 그러면 그 웅덩이는 있어요? 땅이 파여
있는?] 그거 말 안 했어요. 아마 있으면 저쪽은 옛날이야기는 많아서
원래 도시니까.

　[조사자: 그러면 나무가 쓰러지면서 가지가 땅을 판 거죠? 파서 웅덩이
를 박히면서] 파는 거 아니고. 그냥 이렇게 움직이지 않고 그 사람이
바로 빼고 뿌리만 나와서. [조사자: 그렇지. 거기 구멍이 생기면서 거기
나온 거죠. 엄마가 해준 이야기와 완전 다르다. 지난번에 해준 이야기와. 그
렇죠?] 네네. 저는 그렇게 아는데. [조사자: 그렇게 알고 있었는데 어머니
가 해준 이야기는 조금 다른 거죠. 어머니 이야기가 더 오래된 이야기인 거
죠?] 네.

　[조사자: 그러면 그전에 들은 이야기는 어디서 들은 거 같아요? 그 절
에 갔을 때?] 그냥 그 동네 사람들이나. 뭐가, 누구 뭐지? 도서관 가면
책 읽는 거 아니고. [조사자: 해설사같이 설명해주는 분한테 들은 건데 엄
마가 해주신 이야기는. 엄마가 거기 가까운 데 사시는 거잖아요, 그렇죠? 아
니면 엄마도 거기 가서 들으셨대요?] 엄마는 할머니, 할머니들 이야기
를 들었는데.

　[조사자: 결국은 이 나무들이 왕궁을 세우는 데로 가려고 하다가 더 좋
은 나무가 먼저 와서 중간에 다시 돌아오는 그 이야기?] 네. 중간에 그 사
람만 먼저 오고.

　[조사자: 다시 자기들끼리 거슬러서 돌아오다가 이제 죽고 물에 빠져
서 잠기고 다시 백 년 후에 언니나무만 올라온 거죠? 동생나무는 어떻게 됐
는지는 몰라요?] 동생나무도 어떻게, 몇 년 동안 올라왔는지 아니면

어떻게 올라왔는지 말 안 했지만, 그 '사라부리 사우하이' 있는 거도 있어요, 하나는.

　　[조사자: 동생나무도 사원에 모셔졌어요?] 사원 같은 거 아니고. 그냥 이거 만들고 큰 나무 밑에 이렇게 만들고. [조사자: 지붕 만들어서?] 네. 지붕 만들고 거기 안에 있다고, 사람들이.

　　[조사자: 사당 같은 데 있다고, 거기도 가서 소원 빌고 하는 거예요? 동생나무는 어디에 모셔졌어요? 똑같은 타남사원은 아니죠?] 네. '사라부리' 요. [조사자: 사라부리?] 사라부리. [조사자: 그 도시에서 동생나무도 같이 사당에서 모시고 있다는 거죠?] 네네. 지금 우리 집 가면 거기까지는 한두 시간 정도? [조사자: 언니나무 있는 데 동생나무 있는 데가 한두 시간 정도 지금 차로 가면 걸리는 데에 있어요? 사라부리?] 네. 사라부리.

　　[조사자: 동생나무 사라부리에 있고 언니나무가 있는 타남사원은 어느 시에 있는 거예요? 이건 펫차분?] 펫차분 위치옌부리예요. 지금은 타남 왓타남은 이름이 바꿨어요. '위치옌반룸' 그런 이름. [조사자: 위치옌반룸?] 네. 옛날 그 사람 동네 사람들이도 계속 '타남타남' 이름 불렀는데. 그 뭐지? 그 나라에서 이름을 '위치옌반룸' 위치옌부리에 있는 사원이라는 뜻으로.

　　[조사자: 어머니가 사시는 데는 위치옌부리라는 도시고? 원래 누자리가 태어난 곳도 '위치옌부리'예요? 재밌어요.] 네. 저도 이렇게는 별로 안 가서. 애기 때는 이런 거 이야기하면 무서워서. [조사자: 그렇죠? 잘 안 들었구나.] 네.

프라카농 지역의 매낙 귀신 [1]

● **구연정보**

조사일시 : 2016. 09. 13(화) 오후

조사장소 : 서울특별시 광진구 화양동

제 보 자 : 와닛차 [태국, 여, 1990년생, 유학 5년차]

조 사 자 : 박현숙, 김현희

● **구연상황**

제보자가 〈어머니의 도시락과 아들의 참회〉 구연을 마친 뒤, 방콕 프라카농
지역에서 전해지는 전설이라며 구연을 시작했다. 제보자는 구연을 마친 뒤
이 이야기는 태국에서 영화와 애니메이션으로 제작됐으며, 한국에서도 〈피
막〉이라는 제목의 영화가 개봉됐을 정도로 유명한 전설이라고 했다. 제보자
도 어릴 적부터 이야기를 들었으며 제보자의 부모님도 영화를 봤을 거라고
했다.

● **줄거리**

옛날에 어떤 부부가 살았다. 남편은 만삭 아내를 홀로 두고 참전했고 아내는
출산 도중에 사망했다. 죽은 아내가 귀신이 되어 강가에서 남편의 이름을 불
렀고 마을 사람들은 귀신 소리가 무서워 가까이 가지 못했다. 남편은 제대 후
아내가 죽은 사실을 모르고 귀신이 된 아내와 함께 살았다. 어느 날 남편은 아
내가 요리를 하다가 2층에서 떨어뜨린 라임을 줍기 위해 팔을 늘어뜨리는 모
습을 목격했다. 남편은 아내가 사람이 아니라는 사실을 알고 사원으로 도망
쳤다. 사원의 스님이 남편을 쫓아온 매낙을 항아리에 봉인하여 강 위에 띄워
보냈다. 어떤 사람이 항아리를 주워서 열자 원한을 품은 매낙이 마을 사람들
을 괴롭혔다. 유명한 스님이 주문을 외워 매낙의 원한을 풀어주고 저승으로
보내주었다.

전설이라고 하는데, 방콕에 프라카농^{Phra Khanong}* 지역에서 전해
지는 이야기인데요.

그 이야기는 어떤 부부가 살았는데, 그 남편이 전쟁에 나가야 되
는데 아내가 임신을 하고 있었어요. 그래서 남편이 전쟁에 나갈 때
아내가 혼자 임신을 하는데 아이를 낳아야 되는 날이 왔어요. 혼자
있어가지고 아이를 낳지 못하고 죽었어요. 그래서 임신하면서 죽었
는데, 근데 그 아내가 귀신이 돼서 이렇게 남편을 기다리면서 강변
에 가서 남편을 기다리고 남편 이름을 이렇게 불러요.

"피마 카."

남편이 이름이 피마 이름인데요.

"피마 카."

이렇게. 되게 이웃집들 되게 무섭게 들리거든요.

그래서 그 집에 가까이 가지 못하고. 근데 어느 날 그 남편이 돌
아왔어요. 근데 그 아내가 이렇게 나타나서 귀신으로 나타났는데 남
편이 몰랐어요. 아내가 죽은 거. 그래서 아내와 같이 살게 되고 그리
고 아내가 붙잡았어요. 밖에 나가지 못하게, 왜냐면 밖에 나가면 이
웃집들이 아마 얘기 해줄 거 같아요. 아내가 죽었다고.

그래서 붙잡고 있고, 그냥 같이 집안에 살다가 어느 날 아내가
요리했어요. 태국에서 '솜땀^{somtam}'**이라는 음식이 있는데 파파야
샐러드였어요. 그 요리에 라임을 넣어야 되거든요. 그런데 라임을 넣
으려다가 빠뜨렸어요. 그리고 태국 집은 원래 2층에 있는데, 홍수 피
하기 위해서 좀 높게 지은 거예요.

그래서 1층으로 라임을 떨어뜨렸는데 남편이 우연히 그때 내려
가려고 오줌 싸러 내려가다가 그 아내가 손을 되게 길게 라임을 주
우려고 (손으로 라임 줍는 시늉을 하며) 이렇게 라임을 주웠어요. 그
래서 남편이 그걸 봐서 알게 됐어요. 아내가 인간이 아닌 걸. [조사자
1: 팔이 길어지는 걸 보고?] 네. 길어지는 걸 보고. 되게 무서운데 도망

● 태국 방콕의 50개 지구 중 하나이다.

●● 덜 익어 푸른빛이 도는 그린파파야로 만드는 태국식 샐러드이다.

가고 싶은데 그래서 되게 무서운데 도망가고 싶은데 그래서 꾀를 만들었어요.

그 어느 날 (잠시 구연을 멈추고 생각하다가) 방에다가 항아리에 몰래 구멍을 뚫어서 흙을 막았어요. 그리고 물을 차게 이렇게 넣고, 그리고 어느 날 밤에 아내한테,

"나 뭐 좀 사러 잠깐 갔다 올게."

이렇게 해서 내려가서 흙을 빼서 이렇게 물이 나오잖아요. 그 구멍에서 소리가 되게 오줌 소리 같아서 이렇게 꾀를 만들어서 도망갔어요.

근데 아내가 기다리다가,

'어, 왜 이렇게 오래갔지?'

그래서 궁금해서 내려갔는데. 남편이 도망간 거 알고 그냥 뒤따라 가려고 해서 그래서 남편이 사원에 도망갔어요. 스승한테. 아, 스승 아니지 스님. [조사자 1: 스님한테?] [조사자 2: 사원에?] 네, 사원에. 근데 (잠시 구연을 멈추고 생각하다가) 스님인가 아니면 무당인가. [조사자 1: 어쨌거나 사제.] 네. [조사자 1: 사원의 사제.]

사원에 들어가서 그래서 그 스님이 (뿌리는 동작을 하며) 이렇게 아내한테 제사를 지내고 그 원혼을 항아리에 넣어요. 갇혀 두고, 그리고 강 위에 떠, 뜨, [조사자 1: 띄웠어?] 아, 네. 띄웠어요. 그 나오지 못하게 이렇게 마술을 부리고 (덮는 동작을 하며) 이렇게 해서.

그리고 그 후에 어떤 사람이 항아리를 주워서 열었는데. 근데 너무 원한을 너무 커가지고 그 동네를 막 괴롭히고 이렇게 무섭게 하는 거예요. 그래서 사람들이 다시 막 이렇게 스님, 유명한 스님 한 명 있었어요. 그 전설에 그 유명한 스님을 불러 와서 스님을 어떻게 해서 막 이렇게 원한을 풀리고 [조사자 1: 풀어줘?] 네. 풀려서. 네 아마. 어떻게 할지 모르겠는데 (구연을 멈추고 생각하다가) 마술을 불러서 막 그럴 수도 있고.

[조사자 1: 그러면 쫓아내는 거예요? 아니면 자기 스스로 가게끔 뭐 이렇게 주문을 외워주는 거예요?] 아마 스스로 풀어주는. [조사자 1: 네. 달래 주는 거예요?] 네. 아마 그런. [조사자 2: 주문으로?] 네 주문으로. 이렇

게 저승에 잘 가고. [조사자 1: 잘 가고?] 네. 잘 가고. 그렇게 끝났어요.

그리고 그 아마 주문을 할 때 아마 아내의 이름은 매낙*인데. [조사자 1: 매낙?] 네. 귀신이름은 매낙인데. 매낙이. 그 시체 뼈를 가져와서 이렇게 주문을 하면서 하는 거 같은데. 그 뼈는 아직까지 오늘날까지 전해 온다고 그런 전설이 있어요.

[조사자 1: 매낙 뼈가? 그러면 그 뼈를 누가 만지거나 어떻게 하면 어떤 일이 벌어지거나 그러지는 않아요?] 네. 그런 건 아닌데.

[조사자 1: 어느, 사원 같은데 모시고 있어요?] 음. 사원 같은데 사원. 한국말을 잘 모르겠는데 이렇게 제사하기 위한 그런 데를 지어줬어요. [조사자 1: 납골당 같은? 아, 사당 같은 거?] 네. 사당 같은 거 만들어줬어요.

[조사자 1: 그러면 그 사당 같은 거 만들어지면 뭐 때가 되면 매낙을 위하며 제사를 지낸다거나 그런 건 없어요? 마을에서?] 있을 거 같아요. 그리고 맨날 사람들이 거기에 놀러 가서 기원하고, 기도하고.

● 태국인들에게 잘 알려진 만삭인 채로 죽은 귀신이다.

프라카농 지역의 매낙 귀신 [2]

● **구연정보**
조사일시 : 2017. 10. 29(일) 오후
조사장소 : 전라남도 순천시 해룡면 순천 기적의 도서관
제 보 자 : 나우봉 [태국, 여, 1975년생, 결혼이주 17년차]
조 사 자 : 박현숙, 김현희

● **구연상황**
제보자가 〈메콩강 용의 불구슬〉 구연을 마친 뒤, 한국에서 태국문화를 알리는 활동에 대해 이야기했다. 조사자가 매낙 귀신을 아는지 묻자 제보자는 드라마에도 나오는 이야기라면서 구연을 시작했다. 제보자가 구연할 때 누자리 제보자가 한국어 단어 선택을 도와주었다. 그리고 제보자가 이야기 구연을 마친 다음에 누자리 제보자가 매낙에게 소원을 비는 풍습에 관해 말해주었다. 누자리 제보자의 자녀도 이야기판에 동석했다.

● **줄거리**
사랑하는 젊은 부부가 살았다. 남편이 징집되어 아내 매낙이 혼자 출산하다가 아기와 함께 죽었다. 죽은 매낙은 저승으로 가지 않고 남편을 기다렸고, 전역한 남편은 아내가 죽은 줄 몰랐다. 동네 사람들이 매낙의 해코지가 두려워 남편에게 매낙이 죽은 사실을 말하지 않았다. 귀신 잡는 사람이 매낙을 잡아서 항아리에 가뒀지만, 한 어부가 항아리를 열어서 매낙이 탈출했다. 남편과 스님이 매낙을 위해 기도를 올리자 매낙은 남편의 사랑을 확인하고 저승으로 돌아갔다. 사람들이 프라카농 지역의 매낙을 찾아가서 소원을 빌면 다 들어주지만, 아들이 군대 가지 않게 해달라는 소원은 들어주지 않는다.

옛날 옛날에 그 사랑하는 여자 남자 하잖아요. 사랑하고 그 남자는 군인 하러 가는데. (청자 누자리와 태국어로 대화를 나누며) [청

자: 군대. 군대 가는데.] 군대 갔고. 근데 여자는 자기가 집에서 사랑에 대해서 이야기하는 건데요.

여자는 집에서 집안에서 그 남자만 기다리고 있고, 그때 자기가 애기 있잖아요. 애기가 태어나서, 태어나서 그 아기 낳는 동안에, 배 아파 애기 낳고, 엄마도 옛날 시기에 좀 어려웠잖아요. 의사도 없고, [청자: 병원 없어.] 병원도 없고 집에서 애기 낳잖아요. 엄마는 죽고, 애기도 죽고. 죽고 나서 그다음에 자기가 어디 안 가요. 남편만 기다리고 있고, 그 집에. [조사자: 죽었는데도?] 네. 죽었는데도 기다리고 있어. 기다리고, 기다리고 그 남편 와서 남편도 군대 갔다 오고. 집에 와서 자기 아내 죽은 걸 몰라요.

남편이 그 사람들 동네 사람들 자기 집에 오면 뭐하며 자기가 남편이 너무 사랑하니까 누가 우리 남편 그 우리 집에 근처 오면 좀 무섭게 해주고. 그렇게 보여주고 있거든요. 그다음에 남편은, 남편은 나타나서 앞에서 귀신처럼 남편이 다 보고 반찬 해주고, 눈에 애기 다 해주고. 남편 그때는 몰라. [조사자: 남편이 그러니까 아내가 죽은 사람인지 몰라?] 네. 아직 몰라. 밤에 오니까. 밤에 오니까.

다음에 다른 사람 동네에도 말하지 못해. 말하면 그 매낙이 와이프니까 가서 그 사람을 괴롭혀. 니가 우리 신랑(에게) 알려주면 괴롭혀, 그 사람이. 그래서 그 사람이 말을 못해요. 자기 죽으니까 말 못해요.

누가 와서도 그 뭐지? 머피? [청자: 귀신 잡는 사람.] 귀신 잡은 사람. [조사자: 귀신 잡는 사람?] 예. 와서도 맨날 이 사람에 대해서 너무 강해 자기가. 자기 능력이 강해서 누구누구도 자기 못 잡혀. 예.

한번 잡혔는데 그 옹 잡고 그 여기 넣었잖아요. [청자: 항아리.] 항아리. 자기 귀신 연 게 항아리였고 문에 덮어. 그 자기 동네 한 사람도 물고기 잡으러 가잖아. 잡으러 갔고 그다음에 항아리 찾아왔어요. [조사자: 누가 찾아왔다고?] 그 물고기 잡는 사람. [조사자: 아, 물고기 잡는 사람이 찾으러 왔어요.] (청자 누자리에게 태국어로 물어보며) 그, 뭐지? [조사자: 어부?] 어부 찾아왔는데.

'뭐가 여기 안에는 뭐가 금 있나? 돈 있나?'

궁금해서 터졌어요. 그래서 매낙 귀신이 나왔어요.

이게 더 강해요. 더 무섭게 해요. (웃음) 누구 가격해도 안 되고, 그래서 마지막 간 게 자기 남편. 남편하고 그다음에 스님이 와서 기도해 주고 진심한 마음이 아내한테 사랑한 데서 이야기하고 이렇게 이렇게 잘 가라고 하고, 아내도 이해하고

'남편은 나밖에 모르고 사랑하는구나.'

그렇게 자기가 좋은 마음으로 갔어요. 좋은 거 좋은 모습으로 갔어요. [조사자: 좋은 모습으로? 그다음부터 더 이상 나타나지 않았고?] 네.

[조사자: 이걸 드라마로 보신 거예요? 기억나서 지금 하시는 이야기가 아니면 어디서?] 우리는 태어나서 있어요. 어렸을 때부터 보는 거니까. [조사자: 어렸을 때부터 많이 들었던 이야기야?] 어렸을 때부터 들었던 이야기도 하고 그다음에 드라마 나와도 보고. [청자: 할머니 할아버지들이 때부터 계속 이야기도 하고.] 계속해서.

[조사자: 근데 너무 슬프다 무섭긴 해도.] 네. 마지막은 좀 슬프죠. [청자: 지금 매낙 모양이 그 방콕에 있는데요. 그리고 파카농*. 이름이 파카농이에요.] 파카농 시 있어요. 방콕에 있는데. 이름이 매낙 파카농. [조사자: 아, 매낙 파카농?] 네.

선생님은 어떻게 알아요? 매낙. [조사자: 아, 제가 태국에 유학생이 제 수업 듣는 학생이 있었는데 그 학생이 태국 이야기 해보라고 했더니 이 이야기를 제일 먼저 해줬어요. 아마 듣고 자란 세대는 아닌 거 같고 드라마랑 영화도 있다고 영화 이야기해 주고 하더라고요.] 원래 이야기는 우리가 태어나서 그런 이야기였는데 우리도 드라마는 봐요. 드라마 봐요. 어렸을 때. [조사자: 그러니까 드라마로 많이 만들어졌다고 하더라고요.]

[청자: 그때는 사람이 부부가 소원해서 뭐 하고 싶은 지 거기 매낙 장소 가서 좀 소원하고 기도하고 다음에는 다 뭐가 갖고 싶은지도 하고.] 저희가 이뤄지게 해주니까.

[청자: 하나만 못하는지 그 만약에 우리가 아들 있어서 그래서 태국 사

---

* 제보자가 지명을 [파타농]으로 표현했으나 제목과 줄거리는 다른 자료와의 통일성과 검색의 용이성을 고려하여 일반적으로 알려진 [프라카농]으로 표기했다.

람은 남자 다 군대 가는 거 아니에요.] [조사자: 그러면 어떤 사람만 가요?] [청자: 그 표 뽑고 빨간색 표 뽑으면 군대 가고, 검은색 뽑으면 안 가고. 그런 게 있는데. 그래서 제가 아들은 군대 보내기 싫어서.] 매낙에서. [청자: 기도하고 다 해주고 그래서, 매낙 자리에 거기 가서 기도하면 소원하면 안 돼요. 그래서 왜 안 되는지 그래서 매낙 남편이 군대 가잖아요. 그런 거.]

　　[조사자: 군대 가야 돼서. 거기서 그 소원을 빌면 안 되는구나.] [청자: 왜 소원했는데 '못 가게 해주세요' 그렇게 했는데. 그 사람은 바로) (웃으며) 보내. [청자: 빨간 표 뽑고.] (웃음) [조사자: 그러니까 군대 안 가게 해달라는 소원은 안 들어 주는구나.] 네. 다른 거는 다 되고 그러는데. 사람들이 이야기는 왜 군대 그렇게 소원하는데 못 가고.

링산과 지탭 도시 유래

● **구연정보**

조사일시 : 2017. 11. 18(토) 오전

조사장소 : 전라남도 순천시 해룡면 순천 기적의 도서관

제 보 자 : 누자리 [태국, 여, 1975년생, 결혼이주 10년차]

조 사 자 : 박현숙, 김현희

● **구연상황**

나우봉 제보자가 〈머리카락에서 향기 나는 여인 낭봄험〉을 들려준 뒤 이어서 구연할 이야기를 찾는 동안 누자리 제보자가 태국에 있는 친정어머니에게 들은 이야기가 있다면서 구연을 시작했다. 제보자는 구연 도중에 이야기에 나오는 링산을 어떤 사람들은 코끼리 산으로도 부른다고 했다. 나우봉 제보자가 청자로 참여했다.

● **줄거리**

멍링 영주의 딸과 지탭 영주의 아들이 서로 결혼을 약속했다. 결혼의 조건은 지탭의 아들이 해가 뜨기 전까지 멍링가까지 길을 내어 오는 것이었다. 지탭 영주의 아들은 시민들의 도움을 받아서 밤새 길을 만들다가 잠시 휴식을 취했다. 성에 있던 멍링 영주는 그 광경을 보고 도와주려고 불을 밝혀 주었다. 지탭 영주의 아들은 해가 뜬 줄 알고 몹시 화를 내며 그 자리에서 먹던 음식을 던지면서 돌아갔다. 멍링 영주의 딸은 신랑감이 오지 않자 식음을 전폐하고 누워 울다가 누운 채로 죽어서 링산이 됐다. 지탭 영주의 아들이 음식을 던졌던 마을에는 음식 던지는 풍습이 생겼다. 지탭 아들이 성으로 돌아왔을 때 독약을 먹고 죽은 소로 인해 사람들이 쓰러져 있었다. 한 도사가 해독제를 만들었지만, 사람들이.죽어서 쓸모가 없게 됐다. 지탭이 속상해서 해독제를 강에 던졌더니 강이 끓어 넘쳐서 마을이 물에 잠겼다. 물이 다 빠지고 난 땅에 새로운 사람들이 이주해 와서 마을을 재건했는데 마을 이름을 그대로 지탭으로 사용해서 그것이 도시 명이 됐다.

그 두 도시 이야기하는데. 하나는 그전 이름은 '멍링'이에요. 지금은 이름이 바꾸고 '위치옌부리' [조사자: 지금? 지금은 뭐라고 부른다고?] 위치옌부리. 옛날엔 멍링. 그리고 그 멍링은 영주 맞아요? 영주가 딸내미 있어요. [조사자: 영주 딸이 있고.] 네. 영주 딸이 있고. 그리고 하나는 지탭요. 지탭은 아들이 있어요.

그 두 도시가 아들과 딸 결혼하기로 했는데 그래서 하지만 두 도시는 중간에 차이가 길이 없어서 뭐죠? 숲속 길만 있고. 그러는데 영주 멍링가 집안이 있어서 지탭 아들 신랑이 결혼하고 싶으면 도로 만들고 와야 돼. [조사자: 길을 만들어서 와야 해요?] 네.

"길 만들어서 와야지."

그러는데 신랑이 있고 길 만들고는 해가 뜨기 전에 도착해야 돼. 그러는데 만약에 해가 뜨기 전에 도착하면 결혼 할 수 있어. [조사자: 만약에 해가 뜨고 나서 도착하면 어떤 일이 벌어져요?] 도착 전에 해가 뜨면 도착 못 하면 결혼 못 해. 못 하는데, 그리고 이야기했어요.

그런데 지탭 영주가 아들 혼자 만들 수 없으니까 좀 멀어서 그래서 남자 시민, 그 남자 동네들이 이야기하고,

"우리 아들 도와주라."

라고 이야기했는데.

그래서 여자가 반찬이나 음식이나 만들어주고 가지고 가는데, 그 남자들이 다 같이 나가고 길을 만들어요. 계속 만들고 밤새 만드는데 거의 다 왔어요. 그 멍링은 여기 있고. 그 길이 중간 아니고 거의 도착했는데 너무 피곤해서, 사람들이 밤새하니까.

그리고 이야기하니까 거의 도착해서,

"우리 여기 좀 쉬자."

그리고 밥도 먹고, 물 먹고 그러는데, (조사자를 쳐다보며) 근데 이거 뭐예요? 불, 불, 밤에 쓰는 라이트 그거 켜고 만들잖아요. 그거는 아주 녹이고 밥 먹고 중간에 계속 먹고. 그 영주 멍링가 보고 그거 그 관문 높으잖아요. 그 뭐지? [조사자: 성? 영주가 사는 성?] 네네. 그거 높으잖아요. 그 보고 밑에 보이고. [조사자: 아, 영주가 위에서 꼭대기에서 보고 만들어 보고 있어요?] 네.

그 행렬이요? 신랑 행렬이요? 그 뭐지? 사람 밑에 있는 거 만드는 거 그룹이 [조사자: 아 그 길 만드는 사람들?] 네네. 보이고,

'아, 그 사람들이 거의 도착했구나.'

그러는데 그래서 너무 기뻐서 그 환영했기 때문에 바로 불등 켜 주었어요.

켜주는데 밝게 쉽게 만들 수 있어 그런 생각하는데 영주가. 그 신랑이 보고 그 위에 했잖아요. 위에서 보고 해가 뜰 줄 알았어요. 그 때는 멈추고 다시 안 만들어서. 그러는데 너무 화가 나서 자기가 못 하니까 그러는데 반찬이나 음식이나 다 던졌어. 거기서 [조사자: 화가 나서?] 네. 다 던져서,

"먹지 마. 그런 거."

그리고 다시 집으로 돌아갔어요. [조사자: 아예 포기하고?] 네. 아예 포기하고 집으로 돌아갔어요.

그래서 그 신부가 신랑 안 오니까 너무 슬퍼서 계속 울고 계속 누워서 이렇게 누우는데. 그래서 아무 먹지도 않고 뭐 하는 거도 안 하고 슬퍼서 그냥 그대로 누워있어요. 어떻게 해야 하는지도 모르고 지금은 남은 거 그 산이요. 동네에 있는 산, 산이 모양이 여자 누워서 이런 모양이에요.

[조사자: 아, 영주 딸이 너무 슬퍼서 누워서 그렇게 죽었어요? 그리고 그게 그대로 누운 산의 모양으로 됐다는 거죠? 그 산의 이름은 혹시?] 링이 요. 링산이요.

[조사자: 그러면 그게 다리예요, 길이에요? 만들던 게?] 길이요. [조사자: 길을 내고 있었어요?] 아, 그 길은 음식 던졌잖아요. 거기서 그 동네 생겼어요. 그 동네 이름이 마하싸.

[조사자: 뜻이 뭐예요? 마하싸?] 마하싸는 음식이나 반찬이나 너무 많아서 던졌어요. 그 뭐지? 동쪽 사람들이 말려요, 그 쌀을 던진 거. 그 쌀 던지고. 너무 음식이나 반찬 많아서 던지는 거. 그게 마하싸 뜻 이에요. [조사자: 던지는 행위를 하는 걸 마하싸라는 말을 써요?] 네.

그 동네에서 지금 몇 월 달이지? 저도 생각 안 하고 그 행사 있 어요. [조사자: 음식을 던지는 행사를 해요? 그 동네에서?] 네네. [조사자:

재밌다. 되게 재밌어요.] 네.

그 사람들이 자기 집에서 막 만들고 반찬이나 뭐 만들고 무슨 나무지? 잎? 그리고 바나나잎. (나우봉과 태국어로 대화하다가) 수수나무. 설탕나무. [조사자: 사탕수수?] 네. 수수잎이나 그거 반찬 싸고 그 뭐지? 쟁반. 쟁반 놓고 저리 가서 그 스님이 이야기 끝나고, [조사자: 설법하고 나면 이렇게 던져요?] 네네.

던지고, 그 자기가 자기 반찬 말고 다른 사람 반찬은 다 가지고 집에 가서 옆 동네들이 다 나눠주고 그러는 거. [조사자: 아, 그 음식 던진 거 내가 던진 거는 안 가져오고 남이 던진 거는 가져와서 나눠 먹어요?] 네네. 그 나뭇잎 싸기 때문에 더럽지 않잖아요. 그래서 다 가져가고 자기가 가져온 것만 빼고 다른 사람이 만드는 거 다 가지고 와요. 집으로.

[조사자: 아, 그래서 나눠 먹고 그런 풍습이 생겼구나. 그 아들 남자가 있는 도시가 지탭?씨텍?] 지탭이요. 지탭. [조사자: 그 도시 이름은 뭐로 바뀌었어요?] 안 바뀌었어요. 그대로. [조사자: 멍링 도시만 위치옌부리라는 이름으로 바뀐 거죠? 이름은 언제쯤 바뀐 거예요?] 저도 그거는 잘 모르겠어요.

[조사자: 이게 누자리 선생님 동네 이야기예요? 아니면 엄마 사시는 동네?] 엄마 사시는 동네예요. [조사자: 엄마가 사시는 동네가 위치옌부리예요?] 네. [조사자: 그렇구나. 되게 재밌어요.]

지금은 한 20년 전에. 우리 밭도 거기서 가까워요. 요즘은 뱀. (나우봉과 태국어로 대화하다가) 무슨 뱀이지? 머리 좀 이렇게. [청자: 코브라.] 어, 코브라. 네. 그 산속에 코브라 있어요, 하나. 알이 있어요. 알 지켜서 사람 가까이 못 들어가고. [조사자: 그러면 코브라가 자기들 새끼 알 보호하려고 그러고 있는 거죠?] 네네. 갈 수 있는데 그냥 대나무 숙주 맞아요? [조사자: 죽순?] 죽순 자꾸 가져가 괜찮은데 그 뭐지? 동물 잡는 것도 안 돼서. 나무만 자꾸 먹는 거 가져가는 건 괜찮고.

[조사자: 그 링 공주가 이렇게 누워서 산 된 모습이 링산이라고?] 네. 링이요. 이런 모습들. [조사자: 링산. 팔을 이렇게 머리에 대고 누워있는

모습.] 네.

　　어떤 사람 이야기도 코끼리 머리 같은 모양이에요. 그래서 머리 이렇게 하잖아, 여자머리. 그래서 여기는 코끼리 코, 그런 거. [조사자: 그 모습이 코끼리처럼 보인다는 거죠? 코끼리 코랑 머리랑 이렇게. 그래서 누구는 코끼리 산이라 그러고, 누구는 여자 누운 산이라 모습이라 그러고 그래요?] 옛날 사람은 그 여자 누운 모양 그러는데, 지금 사람들이 현재 사람들이 보고 그 코끼리 많이 보니까 머리 모양 똑같다. 그렇게 이야기. [조사자: 그걸 보고 코끼리 모습 같다고 이야기하고.] 옛날 들어서 옛날 사람은 여자 누워서 그러는 거.

　　[조사자: 또 해주세요. 재밌어요.] 그리고 그 여기는 아들 신랑이 집에 들어가고 이거 뭐죠? 그 도시 문, 대문이 문 닫는데, 아직 해 안 뜨니까 문 닫고 있어 못 들어가서 어떻게 노크해서도 사람들이 못 들어서 문 안 열어주고. 그냥 무슨 약이지? 먹으면 바로 죽는. [조사자: 먹으면 죽는 약? 수면제 말고? 독약?] 네네. 독약. 그래서 소 한 마리 독약 먹여주고. 죽기 전에 바로 그 도시 통해서 계속 소리 나잖아요. 소 소리 나고 그 도시 사람 안에서 깨워서 듣고 바로 문 열어 달라고 했는데. 그래서 계속 뛰어가서 소리도 큰소리 내고 죽기 전에 그 사람 들고, 사람 들고 그냥 바로 문 열어. 그 소는 죽었어요. 죽었는데 뭐지? 배가, [조사자: 배가 터져서 죽었어요?] 네네. 터져서 죽었어요.

　　그 소 루시? (나우봉과 태국어로 대화를 나누다가) [청자: 루시? 뭐지? 천사? 천사 말고, 사람이 수염 많이 있잖아요.] [조사자: 산신령(도사)? 산에서 나오는 신? 산신령?] 네. 산신령. 그 소 지탭은 독약 많이 있어서 그 약 만들고. 이 독약 먹으면 안 죽고 그런 거 만들어서. [조사자: 그걸 해독시키는 약을 만들었어요? 몸에 먹으면 죽는 약을 낫게 해주는 해독약을 만들었다는 거죠?] 네네.

　　그 만들고 바로 와서 뭐지? 소 죽은 거 보고 못 도와줘서 그냥 뭐지? 이 소는 병에 걸리기 때문에 사람 먹으면 옛날에 모르잖아요. 소는 물고기 먹으면 죽으면 바로 잘 먹잖아요. 그 사람이 몰라서 소 병이 있기 때문에 몰라서. 바로 먹고 산신령(도사) 그 약을 가져오고 사람들이 도와주고 싶어서 그러는데. 다 그 사람이 죽었어. 도착하면 지탭 도착하면 다 죽었어요.

　그리고 너무 화가 나서 그냥 가져가면 다른 사람 다른 동네들이 들어오면 이 약은 만들고 사람 못 도와주면 마음이 슬프잖아요. 자기 이름도 유명 못하고 그러는데, 그 약은 바로 멀리 던졌어요. 멀리 던지고 바로 물은 뜨거운 물처럼 팍팍 끓어오르는데, [조사자: 물이 막 끓어요? 물이 막 뜨거운 물처럼 끓어올라?] 네. 끓어오르고 갑자기 물이 많이 나와서 그 물이 [조사자: 물이 넘쳐가지고 마을로?] 네. 넘쳐가지고 마을로, 사람들이 다 죽었어요.

　그다음에 물이 빠지고 다른 사람이 땅 남았어서 다른 사람 오게 됐어요. 다른 동네나 다른 사람이 이사 와서 또다시 살고. [조사자: 다시 정착해서 살게 됐어요?] 네. 이거 끝났어요. 그 이름은 그대로 남고. [조사자: 그래서 그 마을은 지탭이란 마을 그대로 이름이 있고?] 사람은 새로 사람이 들어오고.

　[조사자: 그러면 이게 이어진 이야기네요. 그렇죠? 링이 죽고 나서 지탭이 돌아가고 소가 소리 내고 이야기가 쭉 이어져 있는 엄청 긴 이야기네.] 네. 여기까지예요.

빠따니 신전 유래

● **구연정보**

조사일시 : 2017. 01. 04(수) 오후

조사장소 : 서울특별시 광진구 화양동

제 보 자 : 와닛차 [태국, 여, 1990년생, 유학 6년차]

조 사 자 : 박현숙, 김민수, 엄희수

● **구연상황**

제보자가 〈배의 수호신 매야낭〉 이야기 구연을 마친 뒤 태국에서는 차를 사면 사원에 간다고 말했다. 조사자가 한국에서는 차를 사면 고사를 지낸다고 해서 고사와 관련한 대화를 하다가 여자와 관련된 금기로 화제가 넘어갔다. 어느 정도 대화가 무르익었을 때 조사자가 제보자에게 준비한 이야기가 더 있는지 묻자 태국 남부지방의 전설이 있다면서 구연을 시작했다. 제보자는 이 이야기를 만화책에서 읽었고, 신전은 거리가 너무 멀어서 직접 가본 적이 없다고 했다.

● **줄거리**

옛날에 어머니와 남매가 중국에서 살았다. 아들이 장사를 위해 배를 타고 태국 빠따니로 갔다. 아들은 빠따니에서 원님의 아름다운 딸과 사랑에 빠졌다. 원님 딸이 남자에게 결혼 조건으로 이슬람교 개종을 요구하자 남자가 승낙하여 둘은 결혼했다. 중국에 사는 가족들은 장사를 떠난 아들의 소식이 끊기자 걱정을 하다가 여동생이 오빠를 찾아 태국 빠따니에 왔다. 여동생은 오빠를 만나서 어머니 소식을 전하고 함께 중국으로 돌아가자고 했다. 그러나 오빠는 장인이 시킨 이슬람 신전 짓는 일을 해야 한다고 거절했다. 여동생은 오빠의 외면이 슬퍼서 신전이 완공되지 않기를 바라는 기도를 하고 나무에 목을 매 자살했다. 오빠가 신전을 지으려 할 때마다 하늘에서 날벼락이 쳐서 결국 완공하지 못했다. 사람들은 신전을 지어서 여동생의 넋을 위로했다. 이 신전은 산모가 아이를 무사히 낳기를 기원하는 사람들이 많이 찾는다.

태국 남부 쪽 전설인데. 어떤 가족, 중국인 세 명 있었어요. 엄마, 딸, 아들 세 명 있었는데 아들은 이름 잘 기억 안 나는데, 아들은 배를 타서 태국에 왔어요. 그리고 태국에 와가지고 남부 쪽에 지역, '빠따니'*라는 지역인데 맞는지 모르겠지만. (웃음) 그 빠따니에 와가지고 그 뭐지? 장, 장사하러 왔어요.

장사하다가 그 도시에, 그 도시에 공주님을 그 아니 원님의 딸인 것 같은데요. 네 원님의 딸 만나가지고 너무 아름다워서 사랑에 빠졌어요. 그래서 나중에 둘이 결혼했어요. 결혼해가지고 근데 조건이 있어요. 그 가족이 무슬림교라서 그거 이슬람교라서 그 남자한테,

"이슬람교로 전교해야 된다."고.

막 그래가지고, [조사자 1: 개종을 해야 된다는, 종교를 바꾸라는 거죠?] 네 전교, 전교해야 된다고 막 그래서, 그래서 이 남자가 승낙해서 이렇게 결혼하게 됐어요.

그래서 이슬람, 무슬림으로 바꿔가지고. 그리고 너무 오랫동안 이렇게 지내고 엄마랑 동생을 다 잊어버렸어요. 그래서 중국으로 돌아가지 않고 계속 태국에 있었어요.

근데 엄마는 너무 아들한테 소식 하나도 안 들리고 막 그래서 너무 걱정돼가지고 밥도 못 먹고 아프기 시작하고 그리고 늙어, 늙어가지고 딸이 되게 걱정이 돼요. 엄마 걱정이 돼서,

"내가 지금 오빠가 뭐하고 있는지 할 겸 장사도 할 겸 갈 거라."고.

"빠따니로 갈 거라."고.

이렇게 얘기하고 빠따니로 떠났어요.

그래서 갔는데 그 오빠가 이렇게 결혼한 거를 알게 되고 그리고 너무 슬펐어요. 왜냐면 아마 원래 종교는 불교인가요? 모르겠는데 근데 종교를 바꿔서, 그리고 엄마랑 자기를 다 잊어버린다고 막 그래서 너무 슬퍼가지고. 근데 오빠한테 막 이렇게,

"한 번 엄마를 보러 오라."고.

---

* 태국 남부지역의 주의 하나이다. 빠따니는 말레이 반도에 위치하고 북쪽은 타이 만의 해안이다.

이렇게 얘기했어요. 막,

"엄마가 지금 많이 늙어가서 한 번은 가자."고.

막,

"돌아가자."고.

"중국으로."

근데 오빠는 그 말을 듣지 않고 그냥 계속 막 이렇게 지내고, 지냈는데 어느 날 시아버지가, 시아버지가 원님이잖아요. 그래서 이렇게 계획을 세웠어요. 그 지역에 가장 큰 뭐죠? 신전? 이슬람 신전을 만들겠다는 그런 계획을 세워가지고 이 그 시아버지 그리고 사위? 사위한테 막 이렇게 맡기라고 했어요. 이렇게 만들라고.

이렇게 해서 아들이 그 뭐 그래서 큰 신전을 만들겠다고 막 그래서 이 딸은 오빠를 보고 아, 이렇게 큰 신사를 만들고 그러면 중국에 안 돌아갈 것 같고 그리고 아직 종교를 그렇게 막 바꿀 생각이 없어서, 너무 슬퍼서, 너무 억울해서 막 이렇게 자살을 했어요. 그 빠따니에서 나무에서 목을 매달려서 죽어가지고.

그리고 죽기 전에 기도했어요. 약간,

'그 신전을 완성하지 못할 거라.'고.

막 이렇게 기도해가지고 그래서 딸은 죽어가지고 오빠는 막 와서 동생이 죽는 거는 너무 슬프고 그랬는데 근데 신전을 완성해야 되니까 그래서 신전을 완성하려고 했는데 항상 할 때마다 (벼락이 치는 모습을 손동작으로 하며) 그거 날벼락이 생기는 거예요.

그래서 그 결국은 그 신전을 못, 완성하지 못하고 그리고 신전을 완성하지 못하고 사람들이 이 딸을 뭐지? 그 다른 신전을 만들었어요, 그 딸을 위해서. 그 딸의 이름은 '림거니워'예요. 아마 중국 이름 같은데 림거니워이라는 그런 신전을 만들어줬고.

그리고 너무 그거, 뭐라고 해야 하죠? 신성해서? 사람들이 이 여인의 말이 되게 강해서 막 그 신전을 못 세웠다고 그런 소문이 나가지고 사람들이 가서, 이 신전에 가서 기도 많이 했어요. 특히 막 뭐지? 아이를 낳, 뭐지 쉽게, 안전하게 낳기를 기도를 많이 하는 거예요.

[조사자 1: 그럼 아이를 가지고 싶을 때는 가서는 기도는 안 해?] 네?

[조사자 1: 아이를 갖고 싶은 사람들. 아이가 안 생기는 사람들은 이 신전에 가서 기도 많이 해?] 그건 잘 모르겠어요. 근데 이거는 많이 들었어요.

　[조사자 1: 이거 어디에 있어요?] 그거 빠따니인 것 같은데요. [조사자 2: 빠따니?] 네. 빠따니.

　[조사자 1: 근데 여기가 그 중국, 중국 여인을 이제 모시는 어쨌거나 신전이잖아요. 근데 거긴 중국 사람들만 가는 게 아니라 중국, 태국에 사는 사람들이 거기 많이 가서 이렇게 기도한다는 거죠?] 네. 태국은 이렇게 중국 신전이 많아요. 근데 이거는 되게 유명한 신전인 것 같아요.

메콩강 용의 불구슬 [1]

● **구연정보**
조사일시 : 2017. 10. 21(토) 오후
조사장소 : 경기도 안산시 단원구 원곡동 세계문화체험관
제 보 자 : 사이얌낫(김수연) [태국, 여, 1978년생, 이주노동 12년차]
조 사 자 : 김정은, 황승업

● **구연상황**
우즈베키스탄 제보자인 샤히스타가 〈의붓자매 줌라트와 홈마트〉를 구연한
후, 사이얌낫 제보자가 교회를 통해 한국에 이주한 뒤 통역과 이주상담을 하
게 된 내력을 들려줬다. 조사자가 준비해온 설화 구술을 부탁하자, 할머니에
게 어릴 적부터 들었던 이야기라며 구연을 시작했다. 메콩강에 가면 실제로
붉은 방울이 올라오며 1년에 한 번씩 축제도 열린다고 부연했다. 태국어로
방파이파야낙(ບັ້ງໄຟພญฺานาค)이라고 했다. 인도네시아의 수산티와 우즈베키스
탄의 샤히스타가 제보자의 이야기를 경청하며 호응했다.

● **줄거리**
메콩강의 용신 파야낫이 왕자님 모습으로 세상에 나왔다가 농한이라는 지역
의 인간 공주와 사랑을 하게 됐다. 그러나 공주의 부모가 용과 사람은 짝이 될
수 없다며 결혼을 반대했다. 용신이 화가 나서 홍수를 일으키는 바람에 농한
지역은 모두 호수가 됐다. 그 이후 파야낫은 가슴이 아파서 땅에 올라오지 않
았다. 다만 음력 11월 15일마다 불구슬로 세상에 모습을 보인다.

제가 준비하는 내용은요, 제가 어렸을 때부터 할머니한테 얘기
많이 들었어요. [조사자 1: 할머님. 너무 좋아요.] 네.
그 태국에서는 파야낫, 파야낫. 용신, 용신이라는. [조사자 1: 파이
아낫?] 네, 파야낫. [조사자 1: 파야낫.] 네, 파야낫이라고 하는데. [조사

자 1: 저희도 잘 못해요, 이렇게. 용신을 그렇게 얘기하는구나.] 네, 한국말로 용신이래요.

　　그 어렸을 때, 보통 할머니한테 자주 얘기 들었던 거는 옛날 옛날에 태국 지역마다 왕궁이 있었대요. 네, 왕궁이 있었는데.

　　(마이크 준비를 다시 하느라 잠시 구술이 중단됨.)

　　그 저희 지역이 동북부 지방이라서, 그래서 메콩강 가깝거든요. 메콩강 가까운데. 그래서 할머니가 자주 이야기 들려준 거는 파야낫에 대해. 용신. 용신에 대해. 왜냐면 태국, 옛날 옛날, 옛날에는 용신도 그 강물에서 따로 왕이, 왕궁이 따로 있대요. 네, 왕궁이 따로 있고. 그리고 그 동북부 지방에 있는, 어떤 지역이 있는데, 제가 기억나는 거는 농, 농한, 농한이라고 해요. 농한, 농한이라고 하는데, 거기도 태국, 어, 그 인간 왕궁이 있대요. 인간 왕궁 있는데, 거기서 그 공주님 있대요. 공주님 있고.

　　네, 그리고 어느 날에 공주님이 그 국민들이 파는 시장에, 일반 시장 그 뭐지? 말하면 야외 시장인가? 야외에 있는 시장 그런 거. [조사자 1: 시장?] 네, 시장인데, 거기에서 놀러 갔대요. [조사자 1: 네, 시장이 열리니까.] 네, 그리고 그 당시도 그 파야낫에 그 공주님 말고. [조사자 1: 왕자님?] 어, 왕자님이 올라왔대요. 그 인간처럼 올 왔는데, [조사자 1: 용신이 이렇게 왕자처럼 여기는] 네. 인간처럼 올라왔는데. 올라왔는데.

　　둘이가 그때는 소녀하고. 어 나이는 열 대, 한 십 대 정도? 십 대 정도 됐는데. 그런데 옛날에는 십 대 정도이면 아가씨는 [조사자 1: 네, 그랬으니까.] 어, 그러니까요. 그 결혼하는 나이가 됐는데. 그래서 둘이가 거기서 만나게 되고. 그리고 짝사랑 왜 눈, 눈 마주 (잠시 머뭇거리며) [조사자 1: 눈이 맞았구나.] (웃으며) 네. 그리고 그때는 공주님도 그 시장 갔을 때도 공주처럼 옷 차려, 차려 입은 거 아니고 일반 [조사자 1: 아, 일반 사람처럼.] 일반 사람처럼 차려 있고, 차려 입고 나갔으니까.

　　그래서 거기서 만나게 되고. 그리고 서로 그 약속해서,

　　"우리가 다시 만나자."고.

그런 뜻이었나 봐요. 그래서 이후에도 둘이가 다시 만나고.

나중에 그 임금님, 그 인간의 임금님, 농한에 있는 임금님 알게
됐더, 알게 됐대요. 딸이 일반 남자하고 만나다, 만나고 있다는 거.
그래서 반대했대요. [조사자 1: 그렇게 했구나. 서로 일반인인 줄 알고.]
네. 반대했는데, 그 소녀는 그 당시는 너무 사랑했기 때문에 결혼까
지 약속했었고. 그리고 그런데 그 임금님 반대했기 때문에, 그래서
결혼 못 하게 된 것, 된 거예요.

그리고 그 뭐지? 파야낫. 그 자기 나라에 돌아갔대요. 돌아가고
자기가 다시 약속해서 자기가,

"다시 오겠다."고.

그리고,

"어떻게 해서 결혼을 하겠다."

그런 약속해놓고 갔는데, 돌아왔대요.

돌아왔는데, 그 모습으로, 왕자, 왕자처럼 돌아왔는데. 그래도
그, 그 임금님, 인간 임금님이 그 왕자이지만 인간 아니기 때문에,
[조사자 1: 용이니까.]

"용이니까 안 된다. 용하고 사람이 결혼할 수 없다."

그런 이야기. 네, 이야기.

그래서 계속 반대했기 때문에, 그래서 그 용, 용신의 아버지이고
임금님이 그 일을 알게 돼서 화가 났대요. 아들이 이 여자를 많이 사
랑했기 때문에. 그래서 그 찾아와서 화나니까, 그래서 그 거기 지역
농한인데, 거기 그래서 현재는 홍수가 됐어요. [조사자 1: 네, 네. 홍수
가 난거죠?] 네. 그래서 그 홍수, 홍수, 홍수인가? [조사자 1: 네, 맞아요,
홍수로.] 네, 거기서 만, 만들었대요. 그리고 인간들 [조사자 1: 홍수로
다 잠기게 된 거예요?] 네, 잠기게 됐대요. 그래서 그 지역은 농한. 홍,
호수? 호수라고 불러요. [조사자 2: 호수? 아, 호수가 됐구나.]

그리고 그 일, 그 다 거기 지역 인간들이 수, 죽, 죽었으니까, 그
래서 그 왕자님이 너무 맘이 아파서 자기 나라에 돌아가서 다시 그
뭐지? 그 육지에 올라오지 않았대요. 그때부터. [조사자 1: 아, 그 이후
부터는] 네.

그리고 태국에서는 '카오판싸(เข้าพรรษา)'*이라는 거 있어요. 카오판싸이라는 거 있는데. [조사자 1: 카오판싸이?] 네, 카오판싸. 그 스님, 스님들이 절에 3개월 올라, 아니 들어가서 기도할 거예요. 왜냐면 태국에서는 90, 한 97프로는 불교이기 때문에. [조사자 1: 절하는?] 네, 그래서 들어가서 기도하고. 그리고 3개월 되면 절에서 나와요. 그거는 '억판싸(ออกพรรษา)'**이라고 해요. [조사자 2: 억판싸이.] 네, 억판싸.

억판싸이라고 하는데, 그래서 왕자님도, 그 용신 왕자님도 그때 되면 자기도 그 물속에 [조사자 1: 있다가?] 네, 있다가, 거기서 밥도 안 먹고, [조사자 1: 오, 삼 개월 동안?] 기도, 예 기도하고. 그리고 그 억판싸 되니까, 한 태국에서는 음력 11월 달 보름이래요. 억판싸이라는 거. [조사자 1: 음력 11월 15일?] 네, 보름. 보름이니까. 거기서 그 스님이, 스님들이 절에서 나오면 그 메콩강, 메콩강에서 불구슬처럼 올라온대요. 네, 불구슬처럼 올라오는데, 그거는 할머니 말로는 용신의 불구슬이라고 해요.

[조사자 1: 불구슬처럼 올라오는 거예요, 용신이?] 네네. [조사자 1: 그때는 이렇게 올라오는 거죠? 그래서 11월 15일 보름 때는.] 네, 올라온대요.

그래서 나중에 제가 크니까, 여서 이 나신 원, 그 메콩강에서 불구슬 나오는 거는 나와요. [조사자 1: 아, 또 그 이야기 이렇게.] 네. 어렸을 때 이거 이야기 들었던 거는 진짜 임금 그런 느낌도 들었고. 어, 들고.

그런데 그 두 가지 생각할 수 있대요. 네, 어떤 사람은 진짜 용신의 불구슬이라고 생각하고, 어떤 사람은 그냥 자연으로 나오는. [조사자 1: 자연으로 나오는. 뭐 이렇게 올라오긴 하나 봐요. 그렇죠?] 네, 맞아요.

● 카오판싸는 입안거(入安居)라고도 한다. 삼보절(아싸하라부차 데이) 다음날로 '판싸'라는 말은 산스크리트어로 비를 의미한다. 태국 승려들은 우기철 3개월 동안 동굴이나 사원에서 수련에 전념한다.

●● '억판싸'는 개별적으로 활동하던 승려들이 약 3개월 동안 한 곳에 모여 집단으로 수행을 하는 '카오판싸'가 끝나는 날이며, 우기가 끝나는 날을 의미한다.

메콩강 용의 불구슬 [2]

● **구연정보**

조사일시 : 2017. 10. 29(일) 오후

조사장소 : 전라남도 순천시 해룡면 순천 기적의 도서관

제 보 자 : 나우봉 [태국, 여, 1975년생, 결혼이주 17년차]

조 사 자 : 박현숙, 김현희

● **구연상황**

조사자는 제보자들과 함께 점심식사를 한 뒤 조사 취지를 설명하고 조사장소로 옮겨 이야기 녹음을 시작했다. 조사자가 제보자에게 고향의 유명한 전설을 묻자 제보자가 구연을 시작했다. 이야기판에는 누자리 제보자와 자녀들이 청자로 동석했다.

● **줄거리**

메콩강에는 파야낙이라는 큰 용이 살고 있다. 파야낙은 음력 11월 15일 보름달이 뜰 때 2년마다 한번씩 강에서 불처럼 올라온다. 파야낙이 올라올 때 사람들은 소원을 빈다. 메콩강에서는 매년 배 타는 행사를 한다.

　우리 동네에서 원래부터 믿음이 있는 거 있거든요. [조사자: 믿음?] 믿음. 파야낙. [조사자: 파야낙?] 용. 큰 용. 그 태국 말에서는 파야낙. 파야낙이라서 우리가 그 강에 우리 집에, 우리 동네 강이 메콩강이 있거든요. 메콩강 있고, 메콩강이 태국하고 라오스하고 중간에 메콩강 있고. 파야낙. 불꽃같은 거 아니지만, 그 '방파이파야낙(용의 불구슬)' 이거 유명해요.

　어렸을 때부터 우리가 음력에, 한 추석 때. [조사자: 8월 15일?] 8월

60

15일인데.* 음력에 우리가 항상 그 달, 그 보름달 일 때, 방파이파야
낙 있고, 그 2년마다 올라와요. [조사자: 그 용이?] 예. 용이. 그렇게 믿
고. [조사자: 불처럼?] 예. 불처럼 올라와요. 유튜브에 들어가면 나와
있을 거예요. 요즘에 옛날에 제가 어렸을 때는 유행하지 않아요. 우
리만 가족끼리 그날 때마다 가서 기다려 보고, 기다려 보고. 어떤 때
는 많이 올라오고 어떨 때는 조금 올라오고. [조사자: 안 올라올 때도
있어요?] 네. 안 올라올 때도 있어요.

　　[조사자: 나우봉 선생님은 어릴 때 본 적이 있어요?] 예. 매년마다 항
상 보러 가요. [조사자: 매년마다 봤어요? 어떤 모습으로 올라와요?] 그냥
그 불빛처럼 [조사자: 불빛이?] 예. 불빛이 반짝반짝하는 거, 그냥 우
리가 초 하잖아요. 초 여태, 그런 불처럼 쭉 올라와요. [조사자: 그럼
색깔은 붉은 색?] 네. 색깔은 불 색깔. 올라와요, 빨간색 같은 거 올라
와요.

　　요즘에는 큰 행사도 해요. 요즘에는 유명하고, 여기 드라마도 만
들고 나오고, 드라마도 하고 세계적으로도 알려지고 있고. 옛날 우리
동네만 아니라 사람이 점점점 와서 보고 지금 유명, 유행하게 됐어
요. [조사자: 그러면 거기 용이 올라오는 강 이름은?] 메콩강. [조사자: 아
거기가 메콩강이에요? 메콩강이랑 라오스 사이에?] 네네. 메콩강 있는 동
네. 다 올라와요. 사람들 많이 몰려와서 보고.

　　[조사자: 그러면 늘 불빛으로만 보이지 실제 용의 모습으로 나타나지
는 않아요?] 네. 않아요. [조사자: 그러면 용이 올라갈 때 소원 같은 거 빌
어요?] 네. 소원 빌어요. 그건 자기가 소원 있는 거 비는 사람이 있고.
[조사자: 그래서 소원이 성취된 적 있어요?] 저요? 어렸을 때는 그런 거
생각 없죠. 그냥 보고. 어린이가 뭐가 소원이 있습니까. (웃음) 그냥
보고,

　　'신기하다.'

　　그런 생각밖에 없죠. 그때 기억나는 거. [조사자: 그게 기억나시고]
예.

● 용신이 불구슬을 뿜어낸다고 하는 날은 음력 11월 15일이다.

　　[조사자: 또 기억나는 거 있으세요?] 또, 그다음에 뭐지? 행사할 때마다 그 배, 문갱르아 배 타고 있잖아. [조사자: 배 타고?] 예. 배 타고 그 태국 말은 문갱르아이라 해요, 문갱르아. 메콩강에서 배에 여러 사람이 타고 그런 배 있잖아요. [조사자: 긴 배?] 예. 긴 배. 시합하고. [조사자: 아, 카약 같은 거?] 예.

　　그런 거 비슷한데, 우리도, 여기도 유명해요. 매년마다 행사해요. [조사자: 그러면 매년마다 대회가 있어요?] 네. 대회 있어요.

우렁왕을 낳은 병자 쌘뽐

● 구연정보

조사일시 : 2016. 09. 13(화) 오후

조사장소 : 서울특별시 광진구 화양동

제 보 자 : 와닛차 [태국, 여, 1990년생, 유학 5년차]

조 사 자 : 박현숙, 김현희

● 구연상황

조사자가 태국의 신에 관한 아는 이야기가 없는지 묻자 제보자가 한참 생각
하더니 떠오르는 신화가 없다면서 미소를 지었다. 태국에서는 별도의 신화
보다는 민담 속에 신이 자주 등장한다고 했다. 조사자가 제보자에게 준비해
온 이야기를 들려달라고 하자 자신이 좋아하는 이야기가 〈타우쌘뽐〉이라면
서 구연을 시작했다. 구연 도중에 녹음기가 오작동해서 재구연을 진행했다.
첫 구연에서는 쌘뽐의 병이 온몸에 종기가 붙은 신경섬유종증으로 태국에서
는 타우쌘뽐병으로 부른다고 설명했었다. 제보자가 구연을 마친 뒤 이 이야기
를 알게 된 내력을 묻자 어릴 때 옛이야기를 엮은 동화집을 통해서 알게 됐다
고 했다.

● 줄거리

옛날에 온몸에 종기가 나고 못생긴 쌘뽐이 채소를 키우며 살았다. 오줌을 비
료로 쓰는 쌘뽐의 채소는 맛있기로 유명했다. 어느 날 공주가 쌘뽐이 키운 가
지를 먹고 임신했다. 왕이 손자의 아버지를 찾기 위해, 나라의 모든 남자들이
가져온 물건 중 손자가 잡은 물건의 임자와 공주를 결혼시키겠다고 광고했
다. 아이는 수많은 남자들이 가져온 값진 물건을 마다하고 쌘뽐이 가져온 밥
한 덩어리를 잡았다. 왕은 쌘뽐을 사위로 인정할 수 없다며 공주와 아이와 쌘
뽐을 함께 궁에서 내쫓았다. 인드라 신이 쌘뽐을 불쌍히 여겨 쌘뽐에게 세 가
지 소원을 들어주는 북을 주었다. 쌘뽐은 첫 번째 북을 치고서 몸에 난 종기가
없어지게 했고, 두 번째 북을 쳐서 왕궁을 받았으며, 세 번째 북을 쳐서 아이
에게 금 요람을 주었다. 이후 쌘뽐은 아이의 이름을 우렁이라고 짓고 행복하
게 살았다.

　어떤 나라에서 어떤 남자가 살고 있었는데, 이름은 쌘뽐이에요. 쌘뽐이라는 남자가 채소재배사인데, 그 여러 가지 채소를 많이 심었어요. 그리고 그의 채소는 특히 맛있는 성분이 있는데, 그 비결은 쌘뽐이 오줌으로 채소를 심는 거예요.

　그래서 채소들이 되게 잘 자라고 맛있고 그러는데. 어느 날 공주님이 그 나라의 공주님이 가지를 먹고 싶었어요. 그런데 왕궁 안에는 아무리 찾아도 하나도 없었어요. 그래서 종한테 시켰어요. 가지를 찾아오라고. 그래서 종이 나가서 쌘뽐의 집을 찾았어요. 그래서 가지를 달라고 싸고 공주님으로 다시 돌아왔는데. 그래서 가지도 먹여 두고 그랬는데. 공주님도 되게 맛있게 먹고 그러는데. 얼마 후에 공주님이 임신하게 되어 버렸어요.

　그래서 근데 아버지가 누군지 잘 모르고 그래서 왕이 딸한테 아버지가 누구인지 아무리 물어봐도 딸이 대답이 없어가지고 그래서 공주님이 아이를 낳아서 아들이었는데, 그 왕이 그래서 누구인지 진짜 알고 싶어서 온 나라에 공지를 했어요. 모든 남자가 왕궁에 들어와서 왕궁에 들어와서 아이한테 이렇게 어떤 물건을 주던지 아이가 받으면 주는 사람이 아버지라고 인식할 거라고 이렇게 얘기하고 그 사람한테는 보물을 주고 그리고 공주님이랑 결혼시킬 거라고 이렇게 공지했어요.

　그래서 모든 남자가 와서 다른 나라의 왕자가 다 모여와서 비싼 물건을 가지고 오고 아이한테 주려고 했는데, 쌘뽐도 남자니까 들어와야 되잖아요. 그래서 줄 거 없으니까 그래서 밥 한 덩어리만 가지고 들어가는데. 아이가 모든 사람한테 물건을 받지 않아요. 아무리 비싸도 그런데 쌘뽐에게 그거 밥을 받았어요.

　근데 왕이 그걸 보고 되게 부끄러워했어요. 왜냐면 쌘뽐이 생긴 거는 되게 못생기고 병(타우쌘뽐병)* 있는 사람처럼 이렇게 생기니까 되게 창피했어요. 그리고 모든 사람 앞에서 이렇게 아이가 받는 거니까. 그래서,

　● 온몸에 종기가 돋는 병이다.

"이 사람은 우리 서방으로 받아들일 수 없다."

[조사자: 사위?] 네, 사위. 사위로 받아들일 수 없어서 추방했어요. 약간 공주님이랑 이렇게 나가라고 화나가지고 그래서,

"나가라."고.

세 명이 같이 나가서 그 되게 힘들게 간 과정인데, 신이 인드라 신이 있어요. 신이 봐가지고 너무 불쌍해서 내려와서 원숭이로 변신 해가지고, 원숭이를 변신해서 북을 줬어요.

한 북을 쌘뽐한테 주고 북을 소원 세 개 줄 거라고 이렇게 얘기하고. 한 번 치면 한 소원. 그래서 쌘뽐은 첫 번째 북을 치고 자기가 종기 생긴 거를 없애 달라고 이렇게 소원을 빌었어요. 그래서 없애지고. 두 번째 북을 칠 때 나라를 달라고 이렇게 자기에게 나라 왕궁을 달라고 그렇게 소원을 빌어서 챙긴 거예요. 그리고 북을 세 번째 칠 때 아이한테 금 요람을 달라고 이렇게 북을 치고 금 요람이 생긴 거예요. 그리고 그 후부터 행복하게 왕이 되고 잘 살게 된 거예요.

아들은 금 요람 안에 있으니까 이름은 '우텅UThong'*이라고 이름을 지었어요. 그리고 우텅은 태국 역사에서 진짜 왕이었거든요. 왕 이름이었고, 그 우텅이라는 이름은 '우'는 요람이고 '텅'은 금이니까. 금 요람. 그런 전설인 거 같고.

[조사자: 우텅은 지금 실제 인물인 거잖아요?] 네.

● 우텅(UThong) 왕자는 태국 아유타야(1314-1369) 왕국의 첫 번째 왕 라마티보디 1세이다. 우텅은 1350년 왕위에 오르기 전에 불린 이름으로 '황금 요람'의 뜻을 지니고 있다.

어머니와 결혼할 뻔한 왕자
(프라빠톰불탑 유래)

● **구연정보**

조사일시 : 2017. 01. 04(수) 오후

조사장소 : 서울특별시 광진구 화양동

제 보 자 : 와닛차 [태국, 여, 1990년생, 유학 6년차]

조 사 자 : 박현숙, 김민수, 엄희수

● **구연상황**

제보자가 〈아내로 변신한 거인을 물리친 잔타코롬 왕자〉 이야기 구연을 마치자, 조사자가 태국에는 공주와 왕자 이야기가 많은 것 같다면서 다른 왕자 이야기가 없느냐고 물었다. 제보자가 잠깐 생각을 하더니 〈파야공 파야판〉이라는 이야기가 있다면서 구연을 시작했다.

● **줄거리**

옛날 어느 나라에 파야공 왕이 살았다. 파야공은 아들이 태어날 때 쟁반에 이마를 부딪혀 흉터가 생겼기에 왕자 이름을 파야판이라고 지었다. 점술가가 나중에 왕자가 아버지를 죽일 것이라는 점괘를 내놓자 왕은 파야판을 숲에 버렸다. 외딴 곳에 사는 할머니가 버려진 파야판을 데려다 키웠다. 영리하게 성장한 파야판은 다른 왕국에 보내져 살게 됐다. 다른 왕국의 왕은 파야공의 나라를 칠 계획을 세우고 파야판과 함께 참전했다. 파야판은 전쟁에서 파야공을 죽이고 전쟁에서 승리하여 파야공 나라를 얻었다. 파야판이 파야공의 왕비를 아내로 삼으려고 왕궁으로 가는 길을 동물들이 막고 왕비와의 관계를 일러주었다. 파야판이 만약 파야공의 왕비가 자신의 어머니라면 동물들의 젖에서 우유가 나오게 해 달라는 기도를 하자 우유가 나왔다. 파야판은 뒤늦게 파야공이 아버지고 왕비가 어머니라는 사실을 알게 됐다. 파야판은 진실을 알려주지 않은 양육자 할머니를 죽였다. 파야판은 뒤늦게 자신의 아버지와 키워준 할머니를 죽인 일에 대해 후회하며 프라빠톰불탑을 세웠다. 이 탑은 태국 나콘파톰에 위치해 있다.

아, 그거 음 〈파야공 파야판〉이라는 이야기가 있는데요. 이 이야
기가 어떤 왕이 있는데 그 왕의 이름은 파야공이에요. 그리고 이 왕
의 아들이 있었는데 그 아기를 낳았어요. 왕비가, 왕비가 아들을 낳
았는데 점쟁이가 이 왕자는 나중에 아버지를 죽일 거라는 그런 점을
쳤어요. 그리고 뭔가 안 좋은 일을 가져온다고.

막 이렇게 점을 쳐서 그래서 왕이 아들을 버리라고 했어요. 숲
으로. (손을 밖으로 내저으면서) 이렇게 버리라고 했는데, 이 아들은
그 이렇게 얘기해야 돼요. 아들은 태어났을 때 사람들이 이렇게 아
들을 받을 때는 그냥 손으로 받으면 안 되는 거예요. 이렇게 태국에
서 왕족이니까. [조사자 1: 그럼 어떻게?] 왕족이니까. 그래서 쟁반으
로 (두 손으로 받치는 동작을 하며) 이렇게 받아야 돼가지고.

근데 쟁반으로 받았을 때 이 아들은 떨어져가지고 이마에다가
(손가락으로 오른쪽 눈썹 위를 그으며) 이렇게 쟁반 자국이 남았어
요. 그래서 쟁반은 태국어에서 '판'이라는 말이 있는데 그래서 이름
은 '파야판'이라고 이렇게 이름을 지었어요.

그래서 아들을 버리게 됐는데 어떤, 잠시만요, (잠시 구연을 멈
추고 생각하다가) 어떤 그 늙은 아주머니가, 아, 할머니. 할머니가 이
아이를 주워 가서 키웠어요. 키웠는데 이 아들은 되게 영리하고 똑
똑하고 그래서 어떤 스님이 이 아이를 봐서 너무 영리해서 다른 나
라의 왕한테 이렇게 맡겼어요.

"이 아이가 나중에 크면 진짜 솜씨가 좋을 거라"고.

이렇게 얘기해서 왕한테 주고 그 왕은 받아서 키웠어요. 자기 아
들처럼 키우고 나중에 커서 막 이렇게, 이 왕궁은 원래 파야공의 나
라를 치려고 했어요.

그래서 이 파야판을 시켰어요.

"나가라."고.

"전쟁에 나가라"고.

솜씨가 되게 좋아서 그래서 나가라고 했는데, 그 파야공도 막 전
쟁에 나와서 코끼리를 타서 나오고 파아판도 코끼리를 타서 나오고
이렇게 전쟁을 치렀는데, 결국은 파야판은 이겼어요. 그리고 파야공

을 죽였어요. 자기 아버지를 (손으로 칼을 쥐고 휘두르며) 이렇게 죽였어요.

죽였는데 자기 아버지인 줄 몰랐어요. 그래서 아버지를 죽이고 그 나라를 받게 됐는데, 그래서 왕궁에 들어가서 그 왕비를 자기 아내로 삼으려고 해서 들어가려고 했는데 계단 앞에서 어떤 고양이가 길을 막아가지고 사람의 말로 이렇게 얘기했어요. 근데 어떤 얘기인지 제가 기억이 안 나는데, 근데 그 왕자가 고양이의 말을 들어서 너무 이상하게 여겼어요. 왜 사람의 말을 할 수 있고 그리고 내용도 약간 조금 뭔가 엄마 아들 관계에 대한 그런 얘기 했어요.

그래서,

'어? 좀 이상하다.'

싶은데 다시 (손을 번갈아 위로 올리며) 이렇게 계단 올라와서 계단 앞에 또다시 어떤 양 같은 거. [조사자: 양?] 아마. 양이 다시 길을 막게 되고 아기한테 젖을 주는 그런 양이 있어요. 길을 막고 있어가지고 그리고 다시 사람 말로 말을 해줘요. 막 이렇게 아들이 엄마를 삼으려고 이런 내용인 거라서 그래서 이상하다 싶은데 그 왕자가 그래서 마음속으로 기도했어요.

'만약에 이 여자가 내 엄마라면 그 고양이랑 양의 젖에서 우유가 나온다.'

이런 기도를 했어요. (두 손을 모으며) 기도를 했는데 우유가 진짜 나왔어요. 젖에서. 그래서,

'이 여자가 엄마이구나.'

그래서 너무 슬프고 (눈물 흘리는 손짓을 하며) 자기 아버지를 죽인 것을 되게 후회해가지고. 그리고 너무 화가 나요. 할머니가, 자기를 키운 할머니가 사실을 안 알려주는 거 되게 너무 화가 나서 죽이라고 했어요. (손으로 건너편을 가리키며) 그 할머니를 죽이라고 했고.

근데 나중에 다시 이렇게 자기를 키워준 할머니를 죽인 것도 후회해가지고. 나중에 스님이 왕자한테 탑을 만들라고 해서 왕자가 그 슬픔과 후회를 담아서 (손바닥으로 큰 타원을 그리며) 이렇게 태국

에서 탑을 만들었어요. 그 탑을 나콘파톰에 있다고 했는데 이름도 옹프라빠톰체디*라는 탑이에요. [조사자 1: 탑 이름이?] 네, 탑 이름은 옹프라빠톰체디예요.

[조사자 1: 이게 있는 지역이 어디라구요?] 나콘파톰이에요. [조사자 1: 이게 그러면 태국 어느 지역 쪽에 있는 거예요?] 어, 그 방콕 근처에 있는데요. 약간 수도권이랑 좀 비슷하긴 한데. [조사자 1: 되게 유명한 탑인가 봐요? 사람들이 구경도 많이 가고 하나보죠?] 네, 되게 큰 탑이에요.

[조사자 1: 완전 오이디푸스 콤플렉스 같아. 이게 태국에 원래 전해져 오던 이야기인 거잖아, 그죠?] 네.

[조사자 2: 나콘파톰이라는 도시가 있네요.] 네, 도시. [조사자 2: 실라빠건대학교도 있네요.] 오, 맞아요, 맞아요. 어떻게 알았어요? [조사자 2: 검색해 봤어요.] (웃음) 네, 맞아요. 실라빠건대학교가 있는 도시예요. 방콕에서 그렇게 멀지 않아요. 한 한 시간, 두 시간 정도.

[조사자 1: 태국에서는 이런 어떤 죄를 짓거나 하면 그걸 씻는 방법들이 이렇게 탑 같은 걸 쌓거나 하는 건가요? 저번에 '도시락탑'도 보면, 그죠?] 네네. 왜냐하면 제가 들었는데 원래 탑 안에는 그거 죄가 있어서 이렇게. [조사자 1: 그 죄를 안에다가. 재?] 죄요. 죄를 담아서 탑 안에. [조사자 1: 안에다가 넣어요?] 네.

● 태국의 나콘파톰에 위치한 127m의 세계에서 가장 높은 불탑으로 최초의 신성한 체디(불탑)라는 의미를 담고 있다.

어머니의 도시락과 아들의 참회 [1]

● 구연정보

조사일시 : 2016. 09. 13(화) 오후

조사장소 : 서울특별시 광진구 화양동

제 보 자 : 와닛차 [태국, 여, 1990년생, 유학 5년차]

조 사 자 : 박현숙, 김현희

● 구연상황

조사자가 제보자와 만나 조사 취지를 간략하게 소개한 뒤 구연을 청하자, 제보자가 구연목록을 적은 메모지를 확인하고 구술을 시작했다. 제보자는 이 이야기가 대학교 수업 시간에 발표한 적이 있는 태국 전설이며, 동부지방의 이야기라고 설명했다. 제보자는 구술을 마친 뒤 이 이야기가 어릴 적에 어머니가 들려준 것이라고 했다.

● 줄거리

태국 동북지역에 한 모자(母子)가 살았다. 아들은 매일 벼를 심으러 나갔고 어머니는 점심에 도시락을 싸서 가져다주었다. 어머니는 여느 날과 마찬가지로 밥을 짓고 있었는데, 이웃집에서 딸의 해산을 도와달라고 했다. 어머니는 이웃집 딸의 출산을 도와주다가 아들의 점심시간을 놓쳐 평소보다 넉넉하게 밥을 담아서 아들에게 가져다주었다. 배가 고팠던 아들은 늦게 온 어머니에게 화를 내고, 막대기로 어머니를 마구 때린 뒤 밥을 먹었다. 아들이 밥을 먹고 정신을 차린 뒤에 보니 어머니는 이미 죽어 있었다. 아들은 자신의 잘못을 깨닫고, 죄를 씻기 위하여 도시락탑을 세웠다.

태국 전설이었어요. 어떤 지역에서 벼를 짓는 지역에서 동북인 거 같은데, 동북쪽에서 어떤 모자가 같이 살고 있었는데, 아들이 맨날 벼(논)에 나가서 벼를 심어요. 벼를 심으러 맨날 가는데, 어머니

가 점심때 막 이렇게 도시락을 (손을 덮으며) 싸고 아들한테 주는 그
런 일상생활이 되는 거예요.

그런데 어느 날 어머니가 밥을 짓고 있는데 이웃집이 막 뛰어와서,

"어, 도와주세요. 우리 딸이 임신해서 아이를 낳을 거라서 도와
달라."고.

이렇게 불렀어요.

그래서 밥을 일단 그냥 요리하고 있는데 그만둬야 하고 이웃집
을 도와주러 가는데, 아들이 벼를 심고 있는데 너무 점심이 지났는
데도 어머니가 아직 안 오셨어요. 그래서,

'어, 왜 이렇게 안 오지? 되게 배고픈데.'

너무 배고파서 화가 나는 거예요. 어머니가 왜 안 오는지.

그래서 어머니가 이웃을 도와주고 나서 바로 막 뛰어가는데 그
리고 밥을 되게 많이 쌌어요. 아들이 많이 배고플 거 같은 생각이 들
어서 많이 싸고 막 뛰어나왔는데, 아들이 막 어머니를 보고 나서 되
게 화를 내요.

"왜 이렇게 늦게 와?"

어머니가 죄송하다고,

"미안해. 미안해."

이렇게 얘기해도 듣지 않고 그냥 막대기를 들어서 아들이 막대
기를 들어서 (때리는 시늉을 하며) 어머니를 때렸어요.

그리고 어머니가 너무 많이 때려서 죽었는데, 아들이 도시락을
가져가서 밥 먹다가 근데 반 정도 먹었는데 배부른 거예요. 벌써 배
부른 거예요. 되게 많이 주니까. 그리고 배불러서 정신이 돌아왔어
요. 그래서 어머니를 봤는데,

"어머니."

(어머니를 흔드는 시늉을 하며) 막 이렇게 너무 슬퍼서,

"어머니. 나 어떡해, 잘못했어."

그래서 그 아들이 너무 슬퍼서 그리고 자기 죄를 대신해서 탑을
만든 거예요. 어머니를 위해서 탑을 만들어서, 어떤 어느 지역인지
잘 기억나지 않지만 거기서 도시락탑이라는 그런 탑이 있어요. 그런

전설이 있었어요.

[조사자 2: 그게 되게 재밌는데, 특정한 지역에만 있어요?] (고개를 끄덕이며) 특정한 지역에만 있어요. 왜냐하면 그 탑의 전설이라서 그렇게. 그런데 많이 알려진 그런 얘기들.

[조사자 1: 많이 알려진 그런 이야기. 그러니까 도시락탑이 태국 전역에 많이 있는 건 아니고 한 지역에 있는 건데 이야기가 많이 알려져서 많은 사람이 알고 있다는 거죠? 그러니까 제목이 도시락 탑인 거죠?] 그 제목이 태국 거는 〈껑타우너잇카멘〉인데 '껑타우너잇'은 '작은 도시락'이라는 뜻이고 카는, '카멘'은 '어머니를 죽인다.' 그래서 '작은 도시락이 어머니를 죽인다.'는 뜻이에요.

어머니의 도시락과 아들의 참회 [2]

● **구연정보**

조사일시 : 2017. 10. 29(일) 오후

조사장소 : 전라남도 순천시 해룡면 순천 기적의 도서관

제 보 자 : 나우봉 [태국, 여, 1975년생, 결혼이주 17년차]

조 사 자 : 박현숙, 김현희

● **구연상황**

나우봉 제보자와 누자리 제보자가 태국의 장례 문화에 대해 설명한 뒤, 조사
자가 태국에 있는 도시락 모양의 탑에 대해서 물었다. 나우봉 제보자가 자기
가 아는 이야기라면서 구연을 시작했다. 구연을 마친 뒤 청자인 누자리 제보
자가 결말에 관한 설명을 덧붙이며 이야기가 지닌 의미에 대해서 말했다. 누
자리 제보자의 자녀가 이야기판에 동석했다.

● **줄거리**

어느 마을에 어머니와 아들이 살았다. 어머니가 농사일을 하는 아들에게 작
은 대나무 도시락을 가져갔다. 배가 고팠던 아들이 작은 도시락을 보고 화가
나서 어머니를 때렸다. 그런데 아들이 도시락을 다 먹기 전에 배가 불렀다. 아
들이 뒤늦게 어머니가 가져온 도시락 밥의 양이 많았다는 사실을 깨달았으나
어머니는 이미 죽어 있었다. 아들은 자신의 잘못을 반성하고 어머니를 마을
로 모셔와 장례를 치렀다.

그 아들하고 엄마잖아요. 아들이 농사하잖아요. 농사, 태국에서
날씨도 덥고 아들 너무 힘든데, 너무 힘들게 일했는데 배도 고프잖
아요. 엄마도 밥이, 밥통 밥 있잖아요. [조사자: 도시락.] 그 도시락 안
에 밥통 그 대나무로 만든 거 작은, 갖고 왔는데. 갖고 오니까 너무
화가 나서,

"배가 고팠는데, 왜 조금만 갖고 왔는가. 내가 배가 고픈데."

화가 나서 엄마한테 때렸어. 엄마한테 막 때려 갖고 엄마 돌아가
시고 엄마 죽고. 자기가 밥 먹어 이제.

밥 먹었는데 밥이 배불러. [청자(누자리): 다 못 먹었어.] 다 못 먹
어, 배불러서. 그다음에 자기가 배부르니 정신 차리잖아. 정신 차리
고 보니까 엄마가 죽었어요. 자기 때문에. 너무 자기가 슬펐어요. 그
런 이야기

[조사자: 그래서 슬퍼서 그다음에 울기만 하고 반성만 했어요? 아니
면?] 네. 울고 다음에 자기가. [청자: 엄마가 동네. 엄마 안고 동네. 들어가
요. 그 논은 조금 멀어요. 그래서 엄마 안고 동네 가서 가 동네에서 이야기.
그렇게도 행사 뭐지? 장례도 지내고.]

그다음에 그 이거 왜 이야기하는지, 자기가 정신 차리고 욕심 때
문에 뭐하고 의미가 있잖아요. 뭐지? 그 배고픔 때문에 정신없잖아
요. 엄마한테 죽었는데. 그런 뭐가 이야기, 어떻게.

[조사자: 이 이야기가 되게 유명한 이야기인가 봐요?] 네네. 얘기는
엄청 유명한데 빼까삔서언짜이나 그 자기가, 가르치는, 내가 보는 사
람은 좀 정신 차리고, 그 가르쳐 주는 내가, 속담처럼 뭐 가르쳐 주는
거 있잖아요. 보면. [청자: 미리 생각해 보고, 만들기 전에 좀 미리 생각,
먼저 생각하고 그다음에 행동해 그런 거.] [조사자: 행동을 먼저 하지 말고
생각하고 행동하라는 속담하고 연결이 돼요?] 네.

낭봄험탑과 흰코끼리탑

● **구연정보**

조사일시 : 2017. 11. 18(토) 오전

조사장소 : 전라남도 순천시 해룡면 순천 기적의 도서관

제 보 자 : 누자리 [태국, 여, 1975년생, 결혼이주 10년차]

조 사 자 : 박현숙, 김현희

● **구연상황**

제보자가 어머니에게 들은 〈소원을 들어주는 따키안 나무〉 전설 구연을 마친 뒤, 조사자가 제보자에게 태국에 바보 이야기가 없는지 물었다. 제보자는 이 제 들려줄 이야기가 바보 이야기 같다고 답했다. 제보자는 슬픈 이야기라며 구연을 시작했다. 이야기는 친구 어머니에게 들었다고 했다. 이 이야기는 다 음에 구연한 〈바얏강의 바얏다리 전설〉과 자연스럽게 연결된다. 이야기판에 나우봉 제보자가 청자로 참여했다.

● **줄거리**

한 부자가 정성을 들여서 딸을 낳았는데 머리카락에서 향기가 나서 이름을 봄험이라고 지었다. 아버지가 똑똑한 사위를 얻고 싶어서 웅덩이 안에 뾰족 한 대나무를 잘라서 넣어두고 웅덩이 안에 떨어져도 죽지 않는 사람을 사위 로 맞겠다고 광고했다. 마을에서 유일하게 바보가 도전했는데 죽지 않고 살 았다. 아버지가 약속대로 바보와 결혼시키려고 했으나 낭봄험이 이를 거절하 고 강에 빠져 죽었다. 낭봄험과 같은 날 태어나서 함께 어울렸던 흰 코끼리가 낭봄험의 죽음을 슬퍼하며 강에서 낭봄험의 시신을 찾은 뒤, 그 자리에 빠져 죽었다. 가족은 낭봄험의 시신을 거둬 탑을 쌓아 숩사원을 지었다. 그리고 낭 봄험탑 옆에 흰코끼리탑도 세웠다. 사람들은 낭봄험탑 보다 흰코끼리탑이 더 영험하다고 믿는다. 낭봄험탑이 있는 숩사원은 훗날 포사원으로 이름이 바뀌 었다.

그 한 동네가 누구지? 그 부자 한 사람. 부자 한 사람이 딸내미 있어서 딸내미는 그 머리가 냄새 좋은 향기 나는 낭봄험. 그래서 이름이 지은 '봄험' 이름이에요. 완전히 틀려요. 맛 나무 이야기는. [조사자: 그러니까 부자 딸에서 머리 향기 나는 '봄험'이고.]

그 오래 기다렸어요. 임신 안 해서 계속 기다리는데 그리고 갑자기 어디 가서 소원 빌고,

"애기 하나 생기면 좋겠어요."

그러는데 갑자기, 갑자기 집에 와서 얼마 후에 바로 임신하고 애기 낳고. 좀 머리가 냄새나서 그렇게 하는데 '봄험' 이름이 짓고.

그 계속 키워서 나중에 커서 결혼하는데 그래서 아빠가 그냥 보통 남자 결혼하면 안 되잖아요, 자기가 부자니까. 사위가 좀 똑똑해야지 그런 거 찾는데. 그래서 땅 파고, 동그라미 땅 파고 밑에 땅 밑에서 그 구멍 밑에서 이렇게 나무 그 이런 잘라서. [조사자: 그 나무를 잘라서 뾰족뾰족하게 하는 거예요?] 네. 대나무 이렇게 있잖아요. 이렇게 옆으로 자르면 [조사자: 뾰족하게?] 뾰족하게, 네. 이렇게 생기는데 그 구멍 밑에서 누가 떨어지면 안 죽으면 [조사자: 거기에 웅덩이에 빠져서 안 죽으면?] 어떻게 떨어져도 안 죽으면 어떤 방법에도 안 죽으면, [조사자: 그 뾰족한 나무가 있는데 안 찔려도?] 네네. 안 찔려도 안 죽어도 그냥 딸내미와 결혼하기로 했는데.

그래서 그 동네 남자들이 다 보고 무서워서,

'누가 떨어지면 바로 죽지.'

그런 거 그래서 아무도 안 해. 남자들이 아무도 안 해.

자기 죽으면 무서워서 그러는데 그래서 갑자기 어떤 남자가 숲속에 사는데도 몸도 더럽고 머리도 며칠 동안 안 감고 그런 거 얼굴도 못생기고. 그렇게 와서 그 뭐지? 한국말로 뭐라지? 말하면 동네 사람 같이 말하는 거 아니고 약간 틀리고 보통 보면 바로 사람 같아 그러는데 [조사자: 바보같이?] 네네. 이거 보는데 궁금해서 계속 보고 바로 떨어졌어요. 떨어지고 하나도 아프지 않고 살았어요.

어차피 부자인 사람 아빠가 어차피 이 사람은 떨어졌는데 안 죽어서. 못생겨도 꼭 자기가 말했잖아요, 결혼하기로. 그래서 결혼해주

고 했는데 봄험이 마음에 안 들어서, 마음에 안 들고 그냥,

"결혼 안 할래."

그러는데.

"안 돼. 아빠가 이야기했다."

그러는데.

그래서 그 낭봄험은 결혼하기 싫어서 바로 강 옆에 가서, 강 옆에 서서 그냥 떨어지고 익사했어요, 거기서. [조사자: 낭봄험이? (같이) 살기 싫어서?] 네. 결혼하기 싫어서. 어떤 남자가 못생기고 몸도 더럽고 그러는데.

그래서 바로 죽고 그 얼마 정도, 얼마 정도 가는지 모르겠지만 아빠 엄마가 그냥 사람 동네들이 다 데려가고, 말이나 코끼리나.

그 코끼리 하나는 보통 코끼리 하나는 검은색이잖아요. 그 코끼리는 하얀색이에요. 가족들과 다 찾고 그 강 옆에 계속 가서 만약에 낭봄험 어디까지 가는지, 나무 끼우는지, 아니면 물속에 올라오는지, 계속 찾는데 강 옆에 따라가서 거기 이름이 '나콘드'까지 가는데.

그래서,

"거기는 좀 쉬자."

해서.

그리고 그 코끼리는 낭봄험 뭐지? 똑같이 태어났어요, 같은 날. 같은 날 태어났는데 그리고 친구처럼 같이 놀고 낭봄험하고 코끼리는. 그래서 가고 거기서 좀 쉬고 바로 낭봄험은 바로 물 위에서 올라오고 거기서 잡고 그 코끼리도 낭봄험 죽어서 아는데 그래서 슬퍼서 자기도 같이 죽고. [조사자: 코끼리도.] 네.

그래서 낭봄험은 또 아빠 엄마 가지고 그냥 옆에 있는 거. 집에 다시 안 돌아가고 근처에, 근처에 거기서 놔두고 이름 뭐죠? 탑. 탑을 만들고.

그 사원 만든 그 사원은 옛날에는 사원 이름이 '솝', '왓솝', '솝사원'. '솝'은 사람 죽은 거 몸에 남는 거 뭐예요? [조사자: 뼈?] 죽어서 뼈만 말고, 우리처럼 사람. [조사자: 미라?] 네네네. [조사자: 사람이 죽어서 그대로 마른 모습 말한 거예요?] 말린 거 아니고. 그대로. [조사

자: 시신 그대로?] 네네. [조사자: 탑에다 같이 묻어요?] 네네.

그리고 옆에는 코끼리. 코끼리도 묻어주고 탑도 하나 만들고 옆에 같이 있는데. 그거는 '왓솝'은 낭봄험 몸이기 때문에 따라서 요즘은 '왓포', '포사원' 이름이 바꿨어요. [조사자: 이름이 어떻게 바뀌었다고요?] '포', '포사원'. [조사자: 그전에는 왓솝사원이라 그랬는데?] 솝. 솝사원. 그 이름은 무섭기 때문에 그 '솝'은 사람 죽었잖아요. 그거 뜻인데. 사람이 듣고 별로 안 좋아서 그냥 이름 바꿨어요.

[조사자: 그럼 '포'는 어떤 뜻으로 바꾼 거예요?] '포'는 그 나무 이름. 그 나무 이름 잎이 하트 모양인데 요즘은 그 나무는 사원마다 다 있어요. [조사자: 그 하트 모양으로 된 나뭇잎이 된 나무를 사원마다 다 심고 있어요?] 네. 다 심고 있어요. [조사자: 그런데 포사원으로 바뀌었다고?] 네.

(스마트폰으로 사진을 찾아서 보여줌.)

[조사자: 사원 같은 데만 있는 건 아니죠?] 다 있어요. 요즘은 그전에는 여기에만 있고. [조사자: 그전에는 포사원에만 있는 나문데.] 네. 그래서 사원 이름이 이 나무 이름 따라서 포사원 그런 거 바꿨어요.

[조사자: 이 이야기는 어디서 들었어요? 낭봄험.] 친구 엄마. 옛날에 한국 오기 전에.

[조사자: 이 포사원은 어디에 있는 거예요?] 포사원은 저 펫차분* 북쪽에 있어요. 그리고 또 지금은 아직도 남고 그렇지만 소원 비는 거, 그 낭봄험탑에 소원 비는 거 별로, 별로 뭐라고? 자기가 그 뭐하고 싶어서,

'조금 도와달라.'고.

해도 별로 안 돼서 [조사자: 그니까 소원이 잘 이루어지지 않는구나!] 네.

그래서 옆에 있는 거 코끼리 그거는 잘 돼요. [조사자: 그러니까 코끼리 탑에 소원을 빌면 잘 이루어지는데 낭봄험 탑에다 소원을 빌어도 잘 안 이루어지는구나.] 네. 그렇기 때문에 낭봄험은 죽기 전에는 너무 화

● 태국 북부의 저지에 위치하고 북부와 중부의 경계에 있는 주이다. 동쪽과 서쪽으로 펫차분 산맥이 있다.

가 나서 기분이 안 좋아 그러는데 코끼리는 좀 착해서 불쌍하니까. 낭봄험 불쌍하니까. 같이 죽고 그러는 어떻게 맞는지 모르겠지만 그렇게 들었어요.

　　[조사자: 맞는 거 같아요. 그 이야기 낭봄험은 바보나 그런 사람과는 살기 싫어서 죽은 거잖아요.] 그 남자는 다시 어떻게 하는지 모르겠지만 이야기 안 해요. [조사자: 그 코끼리는 그렇게 죽은 낭봄험이 불쌍하고 마음이 쓰여서 자기가 같이 죽은 자리로 간 거잖아요.] 네네.

　　(사진을 검색하며) 사진이 있는 거 같아요. [조사자: 거기 낭봄험이랑 코끼리가 빠져 죽은 거기 강인가요?] 네. 그 똑같은 강. 그 나무 강. [조사자: 그 나무가 빠진 강이랑 같은 강이에요?] 네. [조사자: 그 강 이름이 뭐라고 해요?] 바삿강.

바삿강의 바삿다리 전설

● **구연정보**
조사일시 : 2017. 11. 18(토) 오전
조사장소 : 전라남도 순천시 해룡면 순천 기적의 도서관
제 보 자 : 누자리 [태국, 여, 1975년생, 결혼이주 10년차]
조 사 자 : 박현숙, 김현희

● **구연상황**
제보자가 〈낭봄험탑과 흰코끼리탑〉 구연을 마친 뒤 이 전설과 관련이 있는
바삿강에 있는 다리 전설을 구연했다. 제보자는 구연을 마친 후 스마트폰으
로 코끼리탑, 낭봄험탑, 바삿다리 사진을 찾아 조사자에게 보여주었다. 이야
기판에는 나우봉 제보자가 청자로 참여했다.

● **줄거리**
태국 위치옌부리에 있는 바삿강에 바삿다리가 있다. 바삿다리를 건너면 반드
시 다시 가고 싶어지거나 다시 갈 일이 생긴다. 다시 가고 싶지 않으면 다리
끝에서 끝까지 지나는 동안 숨을 쉬지 않고 참으면 된다. 그러나 다리가 길어
서 숨을 참고 건너기가 쉽지 않다.

[조사자: 바삿강이 되게 유명한 강이네요, 그 동네에서는.] 네.

진짜 가짜 모르겠지만 아니면 그 웃기는 이야기도 모르겠지만
누가 그 길에 가서 강의 다리 위에 있어서. 이쪽은 다리처럼 보이지
만 이쪽은 위치옌부리 도시인데 누가 다른 사람이 가면 이 다리 건
너가면 또다시 꼭 다시 갈 수 있어, 아니면 그 마음이 또 가고 싶다.
그런 거.

[조사자: 그 바삿강에 다리가 있어요? 그 위치옌부리 쪽에서 이쪽으로

넘어가는 다리가 있는데, 그 바샛강에 있는 그 다리를 지나가면 사람들이 꼭 다시 가고 싶은 마음이 생긴다는 거예요?] 네네.

　　그래서 친구가,

　　"나 여기 또다시 가기 싫어."

　　그러면 강 건너기 전에 숨 못 쉬고 (숨 참는 시늉을 하며) '음' 이렇게 또 건너가야 해. 거기 도착하면 숨 쉬고. [조사자: 그니까 거기 다시 가고 싶은 마음이 안 생기고 싶어서?] 웃긴 이야기한 것 같아. 그래서 그 다리는 좀 길어서.

　　[조사자: 그러면 그 다리가 위치옌부리에서 어디까지 이어져 있는 거예요?] 강 양쪽 다 위치옌부리인데. [조사자: 바샛강 강과 강 사이를 연결하는 다리?] 네네.

　　[조사자: 그러면 그 다리 이름은 뭐예요?] 그냥 바샛다리. [조사자: 바샛다리?] 네.

　　웃기는 이야기 잘 모르겠지만 친구끼리 이야기, 이런 거 있어.

　　[조사자: 그러면 그 다리를 지나는 사람은 한 번만 끝나지 않고 계속 다시 건너게 되는 경우가 많나 보죠?] 모르겠지만 처음에 간 사람은 가고 그 다리 건너가고, 또다시 집으로 돌아가서 또 가고 싶은 거. 아니면 무슨 일 생기게 돼서 다시 오게 되거나 또,

　　"여기로 놀고 싶어. 다시 또 놀고 싶어."

　　그렇게도 있고 무슨 일이 생기기도.

　　[조사자: 하긴 무슨 일이든 생겨서 다시 가는 거구나. 숨을 안 쉬고 가면 다시 생각이 안 나나 보죠?] 그래도 오래잖아요. 간 데는. 중간에 바로 (숨을 참으며) '으흡' 이렇게. (웃음)

열두 자매 낭십성과 여자 거인

● **구연정보**

조사일시 : 2017. 11. 18(토) 오전
조사장소 : 전라남도 순천시 해룡면 순천 기적의 도서관
제 보 자 : 누자리 [태국, 여, 1975년생, 결혼이주 10년차]
조 사 자 : 박현숙, 김현희

● **구연상황**

누자리 제보자가 〈바삿강의 바삿다리 전설〉 구연을 마쳤을 때 조사자가 제
보자에게 낭십성 이야기를 아는지 물었다. 누자리 제보자가 나우봉 제보자의
도움을 받아 어떤 이야기인지 확인한 뒤 구연을 시작했다. 제보자가 기억에
의존하여 즉석에서 구연하다 보니 후반부 내용이 잘 기억나지 않는다면서 뒷
부분을 급하게 마무리했다. 제보자는 구연을 마친 뒤 어릴 때 부모님이 말을
잘 듣지 않으면 낭십성처럼 내다버린다고 말해서 무서웠다고 회상했다. 나우
봉 제보자가 청자로 참여해서 구연 중간에 개입하기도 했다.

● **줄거리**

어떤 부부가 절에 바나나 열두 개를 올리고 기도하여 열두 명의 딸 낭십성을
낳았다. 부부는 아이들이 많아서 살림이 어려워지자 열두 딸을 숲에 버리려
고 했다. 막내딸이 아버지를 따라가면서 콩을 땅에 뿌려놓아 무사히 집으로
돌아오곤 했다. 세 번째에는 사탕수수 쭉정이를 땅에 던져두었는데, 개미가
모두 물고 가는 바람에 돌아오는 길을 찾지 못했다. 숲속의 거인이 여인으로
변신하여 길 잃은 열두 자매를 집으로 데려가 키웠다. 거인은 열두 자매에게
금지된 방에 들어가지 말라고 했다. 열두 자매는 금기를 어기고 그 방에 들어
갔다가 거인의 실체를 목격하고 어느 왕국으로 도망갔다. 열두 자매는 왕과
결혼하여 그 왕국에서 살았다. 거인이 여인으로 변신하여 왕 곁에 머물며 열
두 자매의 눈을 뽑고 동굴에 가두게 했다. 임신한 몸으로 동굴에 갇혀 살게 된
열두 자매는 배고픔을 못 이겨서 출산한 아이를 한 명씩 잡아먹었다. 한 눈이
남아 있던 막내는 두 눈을 실명한 언니들 몰래 자신이 낳은 아이를 키웠다. 열
두 자매는 나중에 왕을 다시 만났다.

낭십성은 (나우봉을 쳐다보며) 왕 딸이지? [청자(나우봉): 응.] 왕 딸
이 열두 명 낳았지? 아닌데. (제보자들이 잠시 태국어로 대화하다가)

[청자: 부잣집인데 자기 애기 없어. 애기 없으니까 절에 가서 기
도. 바나나 열두 개 가져갔어요. 열두 개 가져가서 기도하면서 애기
생기게 해달라고 달라고 기도했어요.

그다음에는 애기 낳고 열두 명 낳았어요. 그리고 애기 많이 있으
니까 또 많이 먹고 처음에 부자 됐는데 지금은 애기 많기 때문에 가
난 됐어요. 그리고 부부 이야기하는데,

"우리가 애기 많아서 못 키울 거 같아."

그러는데

"다 보내자."

했어서, [조사자: 어디로 보내?] 산. [청자: 산.] 숲속이나 산이나.
[청자: 숲속에 버리고.] 버리고 그 막내 조금 똑똑해서, 막내가 좀 똑똑
해서 오늘 아빠가,

"숲속에 같이 놀러 가자."

했어서 그냥 언니들이.

다 여자이죠. 신나게 아빠랑 따라가서 막내는 이거저거 가져가
고 가는 길에 뭐지? 콩이나 콩알이나 하나씩, 하나씩 그냥 놔두고,
거기 가도 하나 놔두고, 놔두고 가는데 길에서 저기 숲속에 가면,

"여기 기다려. 아빠가 저기 여기 가고 조금 이따 올게. 꼭 여기만
있어."

그렇게 말했는데, 아빠가 바로 집으로 갔어요. [조사자: 애기 버리
고?] 네. 애기 버리고.

그래서 거의 깜깜해서 어두운데 아빠는 안 오고 그냥 집에 가고
싶어서 어떻게 가는지 그냥 언니들도 몰라. 방법이 그냥 신나게 가
고 아무도 옆에도 안 보고 그냥 숲속에 다 똑같잖아요, 나무에. 그래
서 어떻게 가는지 막내가 방법이 알아. 언니들 데리고 콩 하나만 찾
고 바로 집에 도착했어요.

또 다음 날 아빠도 또 계속,

"이번은 산에 가자."

막내도 그렇게 똑같이 해요. 그 콩 말고 아무거나 뭐 있는 거. 뭐 잡고 있는 거. 계속 어떻게 해도 그냥 집으로 다시 돌아올 수 있어요. 마지막은 그 설탕나무 [조사자: 사탕수수?] 네. 사탕수수. 그 소스 먹는 거 뭐죠? [조사자: 사탕수수 안에 소스 먹는 게 뭐지?] 아니, 사탕수수는 물먹잖아요. 그 단 거. 사탕 같은 거 먹고 남은 거. (나우봉과 태국어로 대화하다가) [청자: 사탕 빼서 여기 남은 거잖아. 나무 남은 거. 사탕수수 물 다 빼고 이거 남았는 거.] (누자리가 휴대폰으로 사진을 보여주며) [조사자: 쭉정이? 쭉정이라고 해야 하나? 안에 꺼 빼고 남은 쭉정이?] 이거 남는데. 그래서 집안에 다른 거 달리 못 찾아서 이거만 가지고 처음에 그냥 물도 있는데 그래서 가고 먹고. 이거 남는 거만 빼고 계속 먹고 빼고 먹고 빼고 가는데.

이거 달아서 개미가 와서 먹고 가져갔어요. 집으로 못 찾아, 이거 없어서. 없는데 보통은 길 못 찾지만 길 모르지만 그 콩이나 뭐가 찾고 다시 오려는데 오늘은 이번은 이거 없어서. [조사자: 사탕수수 쭉정이를 개미가 다 가져가버려서?] 네네. 그래서 길을 못 찾아요. 못 찾는데 그래서 그냥 숲속에 그대로 있고 (나우봉 청자와 약 일 분 동안 태국어로 대화하다가) 그래 집에 못 가서 다 같이 길 찾는데, 집에 찾는데. 그 반대서 집에 가는 길하고 반대편에 가서 자기 생각과 이쪽 맞아.

그러는데 계속 가서 가고 거인이야? [청자: 거인.] 만나고, 그리고 보통 거인인 사람 우리 잡아먹잖아요. 그리고 그 거인 여자가 보고 귀여워서 그냥 데려가서 키웠는데, 키워서 그 거인은 낭십성들이 앞에서 사람 같아 변신했는데. 그래서 자기 혼자 있으면 거인 되고, 그리고 애기랑 같이 있으면 사람 되는데. [조사자: 애들이랑 같이 있으면?] 애기랑 같이 있으면 사람 되는데 그래서,

"여기 이방에 들어가지 마."

이랬는데,

"이 방은 들어가면 금지."

했어서 자기 혼자 있을 때에는 거인 된 거 보이기 싫어서 그 애기들이 무서울까 봐 도망가서 그러는데.

그 애기들이 왜 거기서 못 들어가고 더 궁금해서 그냥 오래됐어요. 그 키워서 아가씨 된 거. 그랬는데 그래서 너무 궁금해서 그 방에 그 거인 없을 때에 그 방에 들어가고 아무도 없고 또 나오고 그래서 거인 오고 들어가고 거인은 거기 방에 뭐 하는데 궁금해서,

"왜 우리 다른 방 다 갈 수 있어. 이 방에는 왜 못 가?"

그러는 거, 그래서 바로 다 같이 들어가 보고 거인 봤어요. 깜짝 놀라서 열두 명이 다 같이 도망갔어요. 가는데 가서 어떻게 가는지 모르겠어요. 거기 가서 왕이랑 왕자 만나고 같이 결혼했어요. [조사자: 열두 명이랑 다?] 네. 열두 명이랑 같이 결혼했는데 그리고 행복하게 살고.

그 거인, 열두 명이 도망가서 너무 슬프고 화가 났어요. 그래서 계속 소식이 듣고 행복하게 사는데 그리고 (거인이) 또 거기 가서 그 왕궁 거기 가서 사람 된 거 변신하고 가서 그 열두 명 신랑이 만나고 또 같이 살고 결혼하나 안 하나 모르겠지만. [조사자: 같이 살아?] 응. 같이 살아.

그러면 열두 명이 보고 또 화가 계속 화가 나서 왜 나한테 도망쳐서 그러는데 이거저거 계속 나쁜 짓 해서 괴롭혀주고, 그다음에 열두 명이 다 임신해서 모르고 잡히고, 산속에 구멍 있는 거 뭐예요? [조사자: 동굴.] 네. 동굴에 열두 명이 잡히고 동굴에 가둬서 눈도 다 뺐어. 눈도 다 뺐어. 막내만 한쪽만 빼고, 언니들은 양쪽 다 뺐는데.

오래돼서 한 명씩 한 명씩 애기 낳고. 그 아무도 음식도 없잖아요. 물도 없고, 음식도 없고, 계속 눈도 안 보이고. 그 큰언니 애기 낳고, 자기도 애기 먹고 너무 배고파서 자기도 애기 먹고 나눠서 자기도 동생들이도 다 나누고, 그리고 막내는 안 먹어요. 안 먹고 그냥 그대로 놔두고 두 번째도 애기 낳고 또 먹고 세 번째도 애기 낳고 또 먹고 계속 먹고 막내는 그래도 안 먹어요. 배고파서도 안 먹고 그냥 놔두고, 놔두고 마지막에 자기애기 낳고 그 언니들이,

"우리가 애기 낳았는데 그냥 나눠줬는데 너 애기도 우리한테 줘야지."

그러는데, 그래서 막내는 자기 애기 안 죽이고 그 언니 준 고기

있잖아요. 그 남는 거 있잖아요. 그 고기 다 언니한테 다 다시 주고 자기 애기는 키우고 조금 한 한 쪽 보이잖아요. 조금 멀리 애기 놔둬서 애기 울면 언니들이 다 듣잖아요. 그래서 애기 언니들이 애기 소리 못 듣고 그냥 거기서 애기 키우고 그 정도만 생각나요. 애기 크면 어떻게 했는지 기억이 안 나요. [조사자: 그런데 중간에 생각은 안 나도 나중에 왕자는 어떻게 만나요?] 다시 왕자 아빠 다시 만나고 [조사자: 여자 거인은 어떻게 돼요?] 그거 기억 안 나요.

옛날에도 눈에, 눈에 잘 때, 자기 전에 아빠 엄마 계속 그렇게 이야기. [조사자: 밤마다 이야기해줬어요?] 네. 그런데 이렇게 잘 안 보고, 잘 기억 안 나네요.

[조사자: 그런데 어릴 때 들은 이야기는 기억나는 거구나. 특히나 눈 빼고 이러는 게 강렬했나 보다.] 화가 나서 제가 아무도 보지 말라고 그러는데 그때 봤잖아요, 자기 거인 된 거. 봤잖아요.

그래도 눈은 빼서 왜 그때 우리 애기 때 아빠 엄마 왜 이런 거 이야기한 거. 말 안 들어서. 아빠 말 안 들어서 낭십성 같은 거 한다. 그러는데,

"여기저기 들어가고 놔두고 아빠 엄마 집에 들어간다."

우리가 엄청 무서워서. [조사자: 버릴까 봐?] 네.

[조사자: 그럼 막 콩 챙기고 사탕수수는 절대 챙기면 안 되겠다. 그렇죠?] 그거는 꼭 기억나서 그 사탕수수는 안 돼. [조사자: 그렇게 얘기했었어?] 네. 아마 이거도 보고도 생각날 거 같아.

열두 자매 낭십성과 거인의 딸 메리 [1]

● 구연정보

조사일시 : 2017. 11. 18(토) 오전

조사장소 : 전라남도 순천시 해룡면 순천 기적의 도서관

제 보 자 : 나우봉 [태국, 여, 1975년생, 결혼이주 17년차]

조 사 자 : 박현숙, 김현희

● 구연상황

제보자가 〈머리카락에서 향기 나는 여인 낭봄험〉 구연을 마친 후에 조사자가
낭십성 이야기를 아는지 물었다. 제보자가 스마트폰으로 낭십성 관련 태국
애니메이션을 찾아 시청하면서, 어릴 적에 주말 아침마다 보았다며 어린 시
절을 회상했다. 나우봉 제보자가 구연을 준비하는 동안 누자리 제보자의 구
연이 이어졌고, 나우봉 제보자는 청자로 참여하여 가끔 이야기판에 개입하기
도 했다. 누자리 제보자가 태국의 민간요법에 대해 구연을 마친 뒤 조사자가
나우봉 제보자에게 낭십성 이야기 구연을 청하여 구연이 시작됐다. 누자리
제보자가 청자로 함께 했다. 이 이야기를 마지막으로 이 날의 이야기판을 정
리했다.

● 줄거리

어떤 부자 부부가 절에 바나나 열두 개를 바치고 기도 후 열두 명의 딸 낭십
성을 낳았는데 가세가 기울어지자 그들을 숲에 버렸다. 여자 거인이 열두 자
매를 데려와 키우면서 금지된 방에 들어가지 말라고 했다. 열두 자매가 그 방
에 들어갔다가 거인의 실체를 확인하고 숲으로 도망갔다. 숲에서 왕자를 만
난 열두 자매는 왕궁으로 가서 왕자의 아내가 됐다. 거인이 열두 자매의 소식
을 듣고 아름다운 여인으로 변신하여 왕자의 새 아내가 됐다. 거인은 왕자 몰
래 열두 자매의 눈을 뽑은 뒤 동굴에 가두었다. 열두 자매는 배가 고파서 출
산한 아이를 차례로 잡아먹었다. 눈이 한쪽만 뽑혔던 막내는 언니들 몰래 아
들 로터스앤을 낳아 키웠다. 로터스앤은 동굴 밖에서 음식을 구해와 열두 자
매를 돌보다가 왕자가 개최한 닭싸움에서 우승해서 궁으로 갔다. 로터스앤이
왕자에게 자신이 낭십성 막내의 아들이라고 밝히자, 거인이 로터스앤을 없애

려고 양녀 메리가 있는 곳으로 편지 심부름을 보냈다. 도중에 한 도사가 나타
나서 로터스앤을 잡아먹으라는 편지 내용을 바꾸었다. 로터스앤은 메리에게
서 열두 자매의 눈과 치료약이 있는 곳을 알아내서 그것을 가지고 자기 살던
곳으로 향했다. 메리는 로터스앤에게 가지 말라고 애원하다가 그 자리에서
죽었다. 로터스앤은 돌아가서 모든 사실을 밝히고 열두 자매에게 눈을 돌려
주었다. 메리의 죽음을 알게 된 거인은 심장이 터져 죽었고, 로터스앤도 슬퍼
하다가 죽었다. 메리와 로터스앤은 훗날 남자 파스톤과 여자 마누라로 환생
했다.

　　옛날 부잣집 한 집 있는데. 애기 없으니까 자기가 그 바나나 열
두 개. 절에 가서 기도하면서 애기 좀 챙겨 달라고 기도하면서 애기
열두 명 낳았어요. 일 년마다 한 명 한 명씩 낳았어요.

　　부자인데 애기가 많으니까 많이 먹으니까 가난 됐어요, 가난 됐
고. 그다음에 돈도 빌리고 빌렸으니까 갚아야 하고 이자도 많이 있
고, 갚을 사람들은,

　　"니가 돈 많이 못 갚았으면 니 딸을 나한테 주라."고.

　　했어요.

　　주라고 하니까 자기가,

　　"어떤 방법이 있을까?"

　　아내한테 이야기해.

　　"그러면 우리 딸 다른데 보내자."고.

　　그 이야기하면서 그다음에 자기가 애들 거짓말했어.

　　"우리 저기 숲에 가서 나무 잘라서 불 때고 따뜻하게 이런 거 하
자."고.

　　가서 딸 가서, 같이 일하면서 애기들 피곤하니까 잠들었어요. 잠
들었으니까 애기 잤으니까, 아빠가 애기 잤으니까 놔두고 자긴 도망
갔어요. 도망가니까 애들 일어나서,

　　"어? 우리 엄마 아빠 어디 갔냐!"고.

　　못 찾으니까 찾아봐도 없어. 계속 가니까 계속 가. 깊이 들어가

서 거인 동네에 갔어요.

거인이 가서 여기는 과일나무도 많이 있고 과일 따먹고, 따먹고 거인이 와서 애들 보니까 너무 예뻐서,

'나 이 상태로 가면 안 돼!'

그래서 사람으로 변신했어요. 가서,

"니들 너무 예쁘다."고.

자기가 키울라고.

"이모랑 이모 집에 가자. 이모가 니들 너무 예쁘니까 키워줄게."

그래서 따라갔어요. 따라가고 키우고 다음에 자기가 밖으로 나가잖아, 삼 일 동안.

"엄마가 삼 일 동안 갔다 올 테니까 여기는 가지 말라."고.

"여기는 위험하다."고.

얘기하면서,

"나쁜 동물 같은 것도 많이 있으니까 가지 마!"

그 언니들은 말 잘 듣고 호기심, 막내는 좀 똑똑하잖아. 똑똑하니까 호기심 있고, 왜 엄마한테,

"여기 못 들어가냐?"

자기가 돌아가서 볼 거니까, 들어가서 보니까 동물도 먹고 사람도 먹고.

"어? 여기 거인 동네이네."

언니들 와서 언니들 이야기하고.

"여기는 거인 동네라서 우리는 도망가자."고.

그러니까,

"엄마가 아직 안 오니까 시간 삼 일 동안 남아있다."고.

이야기해서 도망갔어요.

엄마가 오니까 애들이 없으니까 너무 화가 났어. 어떻게 화가 나 자기 밑에 사람들,

"같이 따라가 잡자."

따라가니까,

"발자국도 많이 있어. 잡자."

처음에는 봤는데 다음에 잡기로 하니까. 기도하고.

"천사님들도 도와 달라."고.

이렇게 하고 도와주고. 동물한테 애들은 동물 다 많으니까 동물 발자국 많아서 못 찾았어요. 못 찾고 그다음에 도망갔고. 도망가니까 그다음에 다른 도시 동네 갔어요.

그 동네 가니까 여기는 또 왕자님 있어요. 왕자는 여기에 나무에, 큰 나무 위에 자고 있는데 열두 명 낭십성이 자고 있는데, 그 아줌마 일하는 한 사람이 와서,

"물 떠오라."고.

물 떠오니까 그 낭십성 봤으니까 너무 예뻐서 예쁘니까

'그 가서 왕자님한테 이야기하면서 왕자님이 좋아하겠다.'

가서 이야기하고 왕자님이,

"너 거짓말하는 거 아냐?"

"거짓말 아닙니다."

하면서 따라가서,

"어 진짜네?"

그다음에 낭십성 데려가자, 데려가니까 결혼식 올리고, 올리고 나서 낭십성 다 임신했고. 임신하고 나서 그다음에 거인 있잖아요. 거인이 소식 들었어요.

처음에 친구 자기 친구 거인 친구가 임신하면서 과일 먹고 싶어요. 과일 이름 엄청 다른 데 없어요. 자기 동네에 자기 많이 밖에 없어요. [조사자: 과일 이름이 뭔데요?] 과일 이름이 '마몽하오마나호이' 그 망고하고 레몬하고 이거 엄청 그 이렇게 그 망고 이름이 '마몽하오마나호이' 이거 저희 동네에밖에 없어요. 자기 친구한테 보냈어요. 친구가 보냈으니까 딸 두 명 낳았어요.

"딸 두 명 낳았으니까 한 명 나한테 줘라."

친구가 할 수 없이 은혜 갚아야 하니까, 갚아야 되니까 딸 한 명 줬어요. 딸 이름이 '메리', 메리 낳았어요. 메리 낳았어. 그다음에 낭십성이 어디 사는지 자기 소식 들었어요.

'여기 왕(궁)에 잘 살고 있구나! 또 어떻게, 어떤 방법 찾으러 가

야된다.'고.

'그 괴롭혀야 된다.'고.

자기가 화가 나서 가서 또 왕이 또 (낭십성 만난) 그 나무 갔어, 나무에 또 갔는데, 자기가 변신했어. 엄청 예쁜 낭십성보다 더 예뻐. 그때 낭십성도 임신했는데 그때 그 밑에 일하는 사람이 이름이 뭐지? '낭컴' 이름이 '컴'. 컴신이 물 떠와서 또 만났어.

"오! 낭십성보다 더 이쁘네?"

그랬어.

'가서 왕자님한테 할까? 말까? 할까? 말까?'

생각하면서 그 얘기 그 거인한테(거인이),

"가서 이야기해. 뭐 하고 있어. 가서 이야기해."

"아, 알겠습니다."

가서 얘기해서 이야기하면서 또 이야기하고 왕이 또 들었어요. 와서 예쁘고 또 좋아서 들어갔어. 들어가니까 또 자기 아내 만들고 그 뭐지? 거인이 자기가 변신할 수 있잖아요. 왕자님이 자기가 기도하면서, [청자: 기도하면 '후' 이렇게 하면 기도대로.] [조사자: 소원이 이루어져요? 변신이 되는 거야?] [청자: 네네.] 바람이 뿌려지면서 왕도 무슨 말도 다 들었어요.

다 들어서 자기도 거짓말로 임신하면서,

"나 거짓말했는데. 누가 나 좀 돌봐줘."

낭십성한테,

"죄를 졌다."고.

"낭십성도 임신했잖아, 어떻게 해?"

또 '후' 이렇게 하면서 그 왕자도 또 들었어요.

"오케이. 그러면 낭십성 와서 도와줘."

그다음에 자기 임신하니까,

"어, 나는 좋은 약 좀 먹어야겠다."

"무슨 약이요?"

"눈, 눈약 먹으로면 좋겠다. 눈으로 만든 약."

자기가,

"낭십성 눈 먹어야 한다."고.

낭십성이 다른데 자기가 남편 모르게 가서 그 숨어서 [청자: 동굴.] 동굴에 숨어놔서 눈을 빼. 열한 명을 두 개 다 뺐는데 한 명만 한 개만 빼. [청자: 막내.] 막내만 빼.

"왜 막내 한 개 빼냐?"고.

자기가 그 왕에 들어올 때는 물고기 잡았거든요. 물고기 잡아하면서 눈 두 개잖아요. 줄 이렇게 눈 두 개 다 걸리잖아요. 이런 죄 때문에 그 막내는 한 눈만, 한 눈만 이렇게 물고기인데 한 눈만 이렇게 하고 다른 언니는 다 두 눈이잖아. 너무 불쌍하니까 한눈만. 그러니까 그런 죄 때문에 자기도 물고기도 눈 두 개 뺐어.

"막내는 우리 죄 때문에 이렇게 됐구나. 우리 죄 때문에 거인 내 마음 아프게 해주니까 이렇게 된다."고.

"이렇게 된다."고.

이야기하면서, 자기가 뭐지? 불만하지 않았어요. 불만하지 않아서 생각하면서 그다음에 임신하잖아. 처음에는 하루하루는 밥 한 끼씩, 한 끼씩 줘. 그다음에,

"거의 애기 낳았으니까 밥 주지 말라."고.

했어, 군인들 보고.

거의 애 낳으니까 밥 주지 말고 다음에 밥 안 주고. 언니들은,

"배고파! 배고파!"

언니 한 명이 애기들 낳고 애기 죽고. 그다음에 자기 애기들 다 먹고 배고프니까 애기 죽었으니까 먹고 언니들 다 애기 먹으니까 내 애기 어떻게 해. 자기도 기도해.

'만약에 조상님 뭐뭐 진짜 있으면 하느님 있으면 우리 애들을 지켜주라.'고.

'잘 살고 건강한 애 나오게끔 해 달라.'고.

기도하면서 그다음에 애기 낳았어요. 애기 낳으니까 산신이 와서.

"이 애기는 복이 많이 있다. 이 애기는 임신할 때부터 복이 많은 애라."고.

이야기하면서 그다음에 애가 건강하게 낳았어요. 그다음에 일곱

살. 일곱 살 때 이야기하면서,

"엄마 왜 이렇게 살고 있냐? 이모들 왜 이렇게 살고 있냐?"

궁금해 해서 자기가 나가서 음식 뭐하고 하고 일 도와달라고 이렇게 나가서 놀러 나갔잖아요. 나가서 음식도 얻어오고 과일도 얻어오고 갖다 주고.

그러던 어느 날 하늘에 위에 있는 분이,

"낭십성이 죄가 없다."고.

그러면 자기 밑에 사람한테 시켜.

"니는 다음에 니는 독수리하고, 니는 닭이라."고.

독수리가 닭을 잡아와서 그 아들, 아들 이름이 '로터스앤'이에요. 낭십성 아들이. 로터스앤이,

"만약에 너 봤으면 닭 키우고 잘 싸운 닭 된다."고.

이렇게 하면서 로터스앤도 여기 와서 독수리 닭 병아리 잡았잖아요. 그다음에 멀리 던지고 자기가 닭을 키웠어요. 닭을 키웠는데 닭이 엄청 잘 싸웠어. 닭 이름이 '똥'이야 똥 너무 잘 키워서 잘 싸우고 싸우다 일등 했어요. 다음 날 옆 동네도 그 왕, 왕이 다른 왕자님이 와서.

"우리 닭 싸우자."고.

닭 싸우면서 자기는,

"니가 그냥 돈 주면 재미없잖아요.

"만약에 내가 지면 왕궁 너한테 준다."고.

그렇게 이야기하면서 삼 일 있다가 만나자고 이야기하면서 그다음에 왕자님도,

"잡자. 잡자."

하면서 다음에 로터스앤 닭이 잘하니까 일등해서 들어와서,

"그러면 너 와서 싸워라. 싸우면 내가 돈도 더 많이 니가 원하는 거 다 주니까 너가 소원대로 준다."

고 했어.

그러니까 싸움에서 이겼어. 이겼으니까,

"너는 참 대단하다. 우리 왕이 왕궁이 시켰다."고.

"왕이 시켰다."고.

이렇게 하면서 그러면 왕이,

"저기 물 밑에 물가에 대는 왕궁 하나 있어. 너 여기 살라."

로터스앤이,

"다른 거 필요 없는데, 엄마 우리 이모 잘 도와주고, 잘 먹이고 편안하게 좀 해달라."고.

이렇게 얘기하면서,

"그러면 알았다."고.

데리고 와서 데리고 오니까 자기 아내라고.

"어, 여기는 우리 와이프!"

라고 이야기하잖아.

"잃었다."고.

자기 와이프 그러는데. 그러면 자기가 그,

"낭십성 그 막내, 막내 아들입니다."

라고 이야기해주고,

"여기는 니 아빠."

라고 이야기해주고 그다음에 같이 살았는데.

그다음에 거인이 들어왔어.

"방법이 어떻게 하면 그 로터스앤 죽게 할 수 있냐?"고.

"죽게 할 수 있냐?"고.

방법을 물었어.

자기 생각하면서 이야기하면서 망고잖아요. 자기 있는 동네. 거인 동네 있는데.

'로터스앤이 없어져라.'고.

'죽이라.'고.

'없애라.'고.

편지 하나 쓰고. 그다음에 누구누구도 못 가, 그 동네는. 멀고 간 사람은 돌아오는 사람이 없으니까.

"그러면 로터스앤은 좋겠다. 로터스앤이 보면 잘 하는 거, 복도 많이 있는 사람이라 괜찮다."

고 이야기하면서 아빠한테,

"로터스앤 보내면 안 되는데. 나는 걱정하는데. 우리 아들 그렇게 하면."

'후' 불으면서 바람이 '후' 하고

"그러면 로터스앤 보내자."고.

그렇게 보냈어요. 보냈는데 자기 편지 하나도 같이 하고. 로터스앤도 말도 찾아보고. 말 이름이 '토사' 말이 아니 토사, 말이 '토리' 말 한 마리만 제일 잘하는 말 한 마리인데 같이 가서 안전하게. 그다음에 자기가,

"15일 동안 우리 쉬자."고.

말이랑 얘기해서,

"우리 쉬자."고.

쉬면서 도사 집에 있잖아요, 산속에 안에. 가서 쉬려고 도사 집에.

"여기 쉬면 됩니까?"

"쉬어도 된다."고.

"여기 말 놔두고 너는 여기 쉬라."고.

도사가 편지잖아요, 궁금해서,

'원래는 다른 사람 거 보면 안 되는데 그래도 보고 싶다.'

생각하면서 열어봤어요. 열어보니까 여기 편지 안에는 자기 딸 보내면서,

'낮에 만나면 낮에 먹고 잡아먹어라. 밤에 만나면 밤에 잡아먹어라.'

여기 이렇게 하면서,

'어! 이렇게 하면 안 되는데.'

그렇게 보면서 자기 그렇게 보니까 어? 도사 보면서 둘이 운이 맞으니까 편지 내용 바꿨어. [조사자: 편지 내용을 바꿨어요?] 예, 바꿨어요.

'낮에 만나면 낮에 결혼하고, 밤에 만나면 밤에 결혼하고.'

그렇게 바꿔했어요. 말도 그 자기도 표현하고 이야기하면서 말도 말할 수 있게 자기도 기도했어. 변신을 해주고, 변신 말도 말할 수

있고.

그리고 가서 거인 딸 메리한테 갖다주고 메리가 딱 봤더니까, 로터스앤도 여자 보면 예쁘고 자기,

'꿈속에 있는 여자 맞구나!'

이렇게 서로서로 자기 생각하는 거 맞구나. 자기 좋아하고 결혼하고, 결혼하고 나서 자기가 잠깐 행복한 시간, 행복한 시간 보내면서 잊어버렸어. 잊어버리기까지 자기가,

'여기 와서 뭐하냐?'고.

잊어버렸어. 담에 말한테 가서 이야기해주고, 로터스앤이,

'우리 여기 와 있는 거는 뭐가 이상한 거 아닐까?'

그렇게 생각하면서,

"우리 거인이 갖다 줘야 해야 되잖아. 니 엄마 과일 가져다줘야 하잖아. 아픈 소식도 없고 무슨 소식도 없고 우리한테 빨리 오라고도 이야기도 없고 좀 이상한데."

말 이야기하면서 다시 정신차렸어요, 로터스앤이.

정신 차리면서 자기 아내한테, 어 그러면 자기 아픈 척. 자기 안에 있으니까 기운 안 좋으면서. 그다음에 와이프, (정정하면서) 메리가 ** 가서, 과수원에 가서 이 나무 이 나무 이 과일 이야기하면서,

"이거 이 과일 제일 어렵게 찾아 다른 데 없어. 여기만밖에 없다."구.

이름이 '마몽하오마나호이'라고 이야기하면서,

"몇 년 몇 년 백 년에 한 번 났다."고.

이렇게 얘기하면서 메리 앞에 먼저 나가니까 자기가 뒤에서 몰래 땄어요, 몰래 땄어요, 숨어서. 그다음에 왕이 들어가서 술 먹고, 이야기하면서 술 먹고.

"오빠와 같이 먹으면 안 되냐?"

애교 부리면서,

"나는 많이 먹으면 안 된다."고.

하면서 (웃음) 애교 부리고 둘이.

먹고 먹고 나서, 자기가 숨는 거 있어요, 방에. 숨는 거. 약이

나 뭐이나 숨었는데, 자기 눈. 자기 엄마 눈도 숨어 놓고, 자기 거인 딸 눈도 맡겨 놓고, 술 취하니까 뭐가 몰라서 가서 물어보고.

"이거 뭐야? 이거 뭐야?"

이거는 약들이 뭐냐 뭐냐 할 수 있는 이야기도 해주고. [조사자: 다 알려주고.] 네. 다 알려주면서, 이거는 눈하고 여러 가지 방법 다 알려주고. 다음에 눈하고 약하고,

"만약에 눈 넣고 약 뿌리면 너 다시 볼 수 있다."고.

이렇게 이야기하면서, 다음에 나무 하나 있잖아요. 끝에 이렇게 하면 끝에 두껍게 하면 죽고 얇은 거 하나는 살고. 이렇게 이야기해주면서 그 자기가 그다음에 또 뭐 다 일어나서 로터스앤은 생각하고 다 갖고 왔어요, 도망갔어요. 이모들 도와주려고 가야 하니까.

여기는 거인 그 엄마,

'가짜 사람 거인이구나!'

사람이 변신해서 다 알아서 가서 그 마는 화가 나서 가서 아빠한 테 잘 이야기 해줘야 한다고 생각하면서 자기 도망갔어요. 메리가,

'너무 사랑하니까 찾자.'

처음에 자기 봉투 약 첫 번째는 산에 큰 산에 맡겨 놓고 또, 건너 갈 수 있고, 다음에 나무숲이 많이 있어도 건너가고, 뭐든 뭐든 다 진 행할 수 있어요, 따라가는데. 그다음에 마지막에 자기가 이야기하면 서 바다에 풀도 있고 뭐도 있고 건너가니까 알면서 너무 마음이 아 프니까 메리가 죽었어요.

"너 엄마가 우리 엄마 이야기하면서, 눈도 빼고 이렇게 우리 엄 마한테 고통스럽게 만들었으니까 나는 우리 엄마한테 가서 도와줘 야 한다."고.

메리는,

"나는 그런 거 모른다. 우리 엄마 이야기 안 해준다. 오빠 가지 마라. 나와 같이 살아."

이렇게 하고 그다음에 말도 계속 이야기해주거든.

"돌아가면 안 돼. 돌아가면 안 돼. 엄마 아빠, 니 이모들이 기다 리고 있다."고.

"사랑한다. 사랑한다."

해도 뒤도 돌아보고 갔어요.

메리 죽은지도 몰라. 갔어요. 가서 아빠도 애들 죽고 거인도 알아듣고 잡아넣으니까,

"그 거인도 왜 이렇게 잡을 수 있냐?"고.

"왜 다시 돌아왔냐?"고.

"그러면 니들도 다 알았으니까 다 죽여 버려라."

자기 딸 생각하니 너무 화가 나서 심장이 터져서 심장마비로 죽었어요. 거인 심장마비로 죽고. 할머니 이모들하고 엄마들 눈 다 고쳐주고 아빠도 인제,

"왕자도 이제 아빠 대신에 하라."고.

하니까 그다음에 메리 아내 보고 싶어서 돌아가서 아내 찾아갔어요.

찾아가니까 아내도 밑에 아내 거인들,

"당신 아내 메리는 죽었다고 당신 따라갈 때 그때 죽었다."고.

이야기하면서 자기도 울면서 울면서 또 심장마비, (메리와) 같이 죽었어요. 같이 죽었으니까.

다음에 다른 사람 태어났어요. 다른 사람 태어나면서 이름이 남자이름 파스톤 여자는 이름이 마누라.

열두 자매 낭십성과 거인의 딸 메리 [2]

● **구연정보**

조사일시 : 2016. 10. 17(월) 오후

조사장소 : 서울특별시 광진구 화양동

제 보 자 : 와닛차 [태국, 여, 1990년생, 유학 5년차]

조 사 자 : 박현숙, 김현희, 김민수

● **구연상황**

제보자는 20여 편이 넘는 태국 속담 구연을 마친 뒤 조사자와 점심식사를 했다. 점심식사 후 이야기판이 시작되자 제보자는 준비해온 이야기를 차분하게 구연했다. 제보자는 구연 도중 빠트린 내용이 있으면 그 자리에서 내용을 추가하고 정정하면서 주도적으로 이야기판을 이끌어 나갔다. 제보자는 구연을 마친 뒤, 이 이야기가 시리즈로 구성된다고 설명했다. '낭십성'은 첫 번째 이야기로 파롯의 탄생 이전까지이며, 두 번째 이야기는 파롯과 메리의 사랑 이야기로 구성된다고 했다.

● **줄거리**

어떤 부부가 가난하여 열두 딸을 숲속에 버렸다. 거인 왕국의 여자 거인이 열두 자매가 마음에 들어 인간으로 변신한 뒤 열두 딸을 자기 왕국으로 데려갔다. 열두 자매는 여자 거인이 외출한 사이 금지된 방에서 사람 뼈를 발견하고는 도망쳐 다른 나라에 도착했다. 그 나라의 왕이 열두 자매를 아내로 맞았다. 열두 자매를 쫓아 온 여자 거인이 사랑의 묘약으로 왕의 마음을 빼앗은 뒤 임신한 열두 자매를 동굴에 가두었다. 여자 거인은 꾀병을 부려 열두 자매의 눈알을 모두 뺐는데 막내만 한쪽 눈알이 남았다. 열두 자매는 배가 고파서 출산한 아기를 차례로 잡아먹었는데, 막내는 언니들 몰래 아들 파롯을 낳아서 키웠다. 파롯은 자라서 동굴 밖으로 나가서 음식을 가져와 어머니와 이모들을 돌보았다. 왕궁으로 간 파롯은 다른 나라 침략을 빌미로 왕에게 닭싸움을 제안해서 승리했다. 여자 거인이 파롯을 없애려고 딸 메리가 있는 거인 왕국으로 약과 편지를 전하는 심부름을 보냈다. 도중에 한 도사가 파롯을 죽이라는 편지 내용을 파롯과 결혼하라는 내용으로 바꾸었다. 메리는 바뀐 편지 내용

대로 파롯과 결혼하여 살았다. 그러던 어느 날 파롯은 메리한테 거인의 심장
과 열두 자매의 눈알이 있는 곳을 알아낸 뒤 신비한 물약을 가지고 거인 왕국
을 떠났다. 메리가 파롯을 따라오자 파롯은 물약으로 강을 만들어 더 이상 따
라오지 못하게 했다. 메리는 그 강에서 울다가 죽고 말았다. 파롯은 동굴로 와
서 열두 자매의 눈알을 회복한 뒤 여자 거인의 심장을 터트려서 죽였다. 다시
메리에게 돌아간 파롯은 강 옆에 죽어 있는 메리를 발견하고 슬퍼서 따라 죽
었다.

　그 제목은 첫 번째 이야기는 〈낭십성〉이라는 이야기인데. [조사
자 1: 낭십성?] 낭십성. [조사자 1: 우리말로 하게 되면 어떤 의미예요?]
번역하면은 12명의 여자. 십성은 열둘.

　그 어떤 가족이 있었는데 부부가 살았는데 열두 딸을 낳았어요.
처음에 돈도 많고 막 그러는데 열두 딸을 낳아서 가난해졌어요. 그
래서 이 열두 딸을 버리려고 결심했는데 그 숲에다가 숲으로 데려
가서 버리기로 했어요. 숲으로 데려갔는데 막내딸이 집에서 나갈 때
쌀을 길에다가 이렇게 한 개씩 한 개씩 이렇게 놓아가지고 숲에다가
버렸는데 다시 돌아올 수 있었어요. 집에. 돌아올 수 있는데 또다시
숲에다가 버리기로 했어요. 숲에다가 데려가서 이번에도 쌀을 길에
다가 놓았는데, 근데 이번에는 새가 그 쌀을 먹어가지고 집에 돌아
오지 못하는 거예요.

　열두 딸이 숲에다가 헤매고 헤매다가 여자 거인을 만났어요. 그
런데 이 여자 거인이 인간으로 변장해가지고 그래서 처음에 몰랐어
요. 그 거인인 거. 이 여자 거인이 아직 이 열두 명의 여자를 보고 나
서 입양을 하고 싶은 거예요. 그래서 거인국으로 데려가서 키웠는데
이 여자들한테,

　"어떤 방에 들어가지 말라."고.

　이렇게 항상 말을,

　"들어가지 말라."고.

　계속 얘기했는데 어느 날 (구연을 멈추고 잠시 생각하다가) 아,

그리고 이 여자 거인이 왕의 지도자예요. 그 나라의 거인나라의 지도자인데 그래서 모든 거인한테,

"이렇게 인간으로 변장하라."고.

"딸들한테 놀라게 하지 말라."고.

이렇게 얘기해가지고 다 인간으로 변장했어요. 이 열두 딸은 몰랐어요. 그 나라가 거인나라인 거. 어느 날, 왕이라고 해야 하나요? 왕비? 그 여자 거인이 사냥하러 갔는데, 열두 딸이 되게 궁금한 거예요. 그 방에 뭐가 있는지. 그래서 되게 궁금해서 들어갔는데 사람의 뼈들을 발견했어요. 그래서 아, 이거 사람이 아닌 것을 알게 돼가지고 그래서 도망가기로 했어요, 열두 딸이. 그래서 그 거인의 신비한 물건들을 가져가고 도망갔어요.

도망갔는데 어떤 나라에 도착해가지고 그 나라의 왕이랑 결혼하게 됐어요. [조사자 1: 열두 딸 다?] 네네. 다. 다 그 왕이랑 결혼했는데 그 거인 여자가 돌아와서 자신의 딸이 도망간 거 알고 되게 화가 났어요. 그리고 신비한 물건도 다 가져갔기 때문에 화가 나가지고 그래서 따라갔어요.

따라가고 인간으로 변장해서. 그리고 미약인가요? 미약이랑 주문을 이용해서 왕을 사랑하게 만들고 자기를 왕비로 삼게 하는 거예요. [조사자 1: 그러니까 그 사람의 마음을 움직이고 자기를 좋아하게 만드는 주문을 외웠다는 거.] 주문과 묘약 이런 거. [조사자 1: 신기한 약?] 네. 약간 그런 거. 사랑하게 만드는 그런 약. [조사자 1: 사랑의 묘약이네.]

묘약이랑 주문을 이용해서 왕을 사랑하게 만들고 나서 이 열두 명의 왕비를 그 동굴에다가 거두라고 이렇게 만들었어요. 그런데 가두었는데 이 열두 딸은 그 음식을 주지 않고 그냥 가두었는데. 어느 날, 거인 여자가 더 이렇게 꾀를 만들어서 자기가 아프다고 해서 이 열두 명의 그 눈알을 이용해야 이 병에서 나아질 수 있다고 왕한테 꾀를 부려서 거짓말을 해가지고.

그래서 왕은 사람을 시키고 눈알을 빼라고 이렇게 명령했는데 어떤 신하가 중간에 말렸어요. 그래서 열한 명의 눈알을 다 빼 놓고 마지막 그 막내딸의 그 한 쪽만 빼 왔어요. 그때 명령이 왔을 때 그

만하라고 왔을 때 이미 한 쪽을 빠졌어요.

그래서 이 동굴에다가 되게 막 살고 있는데 막내딸만 볼 수 있잖아요. 그래서 막내딸은 쥐를 잡고 언니들한테 먹여주고 그러는데 근데 그동안 열두 명이 다 임신을 했었어요. 그래서 아이를 낳고, 아이를 낳았는데 먹는 거 없으니까 자기의 아이를 먹어야 되고 그래서 다 찢어서 막 나누는 건데. 막내딸은 조금씩 조금씩 가져오고 바로 먹지 않고 조금씩 조금씩 모아두고 나중에 자기 아이를 낳았을 때 그 언니들한테 거짓말하고, 자기가 모아둔 그 아이 고기를 다시 나눴어요.

그래서 자기 아들이 자라나고 자기 아들이 조그만했으니까 빠져나갈 수 있어요. 그 감옥 속에서 빠져나갈 수 있기 때문에 나가서는 그 아들이 능력이 있는데 닭싸움을 잘하는 거예요. 태국에서 옛날에 닭싸움 경기가 되게 많았었어요. 닭싸움을 해서 약간 도박 같은 건데, 근데 그거는 닭싸움을 통해서 음식이나 이렇게 먹는 거를 받을 수 있어요. 그래서 아들을 닭싸움을 통해서 음식을 가지고 엄마랑 이모들한테 나눴거든요.

그런데 어느 날 아들이 아버지가 누구냐고 물어봐서, 어머니가 왕이라고 이야기했어요. 그래서 이 아들이 닭싸움을 되게 잘해서 이름이 되게 유명해졌어요. 그래서 어떤 그 왕국이 어떤 다른 나라의 왕이 이 나라를 침략하기로 했는데, 그 만약에 닭싸움에 이겼으면 그렇게 나라를 뺏지 않는다고 이야기했어요. 그래서 왕이 이 아이가 되게 닭싸움을 잘하는 아이가 있다고 들어서 불렀어요.

그래서 아이가 닭싸움을 하다가 이겨가지고 그래서 그 왕이 뭘 필요하다고 이야기하라고 했는데, 이 아이가 자기가 아들이라고. 그리고 어머니랑 이모들이 도왔다고 지금 왕비가 거인이라고 다 이야기했어요. 그래서 왕이 주문에서 깨어나 가지고 이 거인한테…

(잠시 이야기를 멈추며) 아, 진짜 많이 빠졌네요. 잠깐만요. [조사자 1: 빠진 부분 이야기해 줘요.]

아마 처음에 아이가 왕이 아버지인 거를 몰랐어요. 몰랐는데 그 거인인 왕비가 알고 있잖아요. 그래서 없애려고 계획하다가 자기가

아프다고 이렇게 거인나라에 가서 약을 가지고 가져오라고 이야기
했어요.

그래서 이 아들이 아들의 이름은 '파롯'이라는 이름인데, 파롯한
테 이렇게 거인나라로 보내려고 했잖아요. 그리고 편지를 왕비가 편
지를 쓰고, 자기 딸이 거인 왕국에 있어요. 그리고 딸이 거인인데 근
데 그 편지 내용은 낮에 도착하면 죽이고, 밤에 도착하면 죽이라는
[조사자 1: 낮에 도착하면 죽이고 밤에 도착해도 죽이고?] 네. 그런 내용
인데 파롯한테 가져가서 자기 딸, 그 나라의 여자 거인이 약을 줄 거
라고 이야기했어요.

그런데 출발을 하다가 길에다가 도사를 만났는데, 그 도사가 사
실을 알고 있어요. 그 주문을 통해서

'그렇구나'

알게 돼가지고 편지 내용을 바꿔줬어요. 편지 내용을,

'낮에 도착하면 결혼하면, 밤에 도착해도 결혼해라.'

이런 내용을 바꿔가지고 파롯한테 주고, 파롯은 도착할 때 거인
의 여자한테 줬더니 결혼하게 됐죠. 그 내용을 보고. 그래서 그 여자
거인이 이름이 메리인데, 그래서 잘 살게 되다가 파롯이 엄마와 이
모를 그리워하게 되는 거예요.

그래서 메리한테

"내가 다시 돌아가겠다."고.

"어머니를 찾으러 간다."고.

이렇게 이야기해가지고 그래서 갔는데, 그런데 메리는 가지 말
라고 이야기해도 듣지 않았어요. 그래서 그냥 메리가 술을 취할 때
이렇게 파롯이 그 신비한 물건들을 가져오고 방에다가 그리고 메리
한테 비밀을 물어봤어요. 어떻게 그 왕비를 죽일 수 있는지가 막 이
렇게 물어보다가 취하니까 다 이야기해 줬어요. 원래 태국에서 거인
은 보통 심장을 따로 숨겨 놨거든요. 그래서 다 알게 됐어요. 심장이
어디 있는지.

그래서 가져가고 신비한 물건도 다 가져가고 떠났는데, 메리가
따라 왔어요. 가지 말라고 가지 말라고 했는데 파롯이 듣지 않고 그

리고 신비한 물건을 이용해서 바다를 만들었어요. 뿌리고 신비한 물약 뿌리고 바다가 생겼어요. 그래서 메리가 못 건너가게 이렇게 막아 놨는데 메리가 되게 막 슬프고, 울고 그래서 죽었어요. 그런데 죽기 전에 이렇게 이야기했어요.

"이 생에 내가 당신을 못 따라가는데 다음 생은 당신은 나를 따라와야 한다."

는 그런 말을 하고 죽었어요.

그래서 파롯은 그냥 떠나가고 그 나라에 도착했는데, 그 신비한 물건을 들고 심장으로 가져오고 어머니들의 눈 그 이모들이랑 어머니들의 눈알도 가져왔어요. 그래서 어머니에게 가서 다 눈알을 다시 줬어요. 그래서 다시 보게 되고 그래서 이모들과 어머니들이 탈출해서 왕한테 사실을 다 알려주고 그래가지고 왕은 주문에서 깨어나서 이렇게 사형하려고 했는데, 거인이 원래 힘이 되게 세잖아요. 근데 파롯은 심장을 가져와서 그냥 죽여 버렸어요. 그 심장을 없애고, 그러니까 그 거인이 지금 죽게 되고 파롯이 어머니들이랑 이모들한테 다시 돌려줬어요.

그리고 행복하게 됐는데, 자기가 메리가 생각난 거라서 돌아갔는데 아직 강 옆에 죽어 있는 메리를 보고 너무 슬퍼가지고 그래서 따라 죽었어요.

그렇게 첫 편은 끝나는데 다음 생이 이어져서 다른 이야기가. [조사자 1: 그러면 그 강의 이름이 따로 있지는 않고? 죽은 강이 따로 지명이나 이름이 있지 않아요?] 아닌 거 같아요. 그거는 없는지, 제가 잘 모르는지, 잘 모르는데.

[조사자 1: 두 번째 시리즈는 제목이 다른 거로 되어 있어요?] [조사자 2: 제목을 못 적었는데.] [조사자 1: 낭십성. 열두 명의 여자.] 낭십성. 사실 낭십성은 그거 파롯이 태어날 때까지 끝났어요. [조사자 1: 파롯 이야기? 파롯 이야기인 거죠?] 네. 파롯이 태어난 후에 〈파롯 메리〉라는. [조사자 1: 파롯 메리? 파롯 메리의 사랑 이야기가.] 네. 파롯. 그리고 메리가 제목이 됐어요.

프라스톤과 반인반조(半人半鳥) 마노라

● 구연정보

조사일시 : 2016. 10. 17(월) 오후
조사장소 : 서울특별시 광진구 화양동
제 보 자 : 와닛차 [태국, 여, 1990년생, 유학 5년차]
조 사 자 : 박현숙, 김현희, 김민수

● 구연상황

제보자는 앞서 구연한 〈열두 자매 낭십성과 거인의 딸 메리〉가 첫 번째 시리즈인 파롯의 탄생 이전 이야기에서 두 번째 시리즈인 파롯과 메리의 사랑 이야기까지 이어진 것이라고 한 뒤, 이어서 구연할 〈프라스톤과 마노라〉 이야기가 세 번째 시리즈에 해당하는 것이라고 했다. 제보자는 구연에 앞서 남자 주인공 프라스톤은 파롯이 환생한 인물이고 여자 주인공 마노라는 메리가 환생한 인물이라고 했다. 이야기에서 프라스톤이 마노라를 따라간다는 점에서 한국의 〈선녀와 나무꾼〉과 비슷하지만 여자가 반인반조인 점이 다르다고 했다. 이 설화는 불교 설화 중 하나로 어릴 적부터 들었던 널리 알려진 이야기라면서, 태국 남부지역 전통춤으로도 제작되고 텔레비전 드라마로도 각색됐다는 설명을 덧붙였다.

● 줄거리

옛날에 반인반조 낀나리가 사는 나라의 왕에게 일곱 딸이 있었다. 일곱 딸이 인간 세상으로 내려가 목욕을 하다가 막내 마노라가 지나가던 사냥꾼에게 잡혔다. 사냥꾼은 용왕에게 받은 신비한 끈으로 마노라를 잡아 왕에게 주었고, 왕은 아름다운 마노라를 왕자 프라스톤에게 주었다. 프라스톤과 마노라는 서로 사랑에 빠져 결혼하게 됐다. 프라스톤이 전쟁터로 출병하기 전날 왕이 악몽을 꾸어 점술가에게 해몽을 부탁했다. 마노라를 없앨 궁리를 하던 점술가는 나라가 위험하니, 두 발을 가진 동물을 제물로 바쳐야 한다면서 마노라를 제물로 바치라고 했다. 마노라는 제의가 진행될 때 불더미 속으로 춤추며 들어가겠다고 속이고 사냥꾼에게 날개옷을 받아 입은 뒤 도망쳐서 낀나리 나라로 돌아갔다. 프라스톤이 전쟁에서 돌아와 점술가를 사형시키고 도사의 도움을 받아서 힘겹게 낀나리 나라에 도착했다. 프라스톤은 도사에게 받은 마노라의 반지를 마노라의 목욕통에 넣어 두었고, 반지를 발견한 마노라는 프라스톤이 자신을 찾아왔다는 사실을 알아차렸다. 낀나리 나라의 왕은 프라스톤에게 비슷하게 생긴 일곱 딸 중에 마노라를 찾으면 마노라와 살 수 있게 해 주겠다고 했다. 프로스톤은 금색 파리로 변신하여 마노라 얼굴에 앉은 인드라신의 도움으로 마노라를 찾았다. 프로스톤은 왕에게 인정을 받고 마노라와 결혼해서 잘 살았다.

　　프라스톤과 마노라 이야기에서는 어떤 일단 그 마노라는 여자 주인공이잖아요. 그런데 여자 주인공은 반인간 반새예요. 태국의 되게 고전의 동물의 한 종류인데, 문학에서 많이 나오는 그런 동물이에요. [조사자: 반은 사람이고 반은 새예요?] 네. 그런데 선녀처럼 이렇게 생겼어요. 되게 예쁘고 날개 있고. 그런데 동물 종류에 들어갔어요.

　　그래서 마노라는 자매가 있는데, 어떤 반새, 반인간 동물의 이름은 '낀나리'예요. 동물 이름은 태국어로 하면 낀나리예요. 반인간 반새 낀나리이고. 그런데 낀나리 나라가 있었는데 왕이 그 딸 일곱 명이 있었어요. 그런데 그 일곱 명의 딸이 인간 세상으로 내려와서 어떤 연못에다가 몸을 씻고 있었어요. 몸을 씻고 있는데, 그 지나가다가 발견이 풍경을 발견하는 사냥꾼이 있었어요. 사냥꾼이 이거를 보고 되게 그 낀나리 예쁜 동물이라서 왕한테 가져가려고 데려가서 드리려고 했어요. 그래서 그 사냥꾼은 어떤 신비한 끈을 용왕에게 받아가지고 그 낀나리를 잡으려고 했어요.

　　그런데 그때 잡으러갈 때, 다른 자매가 이것을 알게 되고 먼저 도망갔는데 막내딸이 도망가지 못해가지고 잡혔어요. 그래서 사냥꾼이 막내딸 이름이 마노라고. 마노라를 데려가지고 왕한테 드렸어요. 왕은 이 마노라를 보고 너무 예쁘다고 생각해가지고 왕자한테 줬어요. 왕자는 프라스톤이고. 그리고 프라스톤과 마노라는 사랑에 빠졌는데, 서로 사랑하고 결혼하게 됐는데. 그 어떤 사제관? 왕의 사제관이 이것을 보고 되게 화가 난 거예요. 왜냐하면 자기가 딸이 있는데 딸이 왕자와 결혼하지 못 해가지고, 그래서 그 마노라를 없애려고 했어요.

그래서 어느 날 왕자가 전쟁에 나가는데. 그리고 왕자가 나갔는데 왕도 꿈을 꿨어요. 전날 밤에 꿈을 꿨는데 꿈이 뭔지 잘 기억 안 나는데 악몽 꿨어요. 그리고 악몽 꾸고 사제관한테 이야기했는데 사제관은,

"지금 온 나라가 위험에 빠져 있어가지고 그래서 의식을 만들어 놔야 돼요. 그래서 의식에서 공양이 필요해요. 그리고 공양은 네 발의 동물이랑 두 발의 동물이 필요하다."고.

이렇게 왕한테 이야기했어요.

"그래서 두 발의 동물은 마노라를 사용하라."고.

이렇게 왕한테 이야기했어요.

그래서 그 불더미를 만들어 놓고. 그 불더미 앞에 이렇게 의식을 만들어 났는데, 마노라가 그것을 알고 자기가 죽어야 되는 거 알고 되게 슬프고 그러는데 꾀를 만들었어요. 도망가려고. 그래서 불더미 앞에 의식을 해야 하니까 자기가 춤을 추겠다고. 춤을 추고 불더미에 뛰어 들어가려고 이렇게 이야기한 거예요. 그래서 자기 옷과 날개를 달라고. 그전에는 다 사냥꾼이 다 가져가지고 그래서 자기 옷과 날개를 달라서 입고 그리고 춤을 추다가 도망갔어요.

춤을 추다가 도망갔는데 가는 길에 도사를 만나고, 도사한테 프라스톤이 따라오면 따라오지 말라고 이야기해가지고, 그리고 자기 옷이랑 반지도 도사한테 줬어요. 프라스톤한테 주라고. 따라오면.

프라스톤이 그 전쟁에서 돌아왔는데, 이 사실을 알게 되고 화가 나고 그 사제관한테 사형을 시켰어요. 그리고 왕이랑 왕비한테,

"제가 마노라를 따라가겠다."고.

이야기하고 출발했어요.

출발하다가 그 낀나리 나라에 가려면 되게 어려운 과정이거든요. 왜냐하면 인간 세상이 아니니까 되게 힘든 일이라서 도사를 만나고 도사가 이렇게, 따라가지 말라고 이야기하고도. 프라스톤이 가

겠다고 그래서 그 반지와 옷을 줬어요. 프라스톤한테.

　　그래서 프라스톤은 그 옷이랑 반지를 받고 도사가 다른 신비한 물건들을 주고 이렇게 필요하다고 갔어요. 그래서 어떤 숲에 가고 나무도 만나고 그런데 되게 힘든 과정을 거치다가 어떤 새 둥지에 들어갔어요. 변장해가지고. 새로 변장해가지고. 새가 올 때, 새털 안에 들어가서 따라간 거예요. 왜냐하면 새는 낀나리 나라까지 따라간 거여서.

　　그래서 그 새를 이용해서 그 나라에 도착하는데 마노라가 그때 목욕하고 있었어요. 목욕을 하는데 프라스톤은 그 반지를 목욕 항아리? [조사자: 목욕통?] 네. 목욕통에다가 넣었어요. 그래서 마노라가 목욕하다가 그 반지를 발견해가지고.

　　'아, 프라스톤이 따라왔구나.'

　　알게 되어서 아버지한테 알려줬어요. 프라스톤이 따라온다고.

　　그래서 낀나리 왕도 시험하려고 했어요. 프라스톤한테 시험하기로 해가지고 프라스톤을 불러서,

　　"일곱 딸 중에 누가 마노라인 걸 알면 그 딸을 주겠다."고.

　　이렇게 이야기했어요. 왜냐하면 다 비슷하게 생겼으니까. 일곱 자매가.

　　그래서 일곱 딸이 나와서 그렇게 서 있는데 구분하지 못하는 거예요. 그래서 인드라신이 또 두 명이 인연인 거 알고 있으니까 내려와서 도와주려고 했어요. 그래서 인드라신이 금색의 파리로 변장해가지고 그 마노라의 얼굴에 날아갔어요. 그래서 프라스톤이 마노라라는 거 알게 되고, 그래서 왕한테 인정을 받았어요.

　　그런 이야기이고, 둘이 잘 살게 됐고. 결혼하고 잘 살게 됐어요. 그런 이야기예요.

머리카락에서 향기 나는 여인 낭봄험 [1]

● 구연정보

조사일시 : 2016. 11. 14(월) 오후
조사장소 : 서울특별시 서대문구 대현동
제 보 자 : 와닛차 [태국, 여, 1990년생, 유학 5년차]
조 사 자 : 박현숙, 김민수

● 구연상황

제보자가 문학적 관용 표현 〈궁중 동성애 렌 프완과 렌 싸왓〉에 대한 설명을 마친 뒤, 구연할 이야기가 하나 더 남았다고 말했다. 구연할 이야기 제목은 〈낭봄험〉이라고 했다. 조사자가 무슨 뜻인지 묻자 '낭'은 여자, '봄'은 머리카락, '험'은 냄새가 좋다는 뜻으로, 낭봄험은 냄새 좋은 머리카락을 가진 여자라는 뜻이라고 했다. 구연 도중 이야기 후반부 내용이 잘 기억나지 않아서 간략하게 줄여 구연을 마무리했다. 제보자가 구연하는 동안 이야기판에 함께 참여한 캄보디아 제보자 소다니스가 이야기 구연을 준비하며 제보자 구연을 경청했다.

● 줄거리

한 여인이 소 발자국과 코끼리 발자국에 고인 물을 마시고, 낭봄험과 낭룬 두 딸을 낳았다. 두 딸은 아버지가 코끼리왕이라는 엄마의 말을 듣고 아버지를 찾아갔다. 코끼리왕은 두 딸에게 자신의 딸임을 증명하는 과제를 냈다. 낭룬은 실패하여 그 자리에서 죽었고, 낭봄험은 과제를 수행하여 아버지와 숲속에서 살았다. 낭봄험은 향기 나는 머리카락을 작은 항아리에 담아서 강물에 띄워 보냈다. 낭봄험은 배필만 열 수 있는 항아리를 가져온 왕자와 함께 떠났다. 낭봄험을 질투한 마녀의 방해로 둘은 헤어졌다가 도사의 도움으로 다시 만나서 행복하게 살았다.

어떤 여자가 살고 있었는데 숲에 들어가다가 너무 목이 마른 거예요. 그래서 그 바닥에서 이렇게 소가 지나갈 때 자국을 남기는 거 있잖아요. [조사자: 소 발자국?] 네. 소 발자국에다가 물이 고여 있는, 맞아요? 고여 있는 물을 마셔, 마시고. 마시고 나서 아직도 물이 더 목이 마른 거예요. 목이 말라가지고 옆에 있는 코끼리 발자국에 있는 물을 마시고 나서 더 뭔가, 뭔가 시원해지고 그래서 계속 마시고 나서 집에 들어갔어요.

근데 집에 들어갔더니 얼마 후에 임신을 하게 된 거예요. 근데 임신을 하고 그 딸을 두 명 낳았어요. 그리고 한 명은 낭봄험이라는 뜻이라고 짓고 왜냐하면 머리카락 냄새가 되게 좋아서 낭봄험이라는 이름을 짓고, 두 번째 딸은 낭룬이라는 이름을 지었어요.

그래서 그 낭봄험이랑 낭룬은 어렸을 때 이렇게 친구랑 놀다가 친구에게 놀림 당했어요. 약간,

"아버지가 누구니?"

막 이렇게 놀림을 당해서 궁금이 생긴 거예요. [조사자: 궁금증이?] 궁금증이 생긴 거예요.

그래서 엄마한테,

"우리 아버지는 누구냐?"고.

이렇게 물었는데, 엄마는 얘기해 줬어요. 옛날에 이렇게 물을 마시더니 근데 아버지는 소인지 코끼리인지 잘 모르겠다고 얘기해가지고.

그래서 두 딸이 아버지를 찾으러 나간 거예요. 그래서 찾으러 갔는데 숲에 들어갔는데 코끼리의 왕을 만났어요. 그래서 코끼리의 왕은 처음에 막,

"누구야? 우리 숲에 들어온 인간이."

이렇게 그 죽이려고 했어요. 두 여자를. 인간이니까. 죽이려고 했는데 낭봄험은 이렇게,

"살려주세요. 우리는 그냥 아버지를 찾으러 왔어요."

이렇게 얘기해 주고 이 코끼리의 왕은 이걸 듣고 우리 딸일 수도 있으니까,

"내가 시험할게."

이렇게, 두 여자에게 시험을 했는데,

"그 코끼리의 위에 올라갈 수 있으면 우리 딸이라는 것을 인정할 거라."고.

[조사자: 코끼리 등 위로 올라갈 수 있으면?] 네, 코끼리 그 목에다가 이렇게 코끼리 목. [조사자: 코끼리 목까지 올라갈 수 있으면?] 네. 근데 낭룬은 먼저 올라갔는데 아무리 노력해 봐도 올라갈 수 없었어요. 그래서 낭봄험은 시도해 봤는데 쉽게 올라갈 수 있어요. 이렇게 상아를 밟아서 이렇게 목에다가 앉았더니 낭룬은 너무 화가 나서 이렇게,

"왜 언니만 올라갈 수 있는데?"

이렇게 얘기해가지고. 해서 너무 짜증나서 그냥 밟았어요. 그래서 죽었어요, 낭룬은. 밟아 죽었어요, 그 코끼리 왕에게. 그래서 코끼리 왕은 낭봄험만 데려가고 그 코끼리 왕궁에게 아니, 그 숲에다가 왕궁을 지어 주고 그 혼자 살 수 있는 그런 공간을 만들어 줬어요. 낭봄험에게, 딸에게.

그래서 낭봄험은 거기서 살다가 너무 외로운 거예요. 혼자서 사니까. 그래서 기도했어요. 자기랑 어울리는 남자를 찾게 해달라고 이렇게 기도했는데 그 작은 상자? 태국에서 '파옥'이라는 작은 상자가 있어요. 뭐 단지라고 해야 되나? [조사자: 항아리?] 네, 항아리. 약간 작은 거. [조사자 2: 단지.] 네. 작은 단지에다가 자기의 머리카락을 넣어 두고, 그 강물에다가 이렇게 떠 주는 거예요. [조사자: 떠나보내요?] 떠나보내요. [조사자: 띄워서 이렇게 보내는 거죠?] 네. 자기만 어울리는 남자만 열 수 있다는 기도를 했어요.

그래서 이렇게 물 떠 보내는데 사람들이 이 지나갈 때마다 냄새가, 향이 되게 좋은 거예요. 그 머리카락이 그래서 사람들이 이렇게 주우려고 했는데 주울 수가 없는 거예요.

근데 어떤 너무 어떤 소문이 너무 퍼져나가서 그 나라의 왕자까지 갔는데 그 왕자도 시도해 보려고 나왔어요. 그래서 주웠는데 쉽게 주울 수 있고 열어봤더니 향이 나는 그런 그 머리카락을 발견해가지고 그래서,

"이 여자를 찾아야겠다."

이렇게 가서 그 강물을 따라 이렇게 갔더니 낭봄험을 만났어요.

그래서 낭봄험은 이렇게 몰래, 아버지 몰래 자기 왕궁으로 데려와서 몇 달 동안 같이 있고 그랬는데. 그 같이 보냈는데 아버지가 그좀 누가 같이 있을 거 같은데 물어보지 않았어요. 딸한테. 그래서 딸은 아버지에게 걸릴까 봐 무서워서 남자랑 같이 도망가서 다른 나라. 아이 근데 뒷부분 잊어버렸어요. [조사자: 헷갈려?] 네, 가물가물해요.

그래서 같이 갔는데 (잠시 생각하다가) 아! 같이 도망갔는데요. 갔는데 길에다가 어떤 귀신을 만났어요. 근데 그 귀신이 왕자에게 이렇게 사랑에 빠져가지고 막 좋아해가지고 납치하려고, 납치하려고 이렇게 계획했어요. 그래서 낭봄험을 강물에다가 이렇게 발로 차고 그 낭봄험을 빠트렸어요. 물에 빠뜨리고 귀신이 이렇게 낭봄험으로 이렇게 변신해가지고 같이 왕자랑 같이 갔어요.

그 나라 왕자 나라에 갔는데 근데 같이 살았는데 이상하게 느꼈어요. 왕자가 약간 낭봄험이랑 다른 행동을 하고 그래서 궁금했더니. 그래서 낭봄험은 물에 빠뜨리고 아마 도사를 만난 거 같아요. [조사자: 낭봄험이?] 네. 낭봄험이 도사를 만나고 도사의 도움을 받아서 이렇게 아이도 한 명 낳아가지고, 그래서 아이한테,

"아버지를 찾아 가라."고.

이렇게 얘기해가지고 아들이 왕자를 만나서 사실을 알려 주고 그래서 왕자는 그 귀신을 죽이고 다시 낭봄험이랑 아들을 데려와서 같이 행복하게 살았어요.

머리카락에서 향기 나는 여인 낭봄험 [2]

● 구연정보
조사일시 : 2017. 11. 18(토) 오전
조사장소 : 전라남도 순천시 해룡면 순천 기적의 도서관
제 보 자 : 나우봉 [태국, 여, 1975년생, 결혼이주 17년차]
조 사 자 : 박현숙, 김현희

● 구연상황
조사자와 제보자는 1차 조사 이후 한 달 만에 다시 만나서 2차 조사를 시작
했다. 조사자가 제보자에게 준비한 이야기를 들려달라고 요청하자, 제보자는
잠시 스마트폰으로 내용을 확인하면서 구연을 준비했다. 제보자는 어릴 때
동화책으로도 읽었고 어른들에게 자주 들었던 이야기라면서 구연을 시작했
다. 이야기판에는 누자리 제보자가 청자로 참여했다.

● 줄거리
노부부가 늦은 나이에 딸 태위를 낳았다. 태위는 산길을 가다가 목이 말라서
소 발자국과 코끼리 발자국에 고인 물을 차례로 마신 후 임신을 했다. 태위는
마음씨 착한 낭봄험과 마음씨 나쁜 나룸 쌍둥이 자매를 낳았다. 쌍둥이 자매
는 친구들에게 아빠 없는 아이라고 놀림을 받고 아빠를 찾아 나섰다. 코끼리
가 쌍둥이 자매를 죽이려고 하자 낭봄험이 아버지를 찾아왔다고 했다. 코끼
리는 자신의 등에 올라타는 이가 자신의 딸이라고 말했고 낭봄험이 성공하여
코끼리 딸임을 인정받았다. 낭봄험은 산속에서 코끼리 아버지와 살다가 외로
움을 느꼈다. 낭봄험이 자신의 향기 나는 머리카락을 잘라서 항아리에 넣어
강에 띄워 보내며 사랑하는 남자를 만나게 해달라고 빌었다. 왕자가 강가에
놀러 갔다가 항아리를 발견하고 낭봄험을 찾아갔다. 낭봄험과 왕자는 서로
사랑하게 되어 결혼했다.

낭봄험. [조사자: 이 낭봄험 뜻이 뭐예요?] 머리카락에 향기가 나는 낭봄험. [조사자: 어떤 이야기예요?]

어떤 할머니 할아버지, 한집에 같이 사는데 오랫동안. 애기 없고. 자기가 천사한테 가서 기도하면서 담에 임신해서 애기 낳았는데. 애기 낳고 딸 이름이 '태위' 딸 한 명 태위 낳는데. 그 딸 이름이 태위.

어느 날 태위 딸이 산에 들어가서 운동하러 놀러갔는데 자기가 준비한 물 다 마시고 없어지고, 또 가고 물 없으니까 물 찾아 이제. 물 찾으니까 그 첫 번째 물은 소 발자국 있잖아요? [조사자: 소발자국?] 네. 그 물 마시고. 마시는데 아직 배 안 불러요. 아직 또 먹고 싶어. 목이 또 말라. 또 찾아가서 다음에 코끼리 발자국. [조사자: 코끼리 발자국?] 네. 마시고. 마시고 나서 물 맑고 좋아하고 배불러. 배불렀으니까 집에 들어왔어요.

집에 들어와서 부모님이 자기가 임신한 거 임신. 집에 들어와서 부모님이,

"니가 누구랑. 애기 아빠 누구냐?"고.

물어봤는데 태원이 엄마 아빠한테 누구는 모르지만 자기 생각은 뭐지? 코끼리 아니면 소. 애기아빠 같아서.

다음에 임신하고 나서 애기 쌍둥이 낳았어요. 쌍둥이 낳고, 애기 두 명 낳고. 한 사람은 이름이 '낭봄험'이라고. 또 한 사람이 이름 '나룸'. 낭봄험이 마음 좋고 여기 사람 많이 도와주고 나룸이 마음 안 좋고 다른 사람 괴롭히고. 어느 날 친구들 많이 놀러와,

"니 엄마 부모님 없다."고.

이렇게 놀리고 둘이 가서 엄마한테 물어보고,

"엄마 아빠 나 부모님 누구냐?"고.

그 엄마가,

"니 부모님은 코끼리나 소가 니 부모님이라."고.

"산속에 들어가서 아빠 찾으러 간다."고.

숲 찾으러 가니까 코끼리 만났어요. 코끼리가,

"왜 둘이니? 산에 들어왔니?"

죽이려고 해. 죽이려고 해. 그다음에 낭봄험이 빌고 빌고 이야기

하면서,

　"여기 들어오면 아빠 찾아왔다."고.

　"우리 아빠는 코끼리하고 소이라."고.

애기했어. 애기하고 나서 그 나룸이 자기가,

　"나는 코끼리 따님이다."

이렇게 말했어. 낭봄험이,

　"코끼리 딸 아니다. 죽이려면 낭봄험이 죽이라."고.

이렇게 애기하고.

그다음에 코끼리가,

　"누구나 딸 되면 여기 등에 올라갈 수 있다."고.

[조사자: 자기 딸이면 등에 탈 수 있다고?] 네. 그러니까 나룸이 먼저 올라가서 어떻게 올라가도 못 타요. [조사자: 자꾸 떨어져?] 계속 떨어지고, 떨어지고. 그다음에 낭봄험이 올라가서 탈 수 있어요.

　낭봄험이 자기 딸이라서 그다음에 나룸이 코끼리가 발로 차고 나룸이 죽이고. 그다음에 자기가 딸 데리고 가서 산속에서 예쁜 집도 만들어 주고. 살으면서 그다음에 계속 사람 안에서 자기가 컸으니까 .

　'혼자 외롭고 결혼하고 싶다.'고.

　결혼하고 싶은데 자기가 뭐지? 예쁜 항아리 같은 거. 자기 머리카락에 잘리고, 잘리고 나서 담아. 자기가 매일 하는 강에, 목욕하는 강에 가서,

　'남자와 결혼해야겠다.'고.

　가서 기도하면서,

　'누가 내 진짜 신랑 되면 이거 만나고 향기도 나오고.'

　그렇게 기도하면서 강에 보냈어요. 강에 보냈고.

　강에 보냈는데 또 다른 데 갔어요. 저기는 이름이 라따나? 라따나 동네에 가서 라따나 그 왕자님 이름이 '라따나이'라서 여기도 왕도 또 나와서 놀러왔는데. 강에 가니까

　"무슨 향기 나나?"

고 그랬어요.

보니까,

"오! 머리카락 까맣고, 예쁘고, 향기도 나고, 아니면 공주님? 그냥 보통사람 같으면 좋은 사람 같아서."

이렇게 얘기하면서, 자기도 찾아갔어요, 배 타고.

배 타고 찾아가서 여기에서 가서 다음에 그 여자를 만났어요, 머리카락도 가져가고. 만나서 둘이 좋아서 같이 있고 싶어서 자기 왕에 들어가서 같이 살았어요. [조사자: 결혼했어요?] 네. 결혼했어요. 이렇게 끝났어요. (웃음)

머리카락에서 향기 나는 여인과 왕자

● 구연정보
조사일시 : 2017. 10. 21(토) 오후
조사장소 : 경기도 안산시 단원구 원곡동 세계문화체험관
제 보 자 : 사이암낫(김수연) [태국, 여, 1978년생, 이주노동 12년차]
조 사 자 : 김정은, 황승업

● 구연상황
우즈베키스탄의 샤히스타 제보자가 〈새벽에 문을 열고 인사하면 복이 온다〉
를 구연한 후에, 사이암낫 제보자에게 태국의 이야기 중 생각나는 이야기나
풍습에 대해 이야기해 달라고 요청하자, 어렸을 때 할머니에게 들었던 이야
기라며 구술했다. 인도네시아 출신의 수산티와 우즈베키스탄 출신의 샤히스
타가 적극적으로 호응하며 이야기를 함께 들었다.

● 줄거리
어렵게 사는 집에 착한 큰딸과 못된 둘째 딸이 살았다. 큰딸은 머리에서 좋은
향이 났다. 하루는 큰딸이 배를 타고 가다가 물에 빠진 왕자를 보고 긴 머리카
락을 드리워서 구해주었다. 정신을 잃었다가 깨어난 왕자는 누가 자신을 구
했는지 몰라서 머리에서 향이 나는 것만 기억하고 찾으러 다녔다. 둘째 딸은
왕자가 찾는 사람이 언니인 것을 알고 언니를 멀리 다른 곳으로 가게 한 뒤
자기가 왕자를 구했다고 했다. 왕자는 둘째 딸과 결혼하게 될 뻔했지만, 머리
에 향이 나지 않아서 그만두었다. 왕자가 다시 돌아다니다가 향이 나는 곳으
로 가서 큰딸과 만났다. 둘은 결혼해서 행복하게 잘 살았다.

어떤 지역에 그냥 너무 어렵게 살고 있는 가족이 있는데, 그, 그
집에서 딸 두 명이 있대요. 큰 딸은 아주 착하고, 작은 딸은 약간 그
나쁘고. 어, 그런. [조사자 1: 예, 좋아요. 네, 좋아요.] 할머니 이야기해

준 건 거의 그 공주나 아니면은 왕자님 (웃으며) 나와요. [청자: 좋아 안 하고.] [조사자 1: (청중들을 보며) 우리 이렇게 모여야겠다, 같이. 큰 딸 착하고, 둘째 딸은.] 예, 작은 딸은 좀 약간 나쁜 사람 되고.

어느 날 그 왕자님이 그 지역에 배 타고, 그 집은, 그 지역에 강 물, 집이 강물 옆에 있는 [조사자 1: 강물 옆에 있는 집, 네.] 집 있나 봐 요. 그래서 왕자님이 배타고 거기 지나, 지나갔는데. 그런데 배가, 배 가 뭐 사고 나서 물에 빠졌대요.

그래 물에 빠졌는데, 그런데 그 큰, 큰 딸은 머리가 길고, 그리고 아주 머리, 머리에서 좋은 냄새가 나온대요. 그래서 할머니 이 제목 은 '낭 폼 홈' '폼(ผม)'은 머리이고, '홈(หอม)'은 좋은 냄새예요, 향 냄 새예요. [조사자 1: 머리에 이제 향이 내는 얘긴가 보다.] 네네. [조사자 2: 양? 낭은?] 그래서 '낭(นาง)'은 그 '소녀' [청자: 그렇지.] [조사자 1: 아, 머리에서 향이 나는 소녀?] 네, 그, 그런 이야기인데.

그래서 그 당시 물에 빠진 왕자님이 [조사자 1: 왕자가, 예.] 그 큰 딸이 제가 이름 기억 안 나요. [조사자 1: 괜찮아요.] 네, 이름 있었는 데, 그런데 기억 안 나서. 그래서 그 머리는, 머리 아주 긴데요, 그 머 리를 왕자님한테 주고 끌어, [조사자 1: 끌어서, 네.] 응 끌어서, 그 뭐 지? 그 도와주었대요.

그런데 그 당시는 왕자님 정신을 잃어서 그래서 누가 자기를 도 와 [조사자 1: 구했는지.] 구해줬는지 기억이 안 났는데, 그런데 냄새 가, 머리에, 머리에서 냄새가 났기 때문에 그래서 [조사자 1: 아, 맞다. 그래서 향만 기억하는구나.] 어, 그래서 살아나고, 다시 왕궁에 돌아가 고, 자기 아버지한테 얘기하고.

그래서 그 아버지가, 그 임금님이,

"그러면 그 소녀를"

[조사자 1: 찾아오라.]

"어, 자기 아들을 조아, 도와주었기 때문에 찾아서 결혼하라."

그런 얘기. 그런데 찾아왔는데, 동생이 자기가 (웃으며) 그 왕, 뭐

"왕자님은"

[청자: 굉장히 없겠지.]

"어, 도와주었다."고.

그런데 왕자님이 와서 만나보니까, 느낌이 안 와, 느낌이 안 와서, 분명히 자기가 도와준, 자기를 도와주는 사람이 머릿속에서 향이 났기 때문에.

그래서 그 당시 동생이 그 왕자님 오는 걸 이미 알고 있기 때문에 언니를 내버렸어요. 어, 내버렸는데, 내버렸는데. 그래서 그 다른 지역에 내버렸는데, 그런데 그 왕자님이 와서,

"그런데 이 여자가 아니다."고.

"내 자기가 기억이 나는 것은 분명히 뭔가 자기가 느낌이 난다."고.

그래서 어느 날 왕자님이 그 지역, 그 큰 딸이 있는 지역에 지나가는데, 냄새가. [조사자 1: 아, 향이 나는 거야.] 냄새 나온대요. 그래서 그 집을 찾아가서 만나게 되고, 그리고 결혼하고 행복하게 [조사자 1: 결혼하게 돼요.] 네, 살았다는 이야기.

(웃으며) 이거는 해피엔딩 이야기.

금소라 아이 쌍텅 [1]

● **구연정보**

조사일시 : 2016. 09. 13(화) 오후
조사장소 : 서울특별시 광진구 화양동
제 보 자 : 와닛차 [태국, 여, 1990년생, 유학 5년차]
조 사 자 : 박현숙, 김현희

● **구연상황**

제보자는 〈우텅왕을 낳은 병자 쌘뽐〉 구연을 마친 뒤, 이어서 이 이야기를 구
연했다. 구연 도중 내용에 다소 혼선이 있었다. 처음에 공주가 임신을 한 것으
로 시작했는데 이후 왕비로 정정했다. 이야기를 마친 후에는 긴 이야기인데
중간에 많은 부분을 빠뜨렸다며 다음 조사 때 보충하여 구술하겠다고 했다.
이 이야기는 태국에서 구비문학으로도 유명하지만 왕족문학으로 분류된다고
했다. 이야기에 등장하는 용왕은 '바이아나'일 가능성이 크다는 설명을 덧붙
였다.

● **줄거리**

옛날 어느 왕에게 두 명의 왕비가 있었다. 첫째 왕비가 임신을 하여 소라아이
쌍텅을 낳았다. 아이가 없던 둘째 왕비는 점성가와 짜고 소라아이가 태어난
것은 나라에 불길한 징조라고 고하여 왕으로 하여금 소라아이를 쫓아내게 했
다. 그 뒤 소라아이의 생존 사실을 알게 된 둘째 왕비는 군인을 시켜 아이를
강물에 빠뜨려 죽이라고 했다. 용왕이 물에 빠진 소라아이를 데려가 키웠으
나, 소라아이는 용궁에서 신비한 물건을 훔쳐 육지로 나왔다. 소라아이는 한
나라의 막내 공주와 사랑에 빠졌는데, 왕은 소라아이가 마음에 들지 않아서
공주와 함께 왕궁 밖에서 살게 했다. 어느 날 왕은 일곱 명의 사위를 불러 물
고기 천 마리를 잡으라고 했다. 소라아이는 용궁에서 가져온 신비한 물건으
로 물고기를 잡았으나 다른 사위들은 잡지 못했다. 다른 사위들의 부탁을 받
은 소라아이는 사위들의 코를 일부 떼어 갖는 조건으로 물고기를 잡아 주
었다. 소라아이가 왕에게 여섯 사위의 코에서 떼어낸 살을 보여주며 진실을
말하자 왕은 소라아이를 사위로 인정했다.

어떤 나라에서요. 왕이 딸이 있었는데, 딸이 어느 날 갑자기 임신했어요. 어떻게 임신했는지 잘 기억나지 않지만. 근데 임신했는데 그 아이를 낳아서 소라로 태어난 거예요. [조사자 1: 뭐로 태어나요?] 소라요. [조사자 1: 소라.] 소라.

그 소라가 나왔는데 되게 이상해가지고 그래서 점성가? 나라의 점성가가,

"이 아이가 이렇게 소라로 태어나가지고 나라한테 안 좋은 징조다."

[조사자 1: 징조다.] 징조다. 이렇게 얘기해가지고 추방당했어요. 엄마랑 이 소라아이가.

그래서 추방당했는데, 그 여자가 숲에 들어가서 어떤 부부가 사는 집이 있어가지고 그래서 그 부부가 도와줬어요.

"이렇게 같이 살자."고.

이렇게 해가지고. 그래서 맨날 이렇게 같이 살고 그 여자가 그 부부를 살림을 도와주고 그래가지고, 어느 날 갑자기 쌍 (갑자기 멈추고 생각하다가) [조사자 2: 쌍텅?] 아. 맞다. 그 아이 이름을 '쌍텅'이라고 이렇게 이름을 지었어요. [조사자 2: 소라아이?] '쌍'은 소라하고 '텅'은 금이에요.

그래서 이렇게 쌍은 어머니가 모를 때 몰래 나와가지고 집안일을 해 주고 막 그랬거든요. 도와주려고. 그런데 갑자기 어느 날 어머니가 돌아와서,

'어, 왜 이렇게 집이 깨끗하고, 어떤 때는 요리도 해 주고 누가 해 주는 거지?'

그래서 몰래 지키려고 숨었어요. 그 아이가 나가는 척 하고 이렇게 몰래 지켰는데, 아들이 나오는 거 봤어요. 그리고 아들이 너무 아름다워서 다시 돌아가기가 너무 싫어가지고 그래서 소라를 깨뜨렸어요. 소라를 깨뜨리고 그리고 되게 반겨 주었어요. 아들을 안아 주고. 그래서 막,

"엄마랑 같이 있자."

이렇게 얘기해가지고 그래서 같이 행복하게 살다가 어느 날

그…

　　(잠시 생각하다가 이야기 앞부분 추가 설명을 시작함.)

　　아. 맞다. 처음에요, 그 왕이 아내가 두 명이 있었던 거 같아요. 아내 한 명이 소라로 태어났고, 한 명은 아이가 없었어요. 그래서 시기해서 점성가한테 이렇게 추방하게 점을 치라고 이렇게 꾀를 만든 거 같아요.

　　그래서 쌍텅이 나온 지 얼마 안 돼가지고 왕비가 쌍이 아직 살고 있다는 소식을 들어서 찾아와가지고, 아니 군인한테 시켜서 잡으라고 이렇게 명령으로 시켰고. 잡아서 물, 강물한테 빠뜨리라고, 죽이라고 그런 이야기죠.

　　빠뜨렸는데 쌍을 잡아서 빠뜨렸는데, 그 물에, 물 안에 있을 때 어떤 용왕이 지나가서 불쌍해가지고 데려와서 키웠어요. 그래서 키웠는데, 어느 날 다 커가지고 그래서 다시 이렇게 어머니를 다시 찾으려고 세상으로 다시 나오게 되는데, 나오기 전에 아마 용왕이 물건을 주는 거 같아요. (잠시 생각하다가) 주는 건 아닌 거 같아요. 훔치는 거 같아요. [조사자 1: 쌍이? 훔쳐?] 쌍이 용왕의 물건을 훔쳐서 되게 마술, 신이한, 신비한 물건들을 가져오고. 그거는 날 수 있고, 그리고 이렇게 야인처럼 변장할 수 있는 거예요.

　　그래서 변장해서 날아다니고, 그리고 어떤 나라에 도착했어요. 어떤 나라에 도착했는데, 그 나라가 공주가 일곱 명 있었던 거 같은데. 일곱 명이 있었는데, 그 막내가 나와서 쌍을 만나게 된 거예요. 변장하지 않은 몸으로. 그래서 되게 잘생기고 그래서 만나게 돼가지고 사랑에 빠지는데, 나중에는 왕에게 결혼할 거라고 얘기했는데, 쌍은 야인으로 변장해서 뵙는 건데.

　　그래서 왕은 왜 이런 못생긴 남자랑 결혼하고 그래가지고 (말을 멈추고 생각을 하다가) [조사자 1: 왜 이렇게 이런 애를 데리고 왔냐고 말을 하다가.] 그래서 추방한 거 같은데요. [조사자 1: 공주랑 같이?] 네. 공주랑 같이 추방하려고 했는데. 아, 추방하는 건 아닌데 밖에서 살라고 했어요.

　　그래서 평민처럼 살고 그러는데 그래도 왕이 되게 안 좋아해요.

쌍을 별로 안 좋아해서 없애려고 막 그렇게 꾀를 만들려고 해가지고. 그래서 사위를 공주가 일곱 명이잖아요. 일곱 명도 다 결혼을 해가지고 사위 일곱 명을 부르고 물고기를 천 마리 잡으라고 명했어요.

그래서 다른 사위는 아무리 해도 잡지 못하고, 근데 쌍은 신비한 물건이 있으니까 그래서 물건으로 주문을 불러서 물고기를 잡게 됐어요. 근데 잡게 됐는데, 다른 사위들도,

"나한테 달라."고.

"나한테도 좀 달라."고.

해가지고, 그래서 쌍은,

"좋아. 나는 줄게. 근데 대신에 너의 살을 나한테 줘야 해."

그래서 살을 코에다가 조금 [조사자 1: 코를 떼 가?] 네. 조금 빼고. 칼로 이렇게 여섯 명 사위한테서 다 가져왔어요. 코 살을. [조사자 1: 코 살 일부를?] 네.

그리고 왕한테 갔는데, 다들 물고기 잡을 수 있었는데 쌍은 왕한테 알려줬어요.

"내가 잡아 준 거라서."

이 코 살을 보여주고,

"내가 가져온 거"고.

왕은 다른 사위 너무 창피해가지고 인정하고 싶지 않은데 결국 인정해야 되고 나중에는 결국은 쌍은 탈을 벗고, 야인 변장을 벗고, 왕한테 보여주고 인정하게 된 거 같아요. 그래서 잘 살게 되고 그래서 다시 왕으로, 그 왕자로 인정을 받고 나중에 그 나라를 다스리게 돼요. [조사자 1: 사위로 인정을 하게 되는?] 네.

시험을 더 몇 개 한 거 같은데 기억이 안 나요. [조사자 1: 지금 물고기 천 마리 잡으라고 한 시험 말고 더 있는 거 같은데 기억이 안 나요?] 네. [조사자 1: 한 몇 가지 정도? 한 세 가지 정도 하나?] 네.

[조사자 1: 그 신비한 물건은 뭔지는 모르겠고? 뭐든 말하면 다 이루어지는, 그런 날 수 있는 게 있고.] 그거 막대기 같은 거인 거 같은데. [조사자 1: 막대기 같은 거?] 네 막대기 같은 거. 그 막대기는 날 수 있는, 날 수 있게 해 줄 수 있는 거고, 그리고 그 탈이 야인. [조사자 1: 야수

처럼 만들어주는 거죠?] 네. 그 탈 뭐더라, 온몸이. [조사자 1: 그렇죠. 그 신기한 물건을 가지고 있으면 날 수가 있고, 그걸로 어떻게 하는 게 아니고 날고 그다음에 야수로 변장시키고, 그다음에 원하는 걸 주문할 수 있고 이 제 그러한 하나 가지고 하는 거죠. 여러 개를 가지고 하는 게 아니라.]

제가 진짜 많이 빠뜨린 거 같긴 한데, 중간에 용왕에 들어가다가 요, 나중에 용왕이 쌍을 거인 왕국에 줬어요. 왜냐하면 거인의 왕비 가 아이를 갖고 싶은데 아이를 못 낳아서 그래서 쌍을 [조사자 1: 엄 청난 이야기인 건데 그러면?] 네. 되게 길어요.

금소라 아이 쌍텅 [2]

● **구연정보**

조사일시 : 2017. 10. 29(일) 오후

조사장소 : 전라남도 순천시 해룡면 순천 기적의 도서관

제 보 자 : 나우봉 [태국, 여, 1975년생, 결혼이주 17년차]

조 사 자 : 박현숙, 김현희

● **구연상황**

제보자가 〈작은 도시락과 아들의 참회〉 구연을 마친 뒤, 조사자가 〈금소라 아이 쌍텅〉 이야기를 아는지 물었다. 제보자는 허이쌍 이야기를 드라마와 책에서 보았지만 자세히 기억은 나질 않는다며 간략하게 소개했다. 이후 휴대폰으로 〈여자 거인 반투락〉 애니메이션을 찾아본 뒤 허이쌍과 쌍텅 이야기 구연을 시작했다. 청자인 누자리 제보자는 나우봉 제보자를 도와서 구연 내용에 적절한 한국어 단어와 설화 관련 내용에 대한 정보를 제공하며 보조 제보자 구실을 했다. 제보자는 구연을 마친 뒤 사람이 좋은 일을 하면 좋은 결과가 생기고, 나쁜 일을 하면 나쁜 결과가 생긴다는 교훈을 주는 이야기라고 덧붙였다.

● **줄거리**

왕에게 두 명의 왕비가 있었다. 첫째 왕비가 태양 꿈을 꾸고 소라껍데기를 쓴 허이쌍을 낳았다. 점술가가 허이쌍이 왕에게 좋지 않다고 하여 왕이 왕비와 허이쌍을 내쫓았다. 왕비가 허이쌍의 소라껍데기를 벗기기 위해 지극정성을 다한 어느 날 허이쌍의 소라껍데기가 깨졌다. 왕비의 요청으로 여자 거인 반투락과 살게 된 허이쌍은 반투락의 금기를 어기고 금이 든 항아리에 들어가서 금아이 쌍텅이 되어 도망쳤다. 반투락이 죽자 허이쌍은 죽음을 슬퍼하며 사람들에게 백 일 후에 돌아와서 장례를 치르겠다고 말한 뒤 못생긴 가면을 쓰고 다른 나라로 떠났다. 그 나라 막내 공주가 못생긴 가면을 쓴 쌍텅을 신랑감으로 선택하자 왕이 못마땅하게 여겨서 두 사람을 내쫓았다. 막내 공주가 쌍텅의 못생긴 가면을 태워버리려 했으나 가면은 사라지지 않았다. 왕이 막내 사위를 죽이기 위해 모든 사위에게 물고기를 잡고 사냥하는 과제를 주었

지만, 못생긴 막내 사위만 성공했다. 못생긴 가면을 쓴 쌍텅은 왕과 전쟁을 해서 이겼다. 못생긴 가면을 벗고 금아이 모습이 된 쌍텅은 어머니를 찾은 뒤 어머니와 아내를 데리고 아버지 나라로 돌아가서 행복하게 잘 살았다.

[청자: 그 뭐지? 소라, 소라 태국말은 허이쌍이에요. 쌍텅은 텅은 금.] 쌍텅은 자기 몸이잖아요. 금에 들어가서 자기 몸이 다 금으로 했거든요. 쌍텅 이야기는 고거. 어렸을 때는 허이쌍. 소라, 소라아이.

자기가 처음에 그 엄마 아빠잖아요. 왕의, 왕의 태어나서 허이쌍 그 왕의 꿈속에서 너무 태양을 봤는데 너무 꿈이 좋다고. 그다음에 주민들 이야기 나눠주고, 이야기 해주고. 어떤 그 옆에 있는 그 제일 잘 아는 그 가게는 그 왕의 이야기하면서 이렇게 이야기 해주고, 왕이 믿고 좋은 일이 생겼다고 이야기하고 다음에 임신하고 나서 애기 낳았잖아요. 애기 낳으니까 [청자: 왕비 임신.] 왕비 임신하고 나서, 다음에 애기 태어나서는 사람 아니잖아요. 허이쌍이 나왔습니다. [청자: 소라아이 나오고.] 소라아이 나오고, '허이쌍'* 애기가 나온 거 허이쌍 나왔어.

허이쌍이 나오니까.

"왜 우리 아들이 이렇게 나와? 왜 사람 아니고 허이쌍이 나오냐?"고.

그렇게 얘기하면서,

"애기는 왕이 안 좋다."고.

이거는 그 뭐지?

"나쁜 일 많이 생긴다."고.

이야기하면서 엄마하고 왕이 아내가 두 명 있거든요. [조사자: 아

---

* 제보자가 소라 아이는 '허이쌍'으로 표현하고, 금소라 아이는 '쌍텅'으로 표현했으나 제목과 줄거리는 다른 자료와의 통일성과 검색의 용이성을 고려하여 일반적으로 알려진 '쌍텅'으로 표기했다.

내가 둘이에요?] 네. 둘이 있고. 그 여기는 큰 부인은, 첫째 부인은 애
기 낳았어. 허이쌍이 나오고, 그다음에 자기가 허이쌍 그 안 좋다니
까, 그 앞으로 왕이 안 좋다니까. [조사자: 왕한테 안 좋다고 이야기하는
건 누가 이야기하는 거예요?] 그 옆에, (청자 누자리에게 태국어로 물
어보며) 옆에 다가오는 그 왕에서. [조사자: 신하? 점 같은 미래를 보는
점술가?] 네. 점술가가 이렇게 말하는데. 이야기해주고 그다음에 믿
고 점술가 이야기.

　　엄마하고, 엄마하고 애기한테,

　　"나가라."

　　고 했어요.

　　왕이 나가라고 이야기했고 나갔으니까,

　　"길에 중간에서 죽여 버려라. 죽여버리거라."

　　죽이려고 했는데. 안 죽게 하고. 다음에 엄마하고 허이쌍하고 집
에, 그 작은집 있잖아요. 동네에 할머니 할아버지랑 같이 사는데 그
다음에 같이 살다가 얼마가 오랫동안,

　　"왜 우리 애기 안 나오냐?"

　　맨날 이야기하고, 맨날 기도하고 오랫동안.

　　"왜 우리 애기 안 나오냐?"

　　얘기하고 하늘에 그 뭐지? [청자: 천사.] 그 천사의 자기 변신해서,
'어떻게 그 애기 허이쌍 안에 나오냐?'

　　고 생각하면서 천사가 자기는 닭으로 변신했어요. 닭으로 변신
하고 나서 그다음에 밥으로 집어 먹고 허이쌍이,

　　"왜 우리 엄마 밥이 집어 먹느냐?"

　　나와서 화가 나서. 닭이 '꽈가각' 뛰려고 자기 나왔으니까 집도
청소해주고 깨끗이 해주고 밥도 차려주고 엄마가,

　　'누가 내 집에 청소해주나? 엄마가 일 갔다 오니까 누가 밥 차려
기다리나?'

　　생각하면서, 허이쌍 생각하면서 소라잖아요. 깨져버렸어. 깨져
서 애기가 나왔어. 애기가,

　　"엄마! 소라가 깨지면 나 어떻게 살아! 어떻게 사냐?"고.

이렇게 얘기해서 그다음에 허이쌍의 엄마가 할머니 할아버지보
고,

"너무 예쁘다."고.

"좋다."고.

"다음에 여기는 동네 살면 안 되니까 위험하니까. 만약에 왕이
알면 또 와서 조사하고 또 죽여버리니까. 그다음에 천상에 가서 올
라가서. 같이 어떻게 좀 살려주라. 여기 같이 살고 싶다."고.

허이쌍의 이야기하면서. 그다음에.

"여기 나랑 같이 살면 안 된다."

그다음에 그 여자, [청자: 거인.]

"그 거인에 가서 같이 살아. 여기서 같이 살면 좋다."고.

이야기했거든요. 거인은 자기가 사람 잡아먹잖아요. 거기 가면
위험하니까. 여기 천사에 편지해주고, 천사에 편지해주고,

"니가 만약 거인 만나면 이걸 주면 안전할 수 있다."

그렇게 얘기하면서 그다음에 자기가 가서 거인 만나요. 그 위치
에 거인 여럿 있는데 자기가 던져, 편지를 던지면서 그다음에 가서
거인 그 여자. 여자 거인의 제일 주인공인데. 가서 같이 살면서 엄마
아빠 데리고 자기가 살면서 거인 그 여자가 그 이름이 '반투락' 거인
이름이. [조사자: 여자 거인이?] 네. 거인이 이름이 '반투락'.

반투락이 자기 허이쌍 이야기하면서,

"엄마가 7일동안 어디 갔다 오니까. 여기 북쪽에서 가지 마라.
여기 위험하다."

고 이야기하면서

"여기 가지 마라."

이야기했는데 허이쌍이 궁금해서 갔어.

가니까 그 뭐지? 항아리 두 개가 있어요. 금 하나 있고 은 하나
있고. 그다음에 그 자기가 하나 있고 자기가 금이, 금이 들어갔어요.
자기 금이 들어가니까 몸이 다 금 해버렸어요. 그러니까 이름이 '쌍
텅'이 되고. 자기가 변신하면 머리잖아요. 머리가. [청자: 빡빡한 머리.]
[조사자: 빡빡? 대머리?] 아니. 대머리 말고. 파마 머리. 빡빡 좀 못생긴

머리. 검정색. [조사자: 그런 머리도 있어요?] 네. 그런 머리도 있어요.

있는데. 그런데 자기가 신발 있잖아요. 신발도 신어보고 신발 신으니까 변신해서 자기가 천사 되고. 예쁘고 그 몸이 금해서, 천사 됐으니까. 이런 거 신어보고,

'이렇게 이렇게 변신하구나.'

다음에 이 머리에 쓰고 자기가 이렇게 생겼어요. 생기니까 못생겼어요, 자기가. 그다음에 나갈 수 있어요. 이거면 나갈 수 있으니까. 엄마가 갔다 왔으니까 엄마 안 보이게 자기가 변신하면서,

'이런 방법으로 나 도망갈 수 있겠다.'

자기가 이제 컸으니까. 가고 싶어, 도망가고 싶어. 다음에 엄마 왔으니까, 허이쌍 자기가 이렇게 변신하면서 도망갔어요. 엄마가 와서 허이쌍이 쌍텅, 이제 컸으니까. 쌍텅이 없는데. 자기가 밑에 사람들은,

"쌍텅 찾아가라. 쫓아가라."

그다음에 도망가니까. 구름도 소리 나오잖아요. 비도 오고 바람도 불고. 자기가 우리 엄마는 사람들은 나한테 쫓아왔다. 도망가는데 자기가 변신했어요. (청자 누자리에게 태국어로 물어보며) [청자: 바위, 큰 바위.] 바위 위에, 큰 바위에 높이서 앉아서 반짝반짝 자기 지금 쌍텅 변신했잖아요. 앉아 기도하면서 집중이 이렇게 명상하면서 엄마 보니까,

"와! 우리 아들이다. 쌍텅이다."

이렇게 이야기하면서. 가서 자기 건너가면 안 되거든요. 건너가면 자기가 죽으니까. 여기 자기하는 자리 건너가면 돼. 바위에서 뭐가 기도문에 쓰고 있어요. 이렇게 쓰고 있어. 쓰면서 눈물 나면서 너무 슬프니까, 너무 슬퍼서 위로하면서 눈물도, 눈물도 나고 피도 나고 죽었어요. 엄마가. 그 낭반투락이 죽었어.

그래서 자기가 내려와서,

"엄마, 엄마!"

울면서 그 담에 자기가 밑에 사람들, 거인 사람들한테,

"우리 엄마 모시고 가라. 모시고 가서 내가 100일 되면 다시 돌

아오고 엄마 장례식 할 거다.”

그렇게 이야기하면서 가.

그래서 가서 허이쌍 그 아까 그 뭐지? 이름이 뉘빠빠이 말도 못해. 머리잖아요. 머리 이름이 ‘뉘’, ‘뉘’거든요. 이거 하면서 못 생겼고. [청자: 열매 그 모습이 열매 있는 모양이에요.] 엄청 못생겼어요. [조사자: 곱슬곱슬한 머리?] 말도 못하고 엄청 못생긴 사람 동네에 가서 다른 나라에 갔어요.

그 나라는 자기 딸 일곱 명 있어요. 딸 일곱 명 있으니까 남자애 그 와서 딸. 그런 식으로 못생겨서. 그다음에 왕자님 그 여러 명 사람들 와서 자기 딸 일곱 명 있잖아요. 딸 일곱 명 와서 언니들, 일곱 명 있는데, 언니들은 다 남편이 있는데. 딸 한 명 그 막내는 이름이 뭐지? [청자: 로짜나.] 막내 이름이 로짜나. 한 명뿐 아직 남자를 맺지 못해요. 아직 결혼을 못해서,

“나는 결혼 안 할 거야. 엄마 아빠 모시고 하고, 엄마 아빠한테 같이 있을 거야.”

말하면서 왕이 아빠가, 아버지가,

“남자, 여기는 또 없냐?”고.

“사람이 없냐?”고.

그렇게 물어보고 [청자: 딱 한 명만 남았는데.] 딱 한 명 있는데 이름이 ‘뉘’, ‘뉘’인데 말도 못하고 못생겼고 그렇게 이야기해요.

“그 사람 데리고 와!”

이래. 자기 딸, 자기 모습으로 그 여자가. 로짜나 그 딸이 보여요. 안에서 본 모습으로. 천사하고 있잖아요. 금으로. 보여서 마음에 들어서 선택했어. 범말아이, 이름이 범말아이잖아요. 던져주고. 아빠가,

“왜 그런 못생긴 사람을 선택하냐?”고.

자기 딸은 엄청 아름다운데. 그다음에 화가 나서,

“그러면 너 밖으로 나가라. 나가서 다른데 살아라.”

이렇게 이야기해서. 가서 살아, 자기 둘이 가서 사는데. 다음에 자기가 마누라한테 그 ‘뉘’ 머리 있잖아요, 머리 ‘뉘’, ‘뉘’ 그 벗어나서 엄청 아름답고 엄청 미남하고 아내한테 보여주고. 아내가,

"왜 그런 식으로 하고 있냐?"고.

아내가 화가 나서 '뉘' 머리가, 그거 머리 때문에 가서 불태우고 칼로 자르고 했는데. 그래도 안 돼. [청자: 아무도. 그대로 있어.] 그대로 있어. 어떻게 해도 안 돼. 그 쌍텅 와서 봤으니까.

'우리 아내 그런 식이구나.'

화가 나서 계속 쓰고 안 벗어. 안 벗어. 왕의 왕궁에 돌아가서 아빠 보니까 화가 나서,

'어떻게 이 사람 없어지나.'

"죽여 버려라."

뭐 그다음에 첫 번째는,

"물고기 잡아 와라. 누가 물고기이 잡게 되면 죽여 버려라."

그다음에 그 자기 사위 있잖아요. 여섯 명. 사위 여섯 명 이야기하면서 그다음에 '뉘', '뉘', '뉘' 쌍텅에게 가서 이것저것 나쁜 거 이야기하면서,

"나는 이거 잡았으니, 너 죽어라."

이야기하면서,

"물고기 자기가 태워라."

다시 머리, 다시 머리 빼서 강에서 앉으면서 기도하면서 물고기 많이 돌아왔어요. 엄청 많아서 그다음에 그 사위들 있잖아. 여섯 명이 와서,

"천사님! 우리한테 좀 나눠주세요."

그렇게 이야기해.

"그냥은 난 못 준다."

"그럼 어떤 방법 줄까요?"

"코, 이거 코 있잖아요. 점 밑에 좀 잘라 주면 내가 고기 나눠준다."

코를 잘라 주고, [조사자: 코를.] 네. 코를 잘라 주고. [조사자: 여섯 명 사위 다?] 네. 다. 고기 나눠 주고, 그다음에 그 사위들 지나가면서 [청자: 다시 변신하고.] 다시 변신하고, 변신하고 나서도 왕궁에 돌아가서 물고기 쭉 많이 던져버리고. 또 안 되고. 안 죽게 하면.

"아, 머리 아프다."

아빠가, 그 왕이. 그 담에,

"그러면 또 고기. 소고기 같은 거 또 갖고 와라. 누가 잡으면 죽여 버려라."

또 변신하면서, [조사자: 그러니까. 사냥을 해가지고 오라는 거죠.] 예. 사냥하고, 사냥하고 오라고. 자기도 안쪽 길로 오면서 사위들이 왔어요. 사위 또 여섯 명이 또 와서,

"또 달라."고.

"그냥은 주지는 못한다."

[조사자: 또 그 천사?] 네, 자기가 변신했으니까. 자기가,

"우리 좀 나눠 주라."고.

"그냥 주지는 못한다. 여기 우리한테 오는 거 나쁜 사람들한테 도망 와서 우리한테, 나한테 와 있으니까. 그냥 못 준다. 귀 한쪽을 잘라줘라."

귀도 잘라 주고. 그다음에 사냥한 거 한 마리씩 주고, 너무 작게 줘도 말 못해요. 그래 지나가면서 똑같애. 자기가 그 사냥하면서도 왕궁에 갖다 드리고.

그다음에, [조사자: 사냥한 동물들을 다 왕궁에 갖다 주고.] 그다음에 그 천사 위에 있잖아요. 천사 항상 보고 있거든요. 그 쌍텅이 뭐하고 있는지, 쌍텅이 어떻게 안 벗어나니까.

'왜 안 벗으느냐?'

또 생각, 처음에처럼 닭에 변신했잖아. 허이쌍에 나오고. 이번에는,

'이거는 '눠' 머리 이거 왜 안 벗으느냐?'고.

다음에 자기가 변신하면서 전쟁, 전쟁 시작하면서. 이 나라에서 와서 전쟁하니까. 그다음에 자기가 이 전쟁 그 천사랑 같이 싸우면서 엄청 많이 싸우고 자기 머리 변신해서, 뺏어서, 벗어서 왕에도 보고. 자기가,

"천사. 그 나는 졌단다. 이제 더 이상 그만하자."

그렇게 이겼어요.

그다음에 그 천사에서 자기 아버지, 옛날의 아버지가 엄마잖아요. 엄마가 나가라고 자기 이렇게 태어나고. 꿈속에서 아빠한테, 그

쌍텅 아빠. 쌍텅 아버지한테 가서 꿈속에 나타나서 이야기하면서,

"만약에 니 와이프 안 데리고 오면 너 죽여버린다."

이렇게 이야기하면서.

그다음에 자기 와이프 모시고 오고. 그다음에 쌍텅은 자기 엄마를 보는데 기억 못했어요. 엄마도 아들이라고 알리고 싶은데, 그다음에 자기가 추후에 주방에 가서 변신해서 자기 모습으로 가서 아들한테 이야기해.

"나는 니 엄마라서."

이야기하면서 둘이 만나서 너무 기뻐서. 엄마랑 만나고. 그 왕에서 돌아가시고 자기가 뭐지? 뭐든지 다 만나고 아내랑도 같이 행복하게 살고. 그 뭐지? 여자 아버지 쪽도 자기 보면서 [조사자: 장인?] 네. 장인어른도 보면서 그런 진짜 모습이도 마음에 들고. 엄마도 만났으니까. 이거 끝났어요.

근데 이 이야기는 니가 좋은 일하면 좋은 쪽으로 받고, 나쁜 일하면 자기가 나쁜 거 받고. 그런 걸 가르쳐주는 거예요.

용의 딸 우타이테위

● **구연정보**

조사일시 : 2016. 10. 17(월) 오후

조사장소 : 서울특별시 광진구 화양동

제 보 자 : 와닛차 [태국, 여, 1990년생, 유학 5년차]

조 사 자 : 박현숙, 김현희, 김민수

● **구연상황**

제보자가 〈쌀통에 빠진 쥐〉 속담 구연을 마친 뒤 조사자에게 한동안 태국 문화에 대해 설명하다가 이 설화를 구연했다. 구연을 마치고 난 뒤, 이야기 내용 중 여주인공이 자신을 해치려고 했던 인물에게 복수를 행하는 방법에 대해 구체적인 설명을 덧붙였다.

● **줄거리**

용이 인간 세상으로 나와 알을 낳고 알에 용의 독을 발라 놓았다. 두꺼비 한 마리가 지나가다가 독이 묻은 알을 먹고 죽었다. 알에서 깨어난 여자아이 우타이테위는 죽은 두꺼비가 어미인 줄 알고 두꺼비 속에서 살았다. 지나가던 노부부가 두꺼비를 집으로 가져갔다. 우타이테위는 노부부가 외출하면 두꺼비 속에서 나와 집안을 정돈하고 음식을 마련해 놓았다. 노부부가 우타이테위를 발견하고 함께 살자고 했으나 우타위테위는 거절하고 두꺼비 속에서 살며 여자로 성장했다. 지나가던 왕자가 우타이테위를 보고 사랑에 빠져 그녀를 왕궁으로 데리고 갔다. 왕자의 아내 잔나가 우타이테위를 질투하여 신하를 시켜 그녀를 강물에 버리게 했다. 지나가던 아주머니의 도움으로 살아난 우타이테위는 알에서 깨어날 때 있었던 용의 반지를 이용하여 흑발의 노파로 변장하여 왕궁으로 갔다. 우타이테위는 악몽에 시달려 백발이 된 잔나에게 머리카락을 흑발로 만드는 비법을 알려주었다. 잔나는 머리카락을 다 뽑고 두피를 벗긴 뒤 하얀 젓갈 항아리를 쓰고 7일간 참으면 머리카락이 검어진다는 노파의 말을 믿고 그대로 하다가 아픔을 못 이겨 죽고 말았다. 우타이테위는 잔나에게 복수한 뒤 왕자와 잘 살았다.

'우타이테위' 이야기는 시작은 어떤 용왕의 딸이 용이잖아요. 용이 인간세상으로 와서 알을 낳았어요. 그 용이 용알을 낳았는데, 알에다가 용의 독을 발랐어요. 그리고 어떤 두꺼비가 지나가다가 되게 배고파가지고 그 용알을 봐서 먹었어요. 먹었는데 그 독을 맞아서 죽었어요. 죽었는데 마침 죽을 때 알에다가 그 알 안에 있는 여자아이가 깨어났어요. 그 알에서.

그런데 깨어났는데 죽은 두꺼비를 보고 자기 어미인 줄 알고, 그래서 죽은 두꺼비 속에 살고 자라났어요. 그런데 어느 날 지나가다가 이 두꺼비를 발견하는 할머니 할아버지가 발견했어요. 그 길에다가. 그래서 이 두꺼비를 데려가서 집으로 데려간 거예요. 키우고.

그런데 어느 날, 밖에 나가다가 돌아왔는데 집이 되게 깨끗하고 음식도 차려져 있어요. 누가 했는지 알고 싶어서 다음날에 몰래 지켜보다가 두꺼비에서 나오는 여자아이를 발견했어요. 아이한테 이야기하고.

"우리랑 같이 살자."

고 이야기했는데, 그 여자아이가.

"두꺼비 속에 살고 싶다."

고 해가지고 그냥 놔뒀어요.

두꺼비 속에 살다가 자라나서 아름다운 여자가 됐어요. 그리고 아름다운 여자가 됐는데, 그 왕이 지나가다가 발견했어요. 이 여자아이를 발견해가지고 왕자가 여자아이를 '우타이테위' 이름을 지어줬어요. 그리고 왕자가 이 아이를 발견해서 왕비로 삼겠다고 왕한테 이야기했는데, 왕이 데려오라고 바로 잡아오라고 했는데, 할머니 할아버지가.

"안 돼. 우리 딸을 데려가려면 금색 다리와 은색 다리를 만들어야 된다."고.

이렇게 이야기해가지고 왕자가 그렇게 따라 해서 우타이테위를 얻었어요. 그래서 왕궁으로 데려가서.

그런데 사실 왕자는 원래 아내가 있었어요. 아내 한 명이 있었는데 우타이테위를 얻어가지고 너무 사랑에 빠져서 되게 좋아하고 자

기 아내를 버리고 관심을 주지 않아서 아내가 질투가 났어요. 없애려
고 해가지고. 남편이 없을 때 우타이테위를 데려가서 때리고 그 신
하들에게 시켜서 강물에 버리라고 했어요. 그래서 물에 빠졌는데 원
래 우타이테위는 용의 딸이잖아요. 그래서 물에 빠져도 죽지 않아요.

그런데 지나가는 어떤 아주머니가 있었는데, 아주머니가 그 우
타이테위를 데리고 가서 도와줬어요. 그런데 우타이테위는 살아나
서 복수를 하기로 해가지고 그래서 도사의 도움을 받나? 아니에요.

우타이테위가 알에서 깨어났을 때 반지도 같이 있었어요. 용의
반지도 같이 있어가지고, 그래서 그 반지를 이용해서 늙은 여자로
변장했어요. 늙은 여자로 변장해가지고 왕궁에 들어갔어요. 왜냐하
면 그때 첫 번째 아내 왕비 있잖아요. 왕비 이름은 '잔나'예요. 잔나
왕비가 우타이테위를 죽이고 나서 약간 자기가 죽였다는 생각이 들
고 너무 무서운 거예요. 약간 귀신이 나를 죽이려고 그런 악몽을 꾸
고 그런 거라서 머리가 하얘졌어요. 온통 머리카락이 다 하얘져가지
고 이것을 고쳐 줄 방법을 찾고 있어요.

그래서 우타이테위는 늙은 여자로 변장했는데 머리가 다 까만
노인이에요. 그리고 왕비한테,

"내가 비법을 알려줄까? 내가 알고 있어. 머리가 하얗지 않게."

그래서 비법을 알려줬는데, 머리를 다 뽑고 칼질을 하고, 하얀
젓갈 항아리를 쓰고 7일간 참으면 다시 머리가 까매질 수 있다고 머
리가.

그래서 그것을 못 참잖아요. 너무 아파가지고 그래서 죽었어요.
젓갈 항아리를 쓰다가 죽었어요. 그래서 결국은 우타이테위는 복수
를 하고 나서 다시 왕한테 가고 잘살게 됐어요.

[조사자: 다시 제 모습으로 돌아오고?] 네. 제 모습으로 돌아오고.
반지를 이용해서.

아내로 변신한 거인을 물리친 잔타코롬 왕자

● 구연정보
조사일시 : 2017. 01. 04(수) 오후
조사장소 : 서울특별시 광진구 화양동
제 보 자 : 와닛차 [태국, 여, 1990년생, 유학 6년차]
조 사 자 : 박현숙, 김민수, 엄희수

● 구연상황
제보자는 3차 조사 후 2개월여 만에 4차 조사를 위해 조사자와 다시 만났다. 조사자는 제보자와 인사를 나눈 뒤 녹음 준비를 마치고 준비해온 이야기 구연을 청하자 제보자가 웃으면서 구연을 시작했다.

● 줄거리
옛날에 잔타코롬 왕자가 살았다. 왕자는 숲에서 도를 닦다가 세상을 돌아다니기 위해 숲을 떠났다. 한 도사가 왕자에게 뚜껑이 있는 용기를 주면서 목적지에 도착할 때까지 뚜껑을 열지 말라고 했다. 왕자가 이를 어기고 뚜껑을 열자 그 안에서 모라라는 여자가 나왔다. 왕자가 모라와 여행하던 중 산적을 만나서 죽임을 당했다. 그러자 인드라 신이 나타나 왕자를 살리고 모라를 원숭이로 만들었다. 왕자가 어느 동굴에 도착하여 거인을 무찌르고 그 안에 있던 무짜린을 구하여 아내로 삼았다. 그때 왕자를 좋아하는 여자거인이 나타나 무짜린을 죽이고서 그녀 모습으로 변신해서 왕자와 함께 다녔다. 왕자가 잠든 사이에 여자거인이 옆집 소를 잡아먹는 모습을 소 주인이 목격하고 이 사실을 왕에게 알렸다. 왕은 왕자에게 가짜 무짜린을 데려오게 한 뒤 점쟁이에게 데려갔다. 점쟁이는 무짜린이 거인이라는 사실을 알아차리고 왕자에게 이 사실을 알렸다. 왕자는 여자거인을 죽이고 무짜린을 되찾아 행복하게 살았다.

태국에서 어떤 그 왕자가 살고 있었는데 그 왕자는 도를 닦으려고 막 이렇게 숲으로 떠난 거예요. 근데 숲으로 떠났는데 그 도사를 만난 거예요. 그리고 그 도사랑 같이 도를 막 배우면서 그러는데 어느 날 그 이 왕자가 다시 이렇게 그 세상을 돌아다닌다고 해가지고 그 도사한테 얘기하는 거예요.

그래서 도사는 그거 뭐지? 뚜껑이 있는 용기 같은 거를 그 왕자한테 주고, 그리고 왕자한테 이렇게 그 뭐지?

"목적지까지 가지 않으면 그 용기를 그 뚜껑을 열지 말라."고.

이렇게 얘기하는 거예요.

근데 왕자는 그 여행 다니다가 중간에 이렇게 그 용기를, 용기 뚜껑을 열고 안에서 어떤 여자가 나왔어요, 그 용기 안에서. 그 여자의 이름은 '모라'라고, 이렇게 이름은 모라라고 했는데 그 여자가 되게 아름다운 여자였어요.

그래서 여자가 왕자랑 같이 다녔는데 이 왕자는 그 산에서 산적을 만났어요. 산적은 이 모라라는 여인을 보고 빼앗으려고 해서 막 왕자를 죽였어요. 그리고 모라는 원래 뭐지? 모라는 그냥 산적을 따라다니면서 그 산적을 좋아했어요. 그리고 따라 다녔어요.

근데 인드라신*이 이렇게 그 내려와가지고 이 왕자는 아직 죽을 운명이 아니라서 다시 살려서 그 진짜 연인이 있는 그 동굴의 위치를 알려줬어요. 그리고 모라라는 여인을 이렇게 그 원숭이 같은 건데 태국에서 '차니'라는 그 원숭이 있어요. 그 원숭이로 이렇게 (주문을 거는 손짓을 하며) 어 뭐지? 저주를 했어요. (웃음) 그 모라라는 여인한테.

그래서 이거는 약간 모라라는 그런 유래담 같은 건데, 그리고 이 원숭이는 그 소리를 낼 때 '푸워! 푸워! 푸워! 푸워!' (웃음) 이렇게 해요. '푸워! 푸워! 푸워!' 근데 이거는 '푸와' 라는 말은 태국, 태국어에서 남편이라는 뜻이 있어요.

그래서 그런 유래담 있는데, 근데 다시 돌아와서 그 왕자가 살려

● 고대 인도신화에 나오는 전쟁의 신이다. 인도에 침입해 원주민들을 정복한 아리아인들의 수호신으로서, 천둥과 번개를 지휘하고 비를 관장한다. 천둥과 번개를 관장하는 성격이 뚜렷해서 고대 그리스신화의 제우스나 북유럽신화의 토르에 비견된다.

서 왕자가 그 인연이 있는 그런 동굴을 찾아가서 동굴 앞에 거인이
서 있어가지고 그래서 거인을 죽였어요. 거인을 죽여서 들어갔는데
어떤 여인을 만났어요. 그 여인의 이름은 '무짜린'이라는 그런 여인
인데 되게 아름답고 그런데, 그래서 무짜린을 데려와서 음 뭐지? 다
시 자기 왕국으로 이렇게 데려가려고 데려가는 길이었어요.

근데 밤에 자고 있다가 어떤 여자거인이 나타나면서 이 왕자를
좋아해가지고 그래서 원래 무짜린 그 이 여자를 (잡아가는 손짓을 하
며) 이렇게 잡아가서 나무에 막 (내려치는 손짓을 하며) 이렇게 나무
에 내려쳐서 멀리 (멀리 던지는 시늉을 하며) 이렇게 던졌어요. 그리
고 이 거인은 무짜린이라는 여인으로 변장하고 왕자 옆에 막 잤어요.

그리고 다음날 아침에 다시 왕국으로 떠나가는데, 어 그 밤이 다
시 됐는데 그 거인은 원래 거인이잖아요. 사람으로 변장해가지고 그
래서 하루종일 많이 못 먹고 막 그러는데. 그래서 밤에 다시 막 왕자
가 잤을 때 다시 거인으로 어, (단어가 기억이 나지 않아 잠시 머뭇
거리며) [조사자: 변신?] 네 변신해가지고 그래서 그 옆에 있는 집에
소를 잡아먹었어요. 근데 그 주인, 소의 주인은 몰래 지켜봐가지고
이 사람은 막 여자로 변장하는 거를 봐서 다시 이 그 나라의 왕한테
알려 (고개를 갸웃하고) 알려줬어요. 그래서 이 왕자가 다시 왕궁으
로 돌아왔을 때 왕이 아들한테 이렇게 얘기했어요.

"어떤 사람은 이렇게 얘기했는데, 우리 아들의 아내를 데려와서
점쟁이한테 점을 봐야 된다."고.

이렇게 얘기했는데 처음에는 그 거인은 막 이렇게 뭐 어젯밤은
되게 그 소를 잡아먹느라 이렇게 잘 시간이 없어서 너무 피곤해가지
고 그래서 아프다고 막 이렇게 핑계를 대서 잤어요. 그래서 그날에
못 가고 왕자가 점을 봤는데 점쟁이가 다시 이렇게,

"이 거인을 데려와야 된다."고.

"점쟁이를 쳐야 된다."

아 점, 점을 [조사자: 쳐야 한다고?] 네.

"점을 쳐야 된다."고.

막 이렇게 해가지고 다음날에 데려왔어요. 이 아내를 데려왔는

데, 점쟁이가 그 거인한테 물어봤어요.

"자네 뭐 생일은 언제였나?"고.

막 이렇게 물어봤더니 그냥 거인은 그냥 대충 알려줬어요. 그 거 짓말하고 이렇게 했는데 점쟁이가 알아서,

'아, 자네가 사람이 아니구나.'

이렇게 알게 돼서 왕자한테 얘기했어요. 그래서 왕자가 그 사실을 알고 거인을, 그 여자 거인을 죽였고 다시 진짜 아내를 찾으러 나갔어요. 그래서 다시 아내를 데려와서 왕국에서 같이 행복하게 살게 됐다고 막 이렇게 그런 얘기였어요.

[조사자: 이 '잔타코롬' 이라는 뜻은 번역을 하면 어떻게 되는 거야?] 사실 왕자의 이름이 (웃음) '잔타코롬' 왕자의 이름이에요. [조사자: 근데 되게 진짜 왕자 이야기 되게 많다. 그리고 왕궁.] 네. 진짜 많아요. 거 의 다.

[조사자: 이야기도 많이 알려져 있는 이야기인 거잖아?] 네. (고개를 끄덕거리며) 이야기도 많이 알려졌어요. [조사자: 그럼 아예 이야기를 접하게 된 건 언제쯤인 거 같아요?] 아마 어렸을 때 책에서 본 거 같은데. 근데 이건 그 드라마에서도 나온 것 같아요. 그래서 아마 책에서도 봤고 드라마에서도 본 거 같아요, 아침드라마. [조사자: 그럼 이게 우리나라 사극처럼 다 막 왕궁에 왕자 의상에 입고 이렇게 나오나 보죠?] 네네.

입에서 금꽃이 나오는 피꾼과
벌레가 나오는 마리

● **구연정보**
조사일시 : 2016. 11. 14(월) 오후
조사장소 : 서울특별시 서대문구 대현동
제 보 자 : 와닛차 [태국, 여, 1990년생, 유학 5년차]
조 사 자 : 박현숙, 김민수

● **구연상황**
제보자가 〈해골을 차는 말(馬)〉 구연을 마친 뒤, 자연스럽게 이야기 구연을 이어나갔다. 캄보디아 국적의 소다니스 제보자가 이야기판에 청자로 참여했다.

● **줄거리**
옛날에 한 엄마가 못생기고 행실이 나쁜 딸 마리와 예쁘고 착한 딸 피꾼과 함께 살고 있었다. 엄마는 마리를 편애해서 피꾼에게만 일을 시켰다. 어느 날 피꾼이 물을 달라는 노파에게 친절하게 물을 주자 노파는 선행의 보답으로 피꾼에게 말할 때마다 입에서 금꽃이 나오게 했다. 그 말을 들은 마리가 피꾼이 만났던 노파를 기다리고 있자니까 아름다운 처녀가 와서 물을 달라고 청했다. 마리는 직접 길어서 먹으라면서 거절하자 처녀는 마리가 말할 때마다 입에서 벌레가 나오게 했다. 어머니에게 쫓겨난 피꾼은 숲속에서 왕자를 만나서 행복하게 잘 살았다.

다음 이야기는 제가 여기 그 피꾼텅이라는 제목으로 아니, 아니에요. 다른 이야기. 피꾼텅 [조사자: 여기 이 '텅'은?] 텅은 금이에요. [조사자: 그러니까 금.] 피꾼은 꽃의 이름인데요. 그래서 금피꾼 (웃으며) 네, 피꾼꽃.

[조사자: 어떤 이야기일까요?] 어떤 엄마가 살고 있는데 딸을 두

명 있었어요. 딸 두 명 낳았는데 첫 번째 딸은 이름이 마리, 마리라
는 이름을 짓고 두 번째 딸은 피꾼이라는 이름을 지었어요. 맞나? 피
꾼. [조사자: 말리는?] 마리도 꽃 이름이에요. 그리고 피꾼. 그, 마리는
성격이 되게 나쁘고 못생긴 딸인데 피꾼은 되게 착하고 예쁘게 생긴
딸이에요.

근데 이 엄마는 되게 첫 번째 딸을 되게 좋아하고 사랑하고 그래
서 심부름 잘 안 시켜요. 첫 번째 딸한테. 그래 두 번째 딸한테만 심
부름 시키고 혼자 집안일 다 하고 그러는데, 어느 날 이렇게 심부름
시켰어요. 물을 푸러, 물을 푸라고? [조사자: 물을 떠오라고, 이렇게 길
어 오라고?] 네, 네네. 길어 오라고 심부름 시켰는데 그 피꾼은 물을
길어. [조사자: 길어오다.] 길러 나갔는데 길에서 어떤 노인 여자, 여자
노인이 서 있고 있는 거예요. 되게 피곤해 보이고 그러는데 그 노인
이 피꾼한테 물을 달라고 했어요.

"물을 좀 줘라."고.

이렇게 했는데 피꾼은 물을 주고 이렇게,

"힘드세요?"

이렇게 막 예쁘게 얘기해 주고 되게 걱정하고 그러는데 어, 그래
서 노인이 사실 어떤 요정 나무 요정이에요. 그 요정이 이렇게 착한
피꾼을 보고,

"나는 그러면 이렇게 예쁘고 착한 피꾼에게는 내가 소원 하나
줄게."

이렇게, 소원이라고 해야 되나요? [조사자: 그러니까 소원 하나 들
어 준다고?] 그런 거 아닌데. 그냥 막 좋은 거 준다고. 이렇게 [조사자:
아 선물 하나 준다고?] 네, 근데 그거 이렇게 약간,

"피꾼이 말할 때마다 입에서 금색 꽃이 떨어질 거라."고.

이렇게 얘기 해줬더니 피꾼이 집에 돌아가서 엄마에게 되게 혼
났어요. 왜냐면,

"왜 이렇게 늦어. 놀러 간 거지?"

이렇게 꾸짖었더니 피꾼은,

"아니에요, 미안해요."

이렇게 얘기하려고 했는데 입에서 막 이렇게 금색 온갖 금색의 꽃이 떨어졌어요. 입에서 우왁 이렇게 주르륵 이렇게. 그래서 엄마가 그거 보고 막 되게 뭐지? 되게 놀랍고 빨리 주워가지고 그 금색 꽃을 주워서 계속 얘기하라고 이렇게 딸한테 막,

"내 딸이야."

처음 그런 말을 해줬어요. 막,

"내 딸아 계속 얘기해 봐."

이렇게 예쁘게 대해줬는데. 그래서 밤낮으로 계속 이렇게 얘기 했어요. 이틀 삼 일 동안 계속 얘기 했더니 소리가 없어진 거예요. 너무 [조사자: 목소리가?] 목이 너무 쉬어가지고. 그래서 목이 쉬어서 소리가 안 나와요. 그래서 금색 꽃도 안 나와서 그래서 엄마가 그 첫 번째 딸한테 이렇게,

"너도 나가 보라."고.

"이렇게 그 노인을 만나면 이렇게 물을 주고 너도 이거 할 수 있다."고.

이렇게 얘기해서 그 첫 번째 딸이 나가서 막 물도 길어 나오는데 길에서 어떤 아름다운 처녀가 서 있었어요. 그래서 아름다운 처녀가 물을 달라고 했더니 그 마리가 이렇게,

"당신은 아직 젊고 예쁜데, 건강해 보이는데 스스로 찾아 길어 오라."고.

이렇게 얘기해서 나무요정, 원래 그 처녀가 나무요정이라서 이렇게,

"아, 이렇게 못생기고 예의 없는 년에게 그 벌을 줘야 되겠다."고.

그래서 벌을 주고.

"말할 때마다 지네와 지렁이 뭐, 그 온갖 징그러운 동물들이 나올 거라."고.

이렇게 얘기했어요. 그래서 그 마리가 집에 돌아가서,

"노인이 어딨냐?"고.

그래서 화가 나가지고 엄마한테 얘기 하려고 했더니 막 콰악 지네가 막 지네, 뭐 또 뭐 있죠? [조사자: 지렁이] 지렁이, 그리고 그 태

국에서 그것도 있는데 그 지네랑 비슷한데.

(제보자가 태국에서 '낑끄'라고 부르는 다리가 많은 곤충을 한국어로 설명하기 위해서 조사자와 잠시 대화를 나누었으나 결국 곤충 이름을 찾지 못함.)

일단 (다리가 많은) 그게 많이 오고 온 집에서 막 퍼트려가지고 엄마가 되게 그래서 엄마가 더 혼났어요. 약간 피꾼이 거짓말한다고 해서 집에서 쫓아냈어요.

(조사자 2가 낑끄*라는 벌레를 스마트폰으로 찾아 제보자에게 보여주고, 제보자가 다시 찾아 확인하느라 잠시 구연을 멈춤.)

되게 그 징그러운 거 다 나와서 엄마가,

"거짓말했지."

이렇게 얘기해서 쫓아냈어요.

그래서 피꾼이 집에서 나와가지고 숲에서 울면서 걸어가다가 왕자가 지나갔어요. 그 숲에다가. 그래서 우는 그 피꾼을 보고 이렇게 물어봤어요.

"어쩌냐?"고.

"이렇게 된 거냐?"고.

얘기했더니, 피꾼이 다 얘기해 줬어요.

"엄마한테 막 쫓겨났다."고.

막 이렇게 해가지고, 왕자가,

"아, 그러면 너는 내 소원의 주인이구나."

하고.

왜냐면 어젯밤에 왕자가 꿈을 꿨어요. 그리고 꿈속에서 신이 나와서 이렇게,

"여기에 나가면 니 배우자를 찾을 수 있다."

고 얘기해 줬어요. 꿈속에서.

그래서 그 왕자가 피꾼을 데려 가서 이렇게 행복하게 잘 살았어요.

● 한국에서 노래기로 불리는 곤충이다. 몸 일부를 제외하고는 딱딱한 석회질의 껍질로 싸여 있는 절지동물이다.

　　[조사자: 피꾼은 더 이상 금가루가 나오지는 않았고?] 계속 나와요.
[조사자: 아, 계속 나와? 목이 쉬었을 때만 안 나오고?] 네, 네네. 아, 그 왕
자가 만났을 때도,

　　"어쩌냐?"고.

　　물어봤는데 얘기할 때 막 나왔어요. 그래서 꿈속에서도 신이 금
꽃이 입에서 나오는 여자를 만나면 너 배우자라고 얘기해 줘서.

금색 물고기 쁠라부텅과 이복 자매

● 구연정보

조사일시 : 2016. 10. 17(월) 오전

조사장소 : 서울특별시 광진구 화양동

제 보 자 : 와닛차 [태국, 여, 1990년생, 유학 5년차]

조 사 자 : 박현숙, 김현희, 김민수

● 구연상황

이 설화는 제보자가 조사자를 처음 만났을 때 구연했던 것을 내용이 일부 잘못됐다며 스스로 재구연한 것이다. 쁠라부텅은 태국의 신데렐라로 불리며, 전국적으로 널리 알려진 이야기로 어릴 때부터 들었다고 했다. 태국 동부 쪽 사람들이 젓갈을 좋아해서 민물생선으로 젓갈을 만들어 먹는다는 설명도 덧붙였다.

● 줄거리

옛날 어느 남자가 두 아내와 살았는데, 두 아내와의 사이에서 각각 으아이와 아이라는 딸을 두었다. 어느 날 남자는 한 아내와 낚시를 갔다가 금색 물고기를 잡았다. 아내가 금색 물고기를 딸에게 주자고 하자 남자가 화가 나서 아내를 물에 빠뜨려 죽였다. 죽은 아내는 금색 물고기로 환생하여 딸 으아이와 대화하며 지냈다. 그때 남자의 다른 아내와 아이가 금색 물고기를 잡아서 요리를 했다. 으아이가 오리가 물어준 금색 물고기의 비늘을 땅에 심었더니 가지나무가 자랐다. 아이의 엄마가 가지나무를 뽑아버리자 으아이는 떨어진 가지씨를 심었다. 그러자 그 자리에서 보리수나무가 자랐다. 어느 날 왕이 그 보리수나무를 궁으로 옮기려 했으나 나무를 뽑을 수 없었다. 왕은 보리수나무가 으아이 손길이 닿자 뽑히는 걸 보고 으아이를 왕비로 삼았다. 아이의 엄마가 으아이를 질투하여 아버지가 아프다고 거짓 소식을 전한 뒤 아버지를 만나러 온 으아이를 끓는 물에 빠뜨려 죽였다. 그리고 아이가 왕궁으로 가서 으아이 행세를 하면서 지냈다. 죽은 으아이는 앵무새로 환생하여 왕에게 자신이 으아이라고 밝혔다. 아이는 요리사에게 앵무새로 요리를 하라고 시켰는데 앵무새는 요리사가 재료를 준비하는 사이 쥐의 도움을 받아서 숲으로 달아났다. 앵무새는 도사의 도움으로 다시 으아이로 돌아올 수 있었다. 도사는 외로운 으아이를 위하여 도술로 롯비라는 사내아이를 만들어 주었다. 으아이는 아버지를 찾으러 떠나는 롯비에게 화관을 만들어 주었다. 왕은 그 화관을 보고는 으아이가 만든 것임을 알고서 아내를 되찾았다. 이후 아이는 자살을 했고, 왕은 아이를 젓갈로 만들어 부모에게 보냈다.

　이 제목은 〈쁠라부텅〉인데, 태국어로 번역하면은 '금색 물고기'라는 그 제목이에요.

　근데 그 얘기는 어떤 가족이 있었는데 남편이 아내가 두 명 있었어요. 한 명은 뭐 이름 '카니타'랑 '카니티'라는 이름이 있는데 [조사자: 카니티가 있고, 카니타가 있어요?] 네. 카니타, 카니티가 있어요. 근데 아내가 둘 다 딸이 있는데 딸이 한 명씩 낳았어요. 그래서 카니타는 '으아이'라는 딸을 낳고, 그리고 카니티는 '아이'라는 딸을 낳았어요. 그리고 그 두 명이 성격이 되게 달랐는데, 으아이는 되게 착하고 이쁘고 그러는데, 카니티는 되게 못됐고 그런 성격을 가지고 있어요.

　그런데 어느 날 아버지가 물고기를 잡으러 나갔어요. 그리고 그 카니타라는 아내랑 같이 갔는데, 그날은 물고기 잡았어요. 그런데 잡을 때마다 금색 물고기가 이렇게 잡았는데 그거 못 먹는 물고기라서 놓아 줘야 되는데, 카니타 아내가,

　"가지고 가서 딸에게 주자."고.

　뭐 이렇게 계속 얘기했어요. 잡을 때마다, 이 물고기를 잡을 때마다 얘기했는데. 그날에 물고기를 못 잡으니까 남편이 되게 화가 나요. 짜증나고 그러니까. 그런 얘기를 하니까 짜증나서 그냥 아내를 때리고 그 물에 빠뜨렸어요. 그런데 물에 빠뜨려서 죽었어요. 아내가. 그래서 집에 갔는데, 딸에게

　"엄마가 잠깐 뭐, 다른 데 갔다."고.

　"다른 남자랑 뭐 갔다."고.

　막 거짓말하고 그러고 나서, 으아이 딸은 못 믿었어요. 그래서 되게 막 울고 그랬는데. 그래서 맨날 강 옆에 나가서 울고 그랬는데.

엄마가 다시 환생해서 물고기로 그 금색 물고기로 태어났어요. 그래서 딸에게 가가지고 그리고 딸이 그 금색 물고기랑 막 얘기하고 맨날 외로워서 그 물고기와 얘기하고 막 이렇게 울고 그러는데. 맨날 음식을 주고 그랬는데.

그 카니티 다른 아내랑 아이가 있잖아요. 딸이. 그 모습을 보고 왜 맨날 나가서 일을 안 하고 그러니까. 막 으아이를 시켜서 다른 데로 심부름을 시켜서 그 물고기를 잡고 죽이고 이렇게 요리를 했어요. 그런데 비늘을 아직 남아가지고 떨어뜨렸는데, 집에 있는 오리가 그 비늘, 비늘 맞아요? 비늘. [조사자: 물고기 비늘.] 비늘을 오리가 주워서 으아이가 돌아올 때 줬어요.

그래서 으아이가 그것을 보고.

'아, 그 물고기가 죽었구나.'

막 이렇게 되게 슬프고 그래서 그 비늘을 다시 숲에다가 심어서 그 가지로 다시 자라났어요.

그 비늘을, 그 비늘을 다시 가지나무로 이렇게 자라났는데. 으아이도 또다시 그 나무에 가서 맨날 막 이렇게 울고 그리고 얘기하고 친구처럼 얘기하는데. 아이라는 다른 딸이 다시 엄마한테 일렀어요. 그래서 어느 날 카니티가 그 가지나무를 뽑아서 죽였어요. 근데 또 가지씨가 떨어뜨려서 아이가 가지씨를 주워서 다시 숲에다가 심어가지고 근데 이번에 기도했어요. 신한테.

"이 나무를 보리수나무로 다시 자라나기를."

이렇게 기원했어요.

그래서 그 가지씨가 다시 보리수나무로 이렇게 자랐는데, 원래 보리수가 되게 신성하고 그런 나무잖아요. 태국에서는. 그리고 이 나무가 되게 이렇게 쉽게 빠질 수 없는 그래서 어느 날 그 나라의 왕이 지나가다가 이 보리수나무를 보고 왕궁에다가 심고 싶다고 얘기해가지고, 그래서 이 나무를 뽑으려고 했는데 뽑을 수 없었어요. 그래서 사람들한테 막 부르고.

"이 나무를 뽑을 수 있다면 나는 선물을 주겠다."고.

막 사람한테 얘기했어요. 그래서 아이 딸도, 카니티도 와서 이렇게 보리수를 뽑으려고 했는데 할 수 없어요. 그 뽑을 수가 없으니까.

그런데 으아이가 와서 이렇게 기도하고 그러는데 이 보리수나무를 뽑을 수 있기를 이렇게 기도하면서 뽑을 수 있으니까. 그 왕이 보고.

'아, 이 사람이 보통사람이 아니구나!'

그래서 왕궁을 데려가서 이렇게 왕비로 삼았어요. 그리고 왕비로 됐는데 아이랑 카니티는 되게 질투였어요. 이 딸이 이렇게 되게 잘되는 거 보고. 그래서 꾀를 만들었어요.

"아버지가 지금 아프다."고.

막 이렇게 이야기 해가지고,

"빨리 집에 돌아오라."고.

그 거짓말했어요. 그 으아이에게. 그래서 으아이가 빨리 집에 돌아왔는데. 그 입구에다가 이렇게 바닥이 나무 바닥이잖아요. 그래서 나무 바닥을 빠뜨려서 그 밑에다가 큰 프라이팬을 넣고 그리고 끓는 물이 있었어요. 끓는 물을 프라이팬에 넣다가 그래서 으아이가(으아이를) 빠뜨렸어요, 프라이팬에. 그리고 죽었어요. [조사자: 으아이가 뜨거운 물에 빠져서?] 네. 빠져서 죽었어요.

그리고 아이랑 으아이가 원래 외모가 좀 닮았으니까. 그래서 아이가 그 으아이의 옷을 가져다가 변장해서 자기가 으아이라고 다시 왕궁으로 갔어요. 그런데 으아이는 죽어서 새가 됐어요. 그 앵무새 같은데. 앵무새로 다시 환생했는데. 그 앵무새로 돼가지고 왕에게 가서 막 이렇게 자기가 으아이라고 얘기해가지고 그래서 왕은 으아이를, 앵무새를 이렇게 키워놨어요. 그 왕궁 안에.

어느 날, 근데 아이가 이것을 알게 돼가지고 그 앵무새를 잡아서 그 요리사한테 요리하라고 이렇게 했어요. 그런데 그 요리사가 털을 다 뽑고 나서 재료를 찾으러 갔는데. 그래서 앵무새가 빠져나가서 그 쥐구멍에 도망갔어요. 그래서 쥐구멍에다가 도망갔는데 쥐의 도움으로 받아서 다시. 이렇게 (잠시 말을 멈추고 생각하다가) 건강해지고. (웃음) [조사자: 쥐가 계속 간호도 해주고 해서 나아진 거예요?] 네. 네. 나아지고.

다시 그래서 숲에다가 도망갔는데 도사를 만났어요. 그 도사가 보니까. 이 앵무새가 으아이 있는 거 알게 됐어요. 그래서 주문을 해서 으아이가 다시 사람으로 주문해가지고 그래서 으아이가 같이 도사랑 같이 살게 됐는데 그 도사가 으아이한테 이렇게 또 주문을 해서 아이를 만들었어요. 아이를 으아이에게 만들었어요, 그 친구를. 외로우니까.

그래서 작은 아이를 만들어 놓고 이 아기를 '롯비'라고. [조사자: 이름이 어떻게 된다고요?] 롯비요. [조사자: 롯비?] 네. 그리고 그 롯비 자라나서 아버지가 누군지 알고 싶어서 그 으아이한테 물어봤는데. 으아이가 아버지가 왕이라고 이렇게 얘기해가지고.

그래서 롯비(가),

"아버지를 찾고 싶다"고.

"이렇게 찾아가고 싶다"고.

얘기해서 으아이가 화관 같은 거 만들었어요. 그 화관 만들고 롯비에게 가져가서 아버지한테 얘기하라고 이렇게 얘기해가지고 롯비 왕이 가서 화관을 보여준 후에 왕이 이 화관을 만든 사람은 으아이인 거 알게 돼서 그래서 다시 으아이를 데려오라고, 그 왕궁으로 데려오라고 하고.

그 아이한테 사형을 시키려고 했는데, 아이가 그것을 무서워서 자살했어요. 그래서 자살했는데 왕이 그 아이 시체를 (내리치는 손동작을 하며) 이렇게. 뭐죠? 젓갈로 만들어서 항아리에다가 넣어서 젓갈로 만들어서 부모님한테 보냈어요.

부모님이 그 젓갈을 먹었어요. 되게 맛있고 그러는데. 근데 밑까지 먹었는데. 아이 머리를 발견해가지고 되게 충격받았고, 그런 그렇게 끝났더라고요.

악어 사냥꾼 끄라이텅

● **구연정보**

조사일시 : 2016. 09. 13(화) 오후

조사장소 : 서울특별시 광진구 화양동

제 보 자 : 와닛차 [태국, 여, 1990년생, 유학 5년차]

조 사 자 : 박현숙, 김현희

● **구연상황**

제보자는 〈나무집을 갖고 태어난 공주〉 이야기 구연을 마친 뒤, 준비한 이야기를 마쳤다고 했다. 조사자가 혹시 간단한 이야기 가운데 기억나는 것이 없는지 묻자 제보자는 짧은 이야기가 떠올랐다면서 구연을 시작했다.

● **줄거리**

악어 왕국에 사는 악어가 어떤 마을의 강에 항상 나타났다. 악어 왕국의 왕자가 강에서 물놀이를 하던 부자의 두 딸 중 한 명이 마음에 들어서 자기 왕국으로 데리고 갔다. 부자는 딸을 데려오거나 악어를 죽이는 사람에게 보물을 주고 딸과 결혼시켜 준다고 광고를 했다. 유명한 악어사냥꾼 끄라이텅이 강 위에서 주문을 외워 악어를 물 밖으로 불러낸 뒤 창을 던져서 맞췄다. 끄라이텅은 다친 악어를 쫓아 악어 왕국으로 들어갔다가 악어의 두 부인을 보고 반했다. 끄라이텅은 악어를 죽인 뒤 부자의 딸을 데리고 돌아와 부자의 두 딸과 결혼했다. 두 아내와 살던 끄라이텅은 악어 왕국의 두 부인이 그리워서 그들을 인간 세상으로 데려와 함께 살았다. 부인들이 서로 질투를 하여 다툼이 많았지만 나중에 서로 화목하고 행복하게 잘 살았다.

'끄라이텅'이라는 제목인데, 어떤 마을에서 강이 있는데, 그 강은 항상 유명한 악어가 나타나요. 그 어느 날, 어떤 부자의 딸이 두 명 있었어요. 딸 두 명이 한 명 이름은 '떠 파오 깨오'이고 한 명은

'떠 파오 텅'이라는 이름이 있었어요.

딸 두 명이 강에다가 이렇게 물놀이하고 몸을 씻고 그러고 있는데, 강 안에 악어 왕국이 있었어요. 악어 왕국의 왕자가 놀러 나오다가 지나가다가 떠 파오 깨오와 떠 파오 텅을 봤어요. 두 여자가 되게 예뻐가지고 가지고 싶어서 한 명을 떠 파오 깨오라는 여자를 훔쳤어요. 그래서 잡아가지고 악어잖아요. 그래서 입으로 [조사자: 물었어?] 네. 물어서 자기 왕국으로 데려갔어요. 강물 속에.

그리고 떠 파오 깨오는 너무 놀라가지고,

"여기 어디냐?"

얘기하는데, 악어왕자가 설득하려고 그런 거예요.

"나랑 같이 있자."

아무리 해도 관심이 없었어요.

원래 왕자도 아내가 두 명 있었어요. 아내 두 명도 악어예요. 악어인데. 그런데 사람으로 변신할 수 있어요. 왕국에 돌아가면 사람 모습으로 변신할 수 있는데 나오면 악어가 되는 거예요. 그런데 그 부자가 딸이 이렇게 죽은 줄 알고.

"벌써 죽었겠다."

이렇게 해가지고 너무 화가 나요.

"원수를 갚아야 되는 거 같다."

이렇게 얘기해가지고, 사람한테 공지했어요.

"딸의 시체를 가져올 수 있거나, 악어를 죽일 수 있는 사람이 나타나면 모든 보물을 주고 우리 딸과 결혼을 시킨다."

라고 했어요.

공지를 띄웠는데 어떤 악어 죽이는 사람이,

· "제가 하겠다."고.

이렇게 나타나서, 이름은 '끄라이텅'이에요, 제목 이름. 끄라이텅은 그 사람은 악어 죽이는 사람인데, 뭐라고 해야 하죠? 악어 사냥꾼? 그렇게 얘기해야겠다. 악어 사냥꾼으로 유명하더라고요.

"제가 하겠다."고.

그래서 물속에 들어가서 악어 왕국에 들어가서.

(잠시 이야기를 멈추며 생각을 하다가 이야기를 정정함.)

아, 들어가는 거 아니고. 강 위에 주문을 불러서, 주문을 불러서 악어가 참지 못하게 나와야 하는 거예요. 그래서 물 위에 나오고 끄라이텅은 그 창으로 이렇게 찌르는 거예요. 악어를. 악어가 찌르고 나서 너무 아파가지고 그냥 도망쳤어요. 왕국으로.

그래서 끄라이텅은 다시 따라와서 왕국으로 따라왔는데, 왕자의 아내를 봐가지고 사랑에 빠졌어요. 되게 좋아해가지고. 그래서 아내로 삼으려고 하는데 일단 악어를 죽여야 되니까. 악어를 다시 잡아서 죽이게 된 거예요.

악어가 죽었고, 더 파오 깨오 부자의 딸을 데려가서 다시 돌려주고. 딸을 돌려주고 부자가 두 딸을 그 남자와 결혼시키고.

그런데 같이 행복하게 살고 있다고 해도, 악어 아내 두 명이 너무 그리워서 그래서 다시 왕궁으로 다시 두 아내를 데려와서 인간 세상으로 이렇게 같이 살자고 그러는데. 그리고 되게 다툼이 많았대요. 질투가 되게 많아서 아내가 싸우고 막 그래서.

결국은 어떻게 했는지 모르겠지만, 결국에는 행복하게 잘 살았어요. 얘기 잘해서. [조사자: 서로 얘기 잘해서?] 네.

나무집을 갖고 태어난 공주

● 구연정보

조사일시 : 2016. 09. 13(화) 오후

조사장소 : 서울특별시 광진구 화양동

제 보 자 : 와닛차 [태국, 여, 1990년생, 유학 5년차]

조 사 자 : 박현숙, 김현희

● 구연상황

제보자가 〈금소라 아이 쌍텅〉 구연을 마친 뒤, '싸노너이르언응암'이라는 공주 이야기라면서 구연을 이어나갔다.

● 줄거리

옛날 어떤 나라에 왕과 왕비가 딸을 낳았는데, 공주가 나무집과 함께 태어났다. 왕은 공주의 운이 좋지 않아 잠시 나라를 떠나야 한다는 점술가의 말을 듣고 공주를 왕궁에서 떠나보냈다. 공주가 숲속에서 인드라 신이 변신한 도사에게 사람을 살리는 물약을 받았고, 그 약으로 죽어가는 꿀라를 살렸다. 꿀라는 자진하여 공주의 하녀가 됐다.

공주는 어느 나라에 도착하여 7년 전 뱀에게 물려 죽은 왕자를 살릴 사람을 찾는다는 광고를 보았다. 공주는 궁으로 찾아가서 물약으로 왕자를 살린 뒤 목욕을 하러 갔다. 공주가 목욕을 하는 사이 하녀 꿀라가 공주의 옷을 훔쳐 입고 공주 행세를 하여 왕자와 결혼했다. 꿀라가 왕궁의 끄라통을 만들지 못해서 바나나잎을 버리자 공주가 그 바나나잎으로 끄라통을 만들었다. 그러자 하녀 꿀라가 공주의 끄라통을 훔쳐서 왕에게 바쳤다.

어느 날 왕자가 외국에 나가려고 했는데 배가 움직이지 않았다. 왕자는 궁 안의 모든 사람들에게 갖고 싶은 물건의 목록을 받았는데, 공주가 작은 나무집을 써서 바치자 배가 움직였다. 왕자는 공주의 나라에 도착해서 작은 나무집을 찾으려고 왕궁을 방문했다. 왕과 왕비는 나무집을 찾는 사람이 자신들의 공주라며, 왕자의 왕궁으로 공주를 알아볼 신하를 보냈다. 신하에 의해 공주와 하녀가 바뀐 사실이 밝혀져 하녀는 벌을 받았다. 공주는 왕자와 행복하게 살았다.

　　어떤 왕국이 있었어요, 왕국이 있었는데, 그 나라의 왕이, 왕비가 딸을 낳았는데, 그 공주님이 작은 나무집이랑 같이 태어났어요. 나무로 만든 집. 장난감처럼 같이 태어나고, 집이랑 태어났는데, 조그만 했어요. 그런데 공주님이 커 가면 그 집도 커 가요. [조사자 2: 뱃속에서부터 같이 태어났어요?] 네. 태어났어요. 그래서 집이랑 같이 태어나가지고 커 가면 집도 같이 커져요.

　　그래서 나라에 점성가도,

　　"공주님이 되게 운이 안 좋으시다. 운이 안 좋으신데 잠깐 나라에서 떠나야 한다."

　　그렇게 점을 쳤어요.

　　[조사자 1: 그게 나무집이랑 같이 태어났기 때문에 그런 거예요?] 근데, 그거 일 수도 있고.

　　근데 그거는 왕이랑 왕비는 그렇게 싫어하지 않아요. 딸을 되게 사랑하고 그러는데 점성가가 이렇게 점을 치고 잠깐 나가야 된다고. 그래서 되게 슬프고 그런데 어쩔 수 없이 보내야 해요. 그래서 이 공주님은 이름은 제목이 '싸노너이르언응암'인 거 같아요.

　　그래서 평민처럼 이렇게 입고 그리고 공주 옷을 싸오고 나가는 거예요. 그래서 평민처럼 숲을 지나가다가 어떤 인드라신도 나온 거 같은데, 그 신이 내려와서 도사로 변신한 거예요. 그래서 도사가 공주님한테 이야기한 거예요. 물약도 주고 그래서 약은 사람을 환생시킬 수 있다는 물약인데 나중에 쓸 일이 있을 거라고 얘기하고 준 거예요. 그래서 공주님이 물약을 받고 숲을 지나가다가 어떤 여자가 죽어가고 있어요. 그 숲 안에. 그래서 공주가 이렇게 약을 바르고 다시 살아난 거예요. 살려줬어요.

　　그 여자를 살려줬는데. 그 여자가,

　　"나는 당신의 종이 되겠다."

　　이렇게 얘기하고 따라간 거예요. 그래서 공주님은 계속 돌아다녀서 어떤 나라에 도착했어요. 그리고 그 나라에서는 소문이 났어요. 그 나라의 왕자가 뱀의 독으로 죽었는데, 근데 점성가가 7년 후에 왕자를 살려줄 수 있는 사람이 나타날 거라고 예언했어요. 그래

서 왕이랑 왕비가 왕자의 시체를 계속 그냥 놔두고 방안에서. 7년 후
에 공지를 해요.

　‘우리 아들을 살려 달라.’고.

　이렇게 공지를 해서 공주가 그 나라에 지나가다가 그 소식을 들
어서,

　“내가 살려주겠다.”고.

　그래서 왕궁에 들어가서 왕자의 방에 들어가서,

　“제가 왕자를 살려 줄 건데, 근데 그 커튼을 이렇게 쳐야 되고.
다른 사람은 못 보이게 쳐 주세요.”

　라고 하고 약을 왕자한테 바르고 그러는데. 왕자의 시체에서 독
이 올라왔어요. 가스처럼 올라와가지고 너무 더워요. 공주가 너무 더
워서,

　“아, 안 되겠다. 목욕해야겠다.”

　그래서 목욕탕에 가서 공주님 옷을 놔뒀어요. 그런데 종이, 그
종 이름은 ‘꿀라’예요. 살려 준 그 여자가 그래서 여자가 몰래 봤거
든요. 그때 공주님 치료해 줄 때 봤거든요. 그래서 공주님 옷을 입고
그런 거 보니까,

　‘아, 공주님이구나!’

　이렇게 알게 되고. 그래서 목욕할 때 공주님 옷을 훔쳤어요. 그
래서 자기 옷으로 입고 왕자가 그때 다시 깼어요. 다시 살아나가지
고 꿀라보고 나를 살려준 사람인 줄 알고, 왕자가 왕한테, 왕이랑 왕
비도,

　“왕자를 도와주니까 결혼시켜야겠다.”

　얘기하는데, 그런데 진짜 공주가 목욕탕에서 갔다 왔는데, 벌써
일이 이렇게 돼버렸다. 그래가지고 그래서 그냥 꿀라도 거짓말을 했
어요.

　“공주가 내 종이야.”

　그래서 공주가 종이 돼 버리고, 종이 공주가 돼 버렸어요.

　그런데 꿀라는 평민이라서 왕궁 안에서 할 수 있는 일만 시킬 때
는 할 수 없잖아요. ‘끄라통’ 태국에서 끄라통 만들 수 있으면 되게

왕의 솜씨, 왕궁 안의 솜씨, '수등' 바나나 잎으로 만든 그런 수등이라고 하는. 그걸 만들 수 없으니까 초조해하고 있었는데. 그냥 귀찮아서 바나나 잎을 버렸는데 공주님이 그걸 봐서 주워서 만든 거예요.

그리고 만들고 나서 꿀라가 그걸 만들어 놓은 걸 훔쳐 가서,

"이렇게 내가 만들었다."

그래서 왕에게 왕비한테 거짓말을 했는데, 그런데 왕과 왕비도 사실 믿고 싶지 않았어요. 약간 왜냐면 되게 평민처럼 행동을 하고 그래가지고. [조사자 2: 꿀라가?] 네. 그래서 계속 시험을 한 거 같아요. 꿀라한테 배를 움직이라고, 어떤 시험을 했어요. 그런데 꿀라는 못하고, 그런데 공주가 할 수 있어서 그래서 공주가 했는데, 결국은 또 훔쳐가서 자기가 만든 거라고 자기가 했다고. [조사자 2: 바나나 잎 만든 거?] 바나나 잎도 있고 또 다른 시험도 같은 식으로 했어요.

그런데 어느 날 왕자가 외국에 가겠다고 얘기해가지고 배를 준비했어요. 배를 출발하려고 했는데, 배가 안 움직여요. 배가 안 움직이면 의미가 왕 안에 있는 사람들한테 물건 리스트를 어떤 걸 원하는지 선물을 다 적어 놓으면 배가 움직일 수 있다는 그런 의미인 거 같아요. 그래서 왕자가 시켜서 모든 왕(궁) 안에 있는 사람한테,

"어떤 걸 원하는지 얘기해 봐."

이렇게 리스트 만들었는데 그래도 그 배가 안 움직였어요. 그래서 공주님만이 자기 가지고 싶은 거를 아직 얘기 안 해서 배를 안 움직인 거예요. 그래서 결국에는 마지막에 공주님한테 가지고 싶다고 얘기해가지고, 그 공주님이 작은 나무집. 자기가 같이 태어난 작은 나무집 원한다고 왕자한테 얘기했어요. 그래서 왕자가 얘기하고 나서 배가 움직이게 된 거예요.

그래서 외국에 갔는데 공주님 나라에 갔었어요. 그리고 물건 다 찾았는데 작은 나무집만 못 찾았어요. 그래서 사람한테 물어봤어요.

"이거 어디서 구할 수 있는지, 이 작은 나무집."

사람들이,

"그건 왕궁에서만 찾을 수 있다."

그래가지고 왕자가 왕궁 안에 들어가서 왕이랑 왕비한테 얘기했

어요. 그래서 왕이랑 왕비가 그거 듣고,

"우리 딸이네. 우리 딸이 그 나라에 있네."

그래서 왕자한테 얘기했어요. 그래서 같이 왕이 군인을 시키고,

"같이 왕자랑 가서 확인해 봐. 이렇게 우리 딸이 거기 있는지 확인을 해 보라."고.

이렇게 얘기해서 군인이 가서 확인하는데,

"어, 공주님은 우리 공주님 아닌데."

왜냐하면 꿀라가 공주님처럼 옷을 입고 있으니까 그런데 종을 보니까,

"우리 공주님이 종으로 된 거네."

그래서 사실을 알게 됐어요. 밝혀졌어요. 왕이 되게 혼나고 그래 가지고 꿀라한테 벌을 주고 그리고 잘 살게 됐죠. 행복하게 살게 됐죠. 공주님은 다시 공주님이 되고.

[조사자 2: 그럼 그 집이 부서진다거나 변하고 그러지 않고, 엄마 아빠 딸과 찾을 수 있게 해주는 역할을 한 거예요?] 네. 그 작은 나무집을 가지고 가서 공주님한테 줬더니. 집이 커졌어요. 그리고 공주님만이 들어갈 수 있는 그런 집.

말괄량이 깨오

● 구연정보
조사일시 : 2016. 11. 14(월) 오후
조사장소 : 서울특별시 서대문구 대현동
제 보 자 : 와닛차 [태국, 여, 1990년생, 유학 5년차]
조 사 자 : 박현숙, 김민수

● 구연상황
제보자는 이야기판에 함께 참여한 캄보디아 국적의 소다니스 제보자와 인사
를 나누었다. 소다니스 제보자가 이야기를 준비하는 동안, 조사자가 제보자
에게 이야기 구연을 청하자 TV 드라마로 제작될 정도로 유명한 이야기라면
서 이 이야기를 들려줬다. 구연 도중 빠트린 것이 떠오르면 내용을 정정하면
서 구연을 이어나갔다.

● 줄거리
어느 부부가 신이 주는 구슬을 받는 태몽을 꾸고서 딸 깨오를 낳았다. 깨오
는 말같은 생김새에 천방지축 말괄량이였다. 어느 날 깨오는 왕자가 잃어버
린 연을 주웠으나. 왕자에게 돌려주려 하지 않았다. 깨오는 나중에 왕궁으로
데려 가겠다는 왕자의 약속을 받고서 연을 돌려주었다. 그 뒤 왕자가 약속을
지키지 않자 깨오는 부모를 보내 왕에게 사실을 말한 뒤 황금가마를 타고 왕
궁으로 갔다. 왕은 미천하고 못생긴 깨오가 마음에 들지 않아서, 산을 잘라서
가져와야 왕자와 결혼시키겠다고 했다. 깨오는 숲에서 도사를 만나서 신비한
물건들을 받아 과제를 완수했다. 왕자는 깨오와 결혼하기 싫어서 도망을 치
다가 거인에게 납치됐다. 그러자 깨오는 못생긴 가죽을 벗고 거인 왕궁으로
가서 왕자를 구출했다. 왕자가 왕궁으로 돌아오자, 깨오는 탈을 벗은 뒤 모든
진실을 밝히고 행복하게 잘 살았다.

일단 제목은 〈깨오나마〉래요. [조사자: 깨오남?] 〈깨오나마〉예요. 근데 그 깨오남은, 깨오는 여자 주인공 이름이고 남은 약간 말 같은 얼굴이에요. 그래서 말 같은 얼굴인 깨오. 이렇게 번역하면 되는데, 음 사실 이야기는 제가 예전에 TV 드라마에서 나온 그런 얘기인데요.

이 얘기는 어떤 부부가 살았는데 딸을 낳았어요. 근데 이 딸은 그 딸을 낳기 전에 꿈을 꿨어요. 이렇게 신이 구슬을 준다는 꿈을 꿨어요. 그래서 이 구슬을 태국말로는 깨오라서 그래서 이름을 깨오라고 지었었어요. 근데 깨오가 태어났는데 (얼굴을 손으로 가리키며) 얼굴이 되게 좀 못생기고 막 이렇게 말 같은 얼굴을 가지고 있었어요. 그래서 사람들이 이렇게 '깨오나마'라고 불렀어요. 이렇게 말 같은 여자 이렇게 부르고 그리고 성격도 되게 여자 같지 않고 되게 말 같아요. [조사자: 덜렁거리고] 네, 덜렁거리고 [조사자: 말괄량이 같은?] 네. [조사자: 말괄량이라고 그러거든 한국에서는 천방지축 막 자기 멋대로 말처럼 야생마처럼.] 네네. 약간 그런 느낌이 나는데.

그런데 그 어느 날 그 나라의 왕자가 밖에 놀러가겠다고 이렇게 왕이랑 왕비한테 알려 주고 밖에 놀러가서 연을 이렇게 날리는 거 놀이 했어요. 연놀이? 연놀이 하는데 바람이 너무 세서 연이 놓쳐가지고 이렇게 날아갔어요. [조사자: 날아갔어요?] 네, 되게 멀리 날아갔는데 깨오 앞에서 떨어졌어요. 그래서 깨오는 그거 주워가지고 이렇게 자기 거라고 이렇게 왕자한테 얘기했어요. 왕자가 이렇게 막 주우려고 뛰어가는데, 깨오는 돌려주지 않고 내 거라고 이렇게 얘기하고.

그래서 왕자는 그 속에는 되게 화가 나고 그랬는데 근데 뭐 연을 가지고 싶으니까 그냥,

"연을 주면 내가 왕궁으로 데려가 줄게."

막 이렇게 얘기한 거라서 깨오는 그래서 연을 돌려줬어요. 근데 깨오는 돌려줬고 왕자는 돌아갔는데 깨오는 집에서 며칠 동안 기다려도 왕자가 안 오는 거예요. 약속한 대로 하지 않아서 그래서 부모님에게 막 이렇게

"내가 왕자랑 약속했는데, 왕자가 안 오는 거예요. 부모님이 직접 가서 왕한테 이렇게 얘기 해 주세요."

이렇게 해가지고 그래서 부모님이 왕궁에 가서 왕에게 이렇게 얘기했더니 왕이 너무 화가 났어요. 막 이렇게 천한 사람들이 왜 이렇게 나한테 막 이런 거 달라고 이렇게 해가지고 근데 왕비는 착한 분이셔서 데려 오라고 이렇게 얘기했어요.

그래서 데려 오는 날에 깨오는 집 앞에서 막 기다리고 이렇게 그 군인들은 막 데려 오러 왔는데 어 그냥 왔어요. 그래서 깨오는,

"나한테 가마, 금가마로 싣고서 가지 않으면 나는 안 간다."

이렇게 얘기 해가지고 그래서 고집을 부려서 그래서 왕은 어쩔 수 없이 금가마를 보내서 데리고 갔어요.

그래서 깨오는 왕궁에 들어가서 왕은 되게 싫어했는데 그래서 꾀를 만들려고 이렇게 생각했어요. [조사자: 왕이?] 네, 전략을 이렇게 깨오를 없애려고.] [조사자: 쫓아내려고?] 네, 없애려고. (웃으며) 쫓아내려고 그런 거라서 깨오한테 이렇게 수메르산을 가져오지 못하면 처형? [조사자: 처형을 시키겠다고?] 처형시킬 건데 만약에 가져올 수 있으면 왕자랑 결혼시킬 거라고 이렇게 얘기했어요.

그래서 깨오는 그래서 떠나려 하는데 [조사자: 떠내려 가?] 아니 떠났는데. [조사자: 아, 그 수메르산을 가지러?] 네, 수메르산을 가지러 떠났는데, 그 길에서 도사를 만났어요. 숲에서 도사를 만났는데. 그 도사는 왜 여기 오냐고 물어봤더니 깨오는 이렇게 이렇게 얘기해 주고 나서 도사는 그 도와주려고 이렇게 해서 신비한 물건들을 줬어요. 그 날 수 있는 배? 그 비행선이라 해야 되나요? 비행선? 그리고 칼을 줬어요. 이 칼은 수메르산을 자를 수 있는 칼을 주고 막 이렇게 줬고.

깨오는 그 말같이 생긴 얼굴을 벗을 수 있게 막 이렇게 그런 것도 줬나? 주문을 해 줘가지고 그래서. [조사자: 그러니까 그걸 풀 수 있는 주문 같은 걸 알려주고?] 음, 약간 뭐라 해야 되죠? 말같이 생긴 얼굴을 탈로 만들어서 이렇게 쓰고 벗을 수 있는 이렇게 바꿨어요. 이렇게 얼굴을. [조사자: 가면 같은 걸 줬다는 거예요?] 그 약간 이 탈을 벗으면 예쁘게 생긴 얼굴이고 탈을 쓰면 그대로인 얼굴. [조사자: 원래 얼굴이고] 네, 원래 얼굴 되는 걸로 이렇게 해 줬어요.

　　그래서 그 깨오는 수메르산에다가 비행선을 타고 수메르산에 가서 칼로 이렇게 칼로 수메르산을 자르고 데려왔어요. 가져왔어요. 그 [조사자: 산을?] 네, 왕궁으로. 그래서 왕이 되게 막 당황했고, 이렇게 할 수 있는 걸 생각하지 못해서 이렇게 했는데.

　　그래서 어쩔 수 없이 왕자랑 결혼을 시켜야 되는 건데 왕자는 도망갔어요. [조사자: 결혼하기 싫어서?] 네, 결혼하기 싫어서 그래서 다른 나라의 공주랑 결혼을 곧 하려고 막 이렇게 떠났어요.

　　근데 떠났는데 길에다가 그 거인을 만났어요. 그래서 거인에게 잡혀가가지고 왕자가 그래서 깨오는 그 소식을 듣고. 왕자가 잡혀간 걸 듣고. 그 비행선이랑 칼을 들고 거인 왕국에 가요. 그래서 그 거인 나라에 가고 거인을 막 이렇게 [조사자: 물리쳐?] 네, 물리치고 죽였어요. [조사자: 죽였어?] 거인을 죽이고 탈을 벗어서 왕자한테 갔어요. 그래서 왕자는 사랑에 빠지고 그녀에게, 사랑에 빠지고 이렇게 한밤을 지냈어요.

　　그리고 지내고 나서 아침에 반지를 줬어요. 이렇게 주고 [조사자: 깨오가?] 네, 깨오한테. [조사자: 아, 깨오한테 왕자가 반지를 준 거예요?] 네, 왕자가 깨오한테 반지를 주고 내 아내의 증명이라고 이렇게 줬어요. 왕자는 반지를 주고 자기 나라로 돌아갔어요.

　　근데 깨오는 뭐죠? 그리고 깨오는 그 왕국에 돌아가는데 얘기하지 않았어요. 자기가 그녀인 걸. 얘기하지 않고 아이를 낳았어요. 근데 네, 아이를 낳았는데 그때 [조사자: 그럼 왕자는 같이 돌아온?] 아니에요. 왕자가 먼저 간 거 같아요. 그리고 깨오는 그냥 원래 혼자 돌아가고 [조사자: 혼자 돌아가고?] 네, 혼자 돌아가고? 잠깐만 구조가 조금 헷갈리는데,

　　[조사자: 그래서 아이를 출산한 거까지 기억나니까 아이를 출산해서 어떻게 돼요?] 네 출산을 어 출산해서, 잠시만요, 출산해서 기억이. [조사자: 아이를 혼자 키워요?] 네 아이를 혼자 키우는데. 아니에요 잠깐만요. 약간 돌아가서 아직 임신하고 있는 거 같아요. 임신하고 있는데 그 거인의, 죽인 거인의 친구가 있었어요. 근데 그 친구가 이거 그 왕자가 이 왕자 때문에 이 거인이 죽은 거 알고 되게 화가 나서 나라

왕자의 나라로 왔어요. 전쟁하려고.

막 이렇게 침공하려고 해서 그 왕이랑 왕자가 누가 좀 이렇게 거인이랑 싸워야 된다고 이렇게 해가지고 그 깨오가 나섰어요. 자기가 싸우겠다고. 그렇게 해가지고 거인이랑 싸웠을 때 이렇게 거인한테 그 뭐죠? 그 거인이 발로 찼어요, 깨오한테. 배에다가 이렇게 그래서 배, 배에서 발로 찼더니 그 아이가 [조사자: 아이가 태어났어?] 네, 아이가 태어났어요. 딸 세 명이.

막 태어나고 그리고 그 출산할 때 이렇게 피로 물든 그 천 있잖아요. 그 천으로 이렇게 거인을 때리고 그 때려서 약간 그 피는 약간 좀 뭐라 해야 되죠? [조사자: 성스러운?] 힘이 있어서 거인의 약간 마법이 [조사자: 안 먹히는구나.] 네, 거인이 죽었어요. 그것 때문에. [조사자: 그러니까 아이 출산할 때 그 피가 묻은 천으로 맞고 그 거인이 죽었다는 거죠.] 네, 마법의 힘도 없어지고. [조사자: 힘도 이제 잃고] 네.

그래서 그 거인이 졌고 해서 깨오는 그 전쟁에서 이겨가지고 왕한테 인정도 받고 그리고 왕자한테 이렇게 탈을 자기가 그때 그녀라고 얘기했는데 처음에 왕자는 믿지 않았어요. 그래서 반지를 보여줬는데 아 그래서 왕자가 이렇게 믿고 그리고 깨오는 탈을 벗었어요.

그래서 다들 이렇게 축하해주고 다들 신났고,

"이렇게 예쁜 사랑이 있구나."

얘기하고 그래서 행복하게 살게 됐어요. 네, 이런 얘기였어요.

우렁각시

● 구연정보

조사일시 : 2016. 09. 13(화) 오후

조사장소 : 서울특별시 광진구 화양동

제 보 자 : 와닛차 [태국, 여, 1990년생, 유학 5년차]

조 사 자 : 박현숙, 김현희

● 구연상황

제보자가 〈악어 사냥꾼 끄라이팅〉 구연을 마쳤을 때 조사자가 제보자에게 한
국 이야기 중에 기억나는 이야기가 없는지 물었다. 제보자는 〈우렁각시〉 이
야기가 기억난다고 답한 뒤 조사자의 요청을 받아들여 구연을 시작했다. 구
연 도중에 원님과 총각이 아내를 놓고 하는 여러 시합 중 말타기 시합 밖에
기억이 안 난다고 설명하기도 했다. 구연을 마친 뒤, 제보자는 우렁각시의 여
러 결말을 알고 있지만 자기가 구연한 것 같은 해피엔딩 이야기를 좋아한다
고 했다. 우렁각시 이야기는 대학 수업을 통해 처음 알게 됐는데 특별히 기억
에 남는 이유는 태국의 설화에 왕의 이야기가 많고 신이 자주 등장하는 데 비
해 이 설화는 평민들의 일상적인 삶을 다루고 있기 때문이라고 했다.

● 줄거리

옛날에 한 노총각이 농사를 힘들게 지어서 누구랑 먹고 사냐면서 논에서 한
탄을 했다. 그러자 어디선가 자기와 먹고 살라는 답변이 들렸다. 노총각이 여
러 차례 같은 질문을 던졌지만 동일한 답변이 돌아왔다. 노총각이 주변에서
우렁이를 찾아서 집으로 데려왔다. 다음날 노총각이 농사일을 하고 돌아오니
밥상이 차려져 있고, 집안이 깨끗하게 청소가 되어 있었다. 노총각이 다음 날
몰래 숨어서 지켜보니, 우렁이 껍질 속에서 아름다운 여인이 나타났다. 노총
각이 아름다운 여인을 붙잡고 같이 살자고 했다. 우렁각시는 노총각에게 조
금만 기다려달라고 했지만 노총각이 말을 듣지 않고 붙잡아서 함께 살게 됐
다. 노총각이 우렁각시와 한시도 떨어지지 않으려고 하자 우렁각시가 초상화
를 그려주었다. 노총각이 아내의 초상화를 보면서 농사를 짓고 있었는데, 바
람이 불어와 그 앞을 지나가던 원님에게로 초상화가 날아갔다. 원님이 우렁

각시 미모에 반하여 노총각에게 말타기 시합을 제안했다. 노총각은 우렁각시가 시키는 대로 마른 말을 골라 타고 시합에서 이겨서 우렁각시와 함께 잘 살았다.

어떤 총각이 살고 있었는데, 벼 짓는 건가? [조사자: 농사.] 농사. 네. 농사짓고 있는데 너무 힘들고 외로워서 한탄했어요. 그러니까,

"이렇게 하면 누구랑 먹고 살지?"

이렇게 한탄했는데, 갑자기 어떤 소리가 나타났어요. 그 소리가,

"나랑 먹고 살지."

이렇게 얘기해가지고, 처음에 총각이 환청 한 줄 알고, (웃음)

'소리가 어디서 나왔지?'

막 이렇게 생각하고 다시 얘기했는데,

"누구랑 먹고 살지?"

얘기했는데, 또 대답이 나왔어요.

"나랑 먹고 살지."

얘기해가지고 그래서 찾아봤더니, 우렁이 발견했어요. 그래서 우렁이를 데려와서 집으로 데려와서 제가 아는 버전은 농에서 주운, 우렁이를 데려와서 농에, 장롱에 놓았어요.

이렇게 두고 났다가, 다음 아침에 이렇게 농사를 지으러 나가는데. 집에 돌아와서 아침상도 그냥 밥상이 차려지고 집이 되게 깨끗하고 그러는데, 누군지 되게 궁금해서 그래서 다음날 나가는 척 하다가 몰래 지켜봤는데, 우렁이에서 여자가 나타나가지고 되게 아름다운 처녀가 나타난 거라 너무 사랑에 빠졌나? 그래서 붙잡고 막 나와서 붙잡고,

"나랑 같이 살자."

이렇게 했는데, 그 우렁각시가 조금만 기다리라고 조금만 기다리면 잘 살 수 있도록 이렇게 얘기했는데, 총각이 그 말을 듣지 않고 그냥 붙잡고 있어서 그렇게 잘 살게 된 거예요.

그런데 어느 날 원님이 그 집을 지나갔나? 그 후 이야기는 제가 버전이 너무 달라가지고. [조사자: 그래도 기억나는 이야기, 혹은 좋아하는 버전.] 아, 제가 그 총각이 우렁각시를 너무 좋아해 가지고 그래서 잊을 거라고 떨어지고 싶지 않아서, 그래서 우렁각시의 그림을 가져가서 농사를 짓고 그러는데 그 그림을 날려 버렸어요.

그런데 원님이 지나가다가 그 그림을 발견해가지고,

"어, 이 여자가 예쁜데."

그래서 사람들한테 물어봤는데, 여기 있는 거 알고 데려가려고 했어요. 우렁각시를.

데려갔는데, 총각이 돌아와서 아내가 없어지니까 슬퍼해가지고 그래서 (이야기를 잠시 멈추고) 아, 그런데 제가 좋아하는 버전은 아직 데려가지 않았는데, 데려가려 했는데. 그 원님이 총각한테 물어본 거예요. 그 총각이 아내한테 이렇게 상의해가지고,

"어떻게 하지?"

[조사자: 원님이 아내를 데려간다고 해서 총각이 아내한테 의논을 했다는 거죠?] 네. 의논을 했는데 우렁각시가 그 원님이 시합을 이렇게 나를 이기면 데려갈 거라고 그렇게 이야기해서 말 시합을 하려고 했는데, 우렁각시가.

"가장 마른 말을 고르라."고.

이렇게 총각한테 이야기해 주고, 말을 선택했는데.

원님이 그거 봐서 되게 처음에 마음속에 이렇게,

'쌤통이다.'

생각했는데, 결국은 총각이 그 말 때문에 이겼어요. 그래서 같이 잘 살게 됐어요.

미얀마

자애의 수행자 봄밋다를 초대한 딸

● **구연정보**

조사일시 : 2018. 10. 29(월) 오후

조사장소 : 서울시 종로구 신교동

제 보 자 : 떼떼져 [미얀마, 여, 1992년생, 기타(한국 방문)]

조 사 자 : 박현숙, 엄희수

● **구연상황**

떼떼져 제보자는 제1회 한국 국제스토리텔링축제 일을 돕기 위하여 행사 기간 동안 한국에 잠시 머물렀다. 조사자가 일정을 조율하여 제보자를 만났다. 조사자가 미얀마의 옛날이야기를 구연해달라고 요청하자 제보자가 곧바로 구연을 시작했다.

● **줄거리**

옛날에 어느 부모와 딸이 살았다. 아빠는 일하러 나가고 딸은 학교에 가서 엄마 혼자 집에 있는데 세 명의 수행자가 찾아왔다. 수행자는 여자 혼자 있는 집에 들어갈 수 없어서 아빠와 딸이 돌아올 때까지 밖에서 기다렸다. 아빠가 세명의 수행자를 모두 집안으로 초대하려고 했으나 수행자들은 한 명만 들어갈 수 있다고 했다. 아빠는 재물을 뜻하는 보다나를, 엄마는 성공을 뜻하는 보아우나를, 딸은 자애를 뜻하는 봄밋다를 초대하자고 했다. 가족들이 딸의 말대로 봄밋다를 초대하자 나머지 두 수행자도 함께 따라 들어올 수 있었다.

자애. 자애의 수행에 대한 그런 이야기예요.

예전에 한 집에서 엄마, 아빠, 딸이 세 명 있어요. 그런데 엄마, 아빠는 일하러 아침에 나가고 딸도 학교 나갔어요. 그때 그 엄마가, 그 엄마가 그 빨래하고 옷을 널기 위해서 집 밖으로 나갔었어요. 그때 그, 정원이 있어요, 집 근처에. 그 정원에서 수염을 길게 기른 세 명의 요기. '요기(ﻮﻮﻏﺲ)'는 미얀마 이름이에요. 요기는 수행자예요. 수행자는 미얀마어로 요기. 요기라는 노인 세 분이 앉아 있었어요.

그래서 그 엄마는 그 세 사람이 누구인지도 모르지만 나이가 많은 분이라서 공손하게 다가가서 말했어요.

"이전에 본 적이 있는데, 혹시 이곳에 쉬러 오셨습니까?"

그렇게 물어봤어요. 그랬더니 그 세 분이,

"집에 혼자 계세요?"

물어보니까, 그 여인이,

"아니요. 남편은 일하러 가고, 딸도 학교 갔어요."

"아, 그러면 집에 혼자 계시니까, 여자 혼자 계시는 집에서는 가면 안 돼요."

그렇게 얘기했어요. 왜냐하면 미얀마에서 수행자가 남자 없이 여자가 혼자 있는 집안에 들어가지 않는 것은 자연스러운 일이에요. 그래서 그 엄마는 다시 요청하지 않았어요.

그때, 해가 지고 남편이 집에 돌아왔어요. 그때, 오전에 있었던 이야기를 남편에게 얘기 했으니까 그 남편이 연민을 느끼며 그 여전히 밖에 계시는 세 분을 다시 초청하라고 얘기했어요. 그래서 그때 그 엄마가, 와이프가 달려가서 그 세 분에게 다시,

"집으로 와서 초청하고 싶다."고.

얘기를 했으니까 그들이 그렇게 얘기했어요.

"우리는 세 명 같이 들어갈 수는 없어요. 왜냐하면."

"왜 이렇게 세 명 들어갈 수 없냐?"고.

여자가 물어보니까 그때 그 한 노인이 다른 사람들에게 손가락을 찌르고 얘기했어요.

"그분 이름은 '보다나'."

'다나'는 미얀마 말이에요. 다음에 설명 드릴게요.

"'보다나'이고. 또 다른 분은 '보아우나'. 그다음에 내 이름은 '봄 밋다'."

이렇게 이름을 알려줬어요. 그때

"우리 세 명 중에 한 명을 선택해서 초청해 달라."고.

얘기했어요.

그래서 그 여자는 아까 들었던 그 세 분의 이름을 기억하고 남편에게 갔어요. 남편에게 아까 들은 이야기 다 빠짐없이 얘기했어요.

"세 명 중에 누구를 초청하냐?"

고 물어봤어요. 그때 남편이,

"아, 그러면."

남편은,

"우리는 보다나를 초청하자."

'다나(ꩠꩰꩦꩩꩬ)'는 뜻이 뭐냐면, 부귀, 재산이라는 뜻이에요.

"그러면 우리 집이 아주 부유해질 것 같아요. 그래서 우리 보다나를 초청하자."

이렇게 하니까 그 와이프는 동의하지 않았어요.

"내 생각은 보아우나를 초청하면 될 것 같아요."

'아우나'라는 뜻은 뭐냐면 성공, 성취, 풍요라는 뜻이에요. 그래서

"보아우나를 초청하면 우리가 하는 행동마다 다 성공할 수 있다는 의미가 있어서 보아우나를 초청하자."

고 얘기했어요. 그때가 그 엄마랑 아빠가 얘기한 걸 들은 딸이 있었어요. 그 딸이 깊이 생각해보니까,

"엄마, 아빠. 제 생각을 한번 말해 볼게요. 제 생각에는 그중에 봄밋다를 초청하는 게 제일 낫다고 생각해요."

왜냐하면 '밋다'라는 거는 자애예요.

"그래서 만약에 봄밋다를 초청하면 우리 집이 자애의 향기로 가득 차게 되며, 우리는 항상 편안하고 행복하게 살게 될 것이라고 믿어요."

그 딸의 말을 들었으니 그 아빠가,

"아! 우리 딸의 말이 진짜 의미가 있거든요. 우리는 봄밋다를 초청하자."

고 와이프에게 말했어요. 그래서 그 와이프, 엄마가 달려가서,

"우리는 봄밋다를 초청하겠다."

그렇게 말하더니, 그래서 봄밋다가 그 집 현관에 갔어요. 그때

뒤에 보다나하고 보아우나가 따라왔어요. 따라왔어요. 그래서 그 여자가 깜짝 놀랐어요.

"응? 아까는 동시에 갈 수 없다고 했는데 왜 지금은 세 분이 다 가시냐?"

고 물으니까,

"이유가 뭐냐면, 만약 보아우나하고 보다나를 선택하면 그 한 명만 들어가고, 두 분을 밖에서만 기다려야 됐는데, 그런데 당신의 딸이 진짜 생각해서 봄밋다를 초청하는 것이 최상의 선택을 했어요. 그래서 이 사실을 잘 기억하고 귀를 잘 기울이십시오. 자애의 덕상이 충만하며 어느 때 보다나의 재산하고 보아우나의 성공이 함께 하여 삶의 모든 방면에서 따르게 될 것입니다. 그래서 앞으로도 남은 세상에서 이 진실을 잘 기억하면 좋겠어요."

[조사자: 이 이야기는 미얀마에서 많이 알려져 있는 이야기예요?] 네? 많이? [조사자: 사람들이 많이 아는 이야기예요?] 네. 자애에 대해서 많이 알려주는 이야기예요. 지금 맨날 사람들은 '성공해야 한다', '재산을 가져야 한다' 그것만 생각했으니까. 그 자애라는 거는 잊고 사는 사람들이 많아요. 그래서 그런 잊고 있던 그 마음을 다시 일어날 수 있게.

[조사자: 수진(떼떼져) 씨는 이 이야기를 제일 처음에 알게 된 건 언제예요? 어릴 때?] 음, 그런 거랑 비슷한 이야기가 많아요. 어렸을 때부터 자애라는 이야기가 뭐, 잠자리에 엄마가 들려주는 이야기도 많아요. [조사자: 그럼 어릴 때 엄마가 들려줘서 알았어요? 아니면 뭐 책에서 봤어요?] 아니에요. 책에서 봤어요.

[조사자: 미얀마에서 잘 알려진 수행자들인 거죠? 이 봄밋다.] 이거는 이름이에요, 선생님. 근데 그 알려지는 거 그 수행자는, '요기'는 미얀마에서 많이 알려져 있는. 예전에는 스님보다 요기라는 말을 많이 써요. 요기는 머리를 빡빡 깎지 않아도 되고. 안 깎아도 되고. 그런 거는 요기라고 불러요. 그래서 그 정성 이야기나 뭐 그런 이야기에 승려보다 요기가 많이 나와요.

부처가 원숭이로 윤회했을 때의 행적

● **구연정보**
조사일시 : 2017. 11. 18(토) 오후
조사장소 : 전라남도 순천시 해룡면 순천 기적의 도서관
제 보 자 : 쏘딴따아웅 [미얀마, 여, 1982년생, 결혼이주 2년차]
조 사 자 : 박현숙, 김현희

● **구연상황**
제보자가 〈공작의 깃털을 부러워한 까마귀〉 이야기 구연을 친 뒤 조사자가
미얀마에 원숭이와 관련된 이야기가 없는지 물었다. 제보자는 미얀마에 원숭이
가 많다고 대답한 뒤 관련 이야기를 한참 생각했다. 그러더니 미얀마는 부처
님의 나라라고 말문을 연 뒤 부처가 환생한 이야기라면서 구연을 시작했다.

● **줄거리**
부처가 원숭이로 윤회했을 때 일이다. 사냥꾼이 원숭이를 잡으려고 함정을
파놓고 먹을 것으로 유인했다. 원숭이 무리가 먹을 것을 좇아서 그곳으로 가
려고 하자, 원숭이로 환생한 부처가 다른 원숭이들에게 위험하다고 경고했
다. 다른 원숭이들이 그 말을 무시하고 갔다가 모두 함정에 빠졌다. 원숭이로
환생한 부처가 자신의 목숨을 주고 함정에 빠진 원숭이들을 구했다.

[조사자: 미얀마 원숭이 많잖아요. 원숭이랑 관련된 이야기는 없어요?]
네. 원숭이? 원숭이라고? [조사자: 네, 원숭이가 사람 놀려주는 이야기
나.] 교과서에는 그런 거 없어요.
　[조사자: 교과서에 없어도 진주(쏘딴따아웅)가 어릴 때 들었던 이야기
나.] 근데 우리는 원숭이에서 사람이 내려오는 거라고 이렇게. [조사

자: 그럼 원숭이를 함부로 대하지는 않겠네요?] 네, 그런 거는 없어요. 근데 미얀마에서는 원숭이 엄청 많아요.

그리고 우리는 부처님 나라잖아요. 부처님 그거 때, 부처님은 윤회잖아요, 윤회고. 부처님은 부처님 되기 전에 몇 번 동물 됐다 사람 됐다 이렇게 됐다가 원숭이일 때가 있었대요.

원숭이일 때는 원숭이가 종 이루고 하는 것은. 사냥꾼과 어느 날 사냥꾼과 원숭이들을 잡으려고 하다가 한참을 헤매다가 이 그렇게 원숭이들이 사는 데가 있대요. 그래서 그 부처님 되는 원숭이는 다른 원숭이들은,

"저 지역으로 가지 마. 위험하다."고.

이렇게 말했는데 원숭이들은 그 말을 듣지 않고 그쪽 엄청 먹을 거리도 많고 하니까. 그렇게 부처님 원숭이의 말을 듣지 않고 모르게 갔대요.

그렇게 갔다가 함정에 빠졌대요. 빠졌다가 그래서 부처님 원숭이가 자기 목숨까지 주고 그렇게 구했다는 그런 이야기가 있어요.

신이 된 숲꾼 형제

● **구연정보**

조사일시 : 2018. 10. 29(월) 오후

조사장소 : 서울시 종로구 신교동

제 보 자 : 떼떼져 [미얀마, 여, 1992년생, 기타(한국 방문)]

조 사 자 : 박현숙, 엄희수

● **구연상황**

제보자가 〈거미에게 잡아먹힌 힌다〉 이야기 구연을 마쳤을 때 조사자가 제보자에게 미얀마의 사원이나 산과 관련된 전설이 없느냐고 물었다. 제보자는 미얀마 바칸(바간) 왕조 때의 신과 관련된 이야기가 있다며 구연을 시작했다.

● **줄거리**

미얀마 첫 왕조인 바칸 왕조의 아노우라타 왕 시대의 이야기다. 아노우라타 왕이 탑을 짓기 위해 백성들을 동원했다. 탑을 완성한 후 왕이 확인해 보니, 돌 두 개가 빠져 있었다. 두 형제가 술을 마시느라 일을 제대로 하지 않은 탓이었다. 화가 난 아노우라타 왕은 형제를 죽였다. 죽은 형제는 다음 생애에 신이 됐다. 미얀마 사람들은 해마다 형제를 기리는 (따운본)축제 때 탑(신전)에 술을 올리고 소원을 빈다. 한편, 형제 중 동생이 유부녀를 좋아했는데 그 여자가 동생을 거부하고 자살했다. 그 여자(메우, MaeOo)도 신이 되어 탑(메우낫난)에 모셔졌다. 메우는 동생 남자를 너무 싫어해서 그 탑에 갔다가 자기 탑으로 오는 사람을 싫어한다.

사원보다 신, 신인데요. 그거는 미얀마 바칸 있잖아요. 바칸 아시죠? 바칸 왕조^{Pagan Kingdom}의 아노우라타의 시대가 있어요. [조사

● 바칸왕조(1044~1287)는 최초로 미얀마를 통일한 왕조이다. 바칸왕조의 독자적인

175

자 1: 어느 시대?] 바칸 시대. 미얀마의, 첫 미얀마. 그 시대에 아노우라타° 왕이 있어요. 아노우라타 왕이 있고.

그 아노우라타 왕이 탑을 하나 지으려고 했어요. 그러면 왕들이 탑을 지을 때, 시민들이 다 참여해야 돼요. 그때 뭐, 형제 두 명이 있어요. 그 형제 두 명은 맨날 술 먹고 취하고 뭐 그런 거만 있어요. 그래서 탑을 다 지었는데 어느 부분에, 아 탑을 지으려면 미얀마에서는 돌, 모래 그런 거 있잖아요. 그런데 돌로 네모난 거 있어요. 그런데 그 탑을 다 완성한 후에 그 돌 두개가 빠졌어요.

그 왕이 보고,

"그러면 그 빈 곳에 누가 안 하는 거예요?"

이렇게 검사해보니 그 형제 두 명이, 두 형제가 못 하는 거 알게 됐어요. 그래서 아노우라타 왕이,

"감히 내가 탑을 짓는데 참여하지도 않고 술만 마시다니!"

그 두 형제의 손을 묶고 강, 뭐라고 할까? 강 밑에 가서 죽여 버렸어요.

그래서 미얀마에서 그 탑이 아직 그대로만 남아 있어요. 그 돌이 부족한, 돌이 두 개 없는 거 이대로 남았고.

그다음에 그 해마다 그 아까 죽은 형제 두 명이 그다음 생애에 신이 됐어요. 신이 되어서 맨날 그, 뭐라고 할까? 맨날 그 형제 두 명에 대해서 행사가 해마다 있어요. 그 큰 형제는 술을 너무 좋아해서 맨날 행사마다 술, 그런 거 행사가 있구요.

작은 동생은 여자 좋아해요. (웃음) 여자는 한 명만 좋아하는데, 그 여자가 남편이 있는 여자였어요. 그래서 그 여자를 뭐, 억지로 자기 여자로 만들려고 하는데 그 여자가 받아들이지 않아서 스스로 자살했어요. [조사자 2: 여자가요?] 여자가요.

그래서 그 여자도 그다음에 그 뭐라고 할까? 신이 됐어요. 미얀

역사를 기록한 비문이 전해진다. 파고다, 사원을 많이 건립하여 불탑(佛塔)왕조라고도 불린다.

● 아노라타(Anawratha) 왕(1044-1077)은 바칸왕조의 첫 번째 왕이다. 불교를 구심점으로 삼고 미얀마에 존재했던 19개 부족을 통일했다.

마에서 신이 됐고. 그, 너무 그 여자가 작은 동생을 너무 싫어해서 그 뭐라고 할까? 그, 그거는 설명하기가. 신 이야기라서. 너무 싫어하고 작은 그, 만약에 자기 그, 신의 탑 그런 거 있잖아요. 자기 신 탑에 오는 사람은, 작은 동생 탑에 가는 사람 오면 안 좋아해요.

무슨 말인지 좀 헷갈렸어요. 아까 큰 오빠하고 작은 동생 두 명이 있잖아요. 그 작은 동생, 그 두 명의 신 탑이 있어요. 그러면 사람들이 맨날 그거 가서 행사하러, 행사 있어서 맨날 해마다 하는데. 그 아까 여자의 탑도 근처에 있을 거예요. 그거는 정확하지는 않은데요. 제가 좀 기억하지 않아서. 그래서 그 여자가 그 작은 동생을 너무 싫어해요. 그거까지만 얘기할게요. 나머지는 기억이 잘 안 떠올라서요.

[조사자 1: 그러면 탑 이름이 있어요?] 있기는 있는데. [조사자 1: 탑 이름이 잘 기억이 안 나요?] 네. 그거는 잠깐만요.

(잠시 자료를 찾아봄.)

[조사자 1: 그럼 사람들이 그 탑에 가서 기도를 할 거 아니에요?] 네. 맞아요. [조사자 1: 어떤 걸, 소원 그냥 아무 소원이나 다 빌어요?] 빌어요. 어떤 사람들은, 그 먼저는 미얀마 사람들은 불교, 부처님 있는 탑을 먼저 가야 돼요. 그다음에 그 신이 있는 탑을 가요. 신이 있는 사원이라고 할까? 신이 있는 곳을 가서 자기가 소원 하나를 빌고 만약에 그 소원을 이루면 그 신에게 바나나, 야자 같은 거 그런 거를 바쳐요. 닭 한 마리도. 닭. 죽은 닭. [조사자 1: 닭 한 마리를 바쳐?] 네. 튀긴 닭 한 마리, 그다음에 담배, 그다음에 술.

(잠시 침묵이 흐름.)

[조사자 2: 미얀마에 탑이 되게 많은가 봐요?] 맞아요. 바칸, 그 첫 미얀마. 바칸에서는 예전에 4천 넘는, 4천 개. 그 지진 때문에 2천 개만 남았다고 해요.

만달레이 유래

● **구연정보**
조사일시 : 2018. 10. 29(월) 오후
조사장소 : 서울시 종로구 신교동
제 보 자 : 떼떼져 [미얀마, 여, 1992년생, 기타(한국 방문)]
조 사 자 : 박현숙, 엄희수

● **구연상황**
제보자가 〈신이 된 술꾼 형제〉 이야기 구연을 마친 뒤 조사자가 제보자의 고향 만달레이에 전해 내려오는 전설이 있느냐고 물었다. 그러자 제보자가 특별한 이야기가 하나 있다면서 만달레이 도시의 특징을 구연했다.

● **줄거리**
미얀마의 만달레이 도시는 똑똑한 왕이 만든 곳이다. 만달레이 지역은 구역을 나누어서 네모반듯한 모양으로 만들었다. 각 구역은 양파, 쌀, 간장 등 파는 음식이 다르며 동네의 이름도 지역 특산물과 관련이 있다.

만달레이Mandalay*에는 특별한 거 하나 있어요, 선생님. [조사자: 어떤 거 있어요?]

만달레이는 만달레이 도시를 만들었을 때 그 왕 머리가 똑똑하다고 해요. 왜냐하면 만달레이는 어떻게 보면 이렇게 네모난 거예요, 네모난 거. 이렇게 네모난 거로 도시를 만들었어요. [조사자: 네모나게?] 네, 그 동네, 동네 하나가 네모난 거예요.

● 미얀마 이라와디 강 상류에 있는 도시. 시내에 '만다이 산'이 있는데, 이 산은 인도신화에 나오는 만다라 산으로 둥글게 흙으로 쌓은 제단이 있다. 지명은 만다라 산에서 유래됐다.

어떤 동네는 양파를 파는 동네. 그래서 이름도 그 이름이에요. 그 다음에 뭐 간장이라면 간장. 쌀 하면 쌀. 이렇게 동네마다 이렇게 이름을 상징해서 그 동네 이름을 지었어요. 그거 만달레이 특징이에요.

[조사자: 다 네모반듯하게 생겼어요?] 네, 맞아요.

일산(日傘)의 지목을 받아 왕위를
물려받은 틸로민로

● **구연정보**

조사일시 : 2018. 10. 29(월) 오후

조사장소 : 서울시 종로구 신교동

제 보 자 : 떼떼져 [미얀마, 여, 1992년생, 기타(한국 방문)]

조 사 자 : 박현숙, 엄희수

● **구연상황**

제보자가 〈만달레이 유래〉에 관한 지명 전설 구연을 마친 뒤 조사자가 제보
자에게 미얀마 옛날이야기 중 효나 불효에 관련된 것이 있는지 물었다. 제보
자는 미얀마의 바칸 왕조 때의 탑에 얽힌 이야기가 있다며 구연을 시작했다.

● **줄거리**

옛날 바칸 시대의 일이다. 어떤 왕이 막내 왕자에게 왕위를 물려주고 싶었으
나 다른 왕자들의 불만을 없애기 위하여 다섯 왕자에게 과제를 주었다. 왕은
가운데에 놓은 우산이 가리키는 사람에게 왕위를 물려주겠다고 했다. 우산은
막내 왕자를 가리켜 그가 왕위에 올랐다. 막내 왕자의 왕명은 '우산도 원하고
왕도 원한다'라는 뜻의 틸로민로가 됐다.

두 가지 중 하나를 먼저 이야기할게요. 바칸 시대^{Pagan Kingdom●}였
는데, 그 왕의 아들이 다섯 명이 있어요. 그러면 왕 자리를 물려줘야
하는데, 그러면 큰 아들을 줘야 돼요. 그런데 왕이 막내아들에게 주

● 바칸왕조(1044~1287)는 최초로 미얀마를 통일한 왕조이다. 바칸왕조의 독자적인
역사를 기록한 비문이 전해진다. 파고다, 사원을 많이 건립하여 불탑(佛塔)왕조라고도 불린다.

고 싶어요. 그러면 이대로 주면 난리가 나겠죠? (일동 웃음) 그래서, 그래서 왕이 어떤 회의 하겠다고 해서 다 모였어요.

"나는 왕 자리를 옮길 거예요. 그러면 내가 옮기고 싶은 사람은 지금 우산 하나 있어요."

우산이 지금 우리가 쓰는 우산 말고요. 어떤 왕들이 쓰는 거예요. 그거는 우산이라고 할게요.

"우산을 가운데 놓고 그 우산이 가리키는 사람이 왕 자리를 받는 사람이 될 거예요."

그렇게 약속했어요. 이렇게 들고 있으면 내가, 그걸 한국말로 뭐라고 할까요?

"나도 원하고 우산도 원하는 사람이 될 거예요."

그래서 그 뭐라고 할까? 두고, 뭐, 이렇게 눈 감고 의도하는 거보다 '기도하다'예요? 우산이 마침내 막내아들 위로 기울어졌어요. 그래서 그 왕 이름이, 그 왕도 원하고 우산도 원해서 그 왕의 이름도 '틸로민로Htilominlo, Tilominlo Phato', 미얀마어로.

'티ti'는 우산이에요. '로lo'는 원하다. '미mi'는 왕이에요. '로lo'는 원하다. 틸로민로. 그 소리를 주의해서 해야 돼요. 아니면 욕하는 말도 될 수 있으니까. [조사자: 어떤 말이 욕이랑 연결돼요?] 아까 '로'는 (길게 발음하며) '로-' 하면 좀 너무 안 좋은 말이에요. 그래서 '틸로' [조사자: 짧게.] 네. '민로'. 한 번 해보세요.

(조사자들이 발음을 따라 함.)

그래서 우산도 원하고, 그 뭐라고 할까? 왕도 원하고. [조사자: 그래서 그 형들이.] 아무 말도 못했어요. [조사자: 아, 그래서 왕이 됐구나. 그러면 실존하는 왕이네?] 네? [조사자: 진짜 있었던 왕이네?] 맞아요. 진짜 있었던 왕이에요.*

● 막내 왕자 나다웅먀는 틸로민로 왕이 되어 1218년에 아버지 나라파티시투 왕이 건립한 술라마니 사원을 본떠 틸로민로 사원을 건립했다.

부형을 살해하고 참회의 탑을 세운 왕

● 구연정보
조사일시 : 2018. 10. 29(월) 오후
조사장소 : 서울시 종로구 신교동
제 보 자 : 떼떼져 [미얀마, 여, 1992년생, 기타(한국 방문)]
조 사 자 : 박현숙, 엄희수

● 구연상황
제보자가 〈일산(日傘)의 지목을 받아 왕위를 물려받은 틸로민로〉 이야기 구
연을 마쳤을 때 조사자가 미얀마의 바칸 왕조와 관련된 다른 이야기를 물었
다. 제보자가 탑 이름이 정확히 기억나지 않는다며 〈부형을 살해하고 참회의
탑을 세운 왕〉 이야기를 들려주었다. 짧은 이야기를 마친 뒤 미얀마의 사원에
불탑과 신탑이 함께 있게 된 이유를 설명했다.

● 줄거리
바칸 시대 어느 왕에게 두 왕자가 있었다. 동생은 왕이 되고 싶어서 아버지와
형을 죽였다. 동생은 왕위에 오른 뒤 마음이 불안해서 밤에 잠을 제대로 이루
지 못했다. 그래서 그는 아버지와 형에게 용서를 빌기 위하여 큰 탑을 세웠다.
당시에는 불교 국가가 아니었지만 불교가 들어온 이후 사람들이 불교 사원도
많이 지었다. 그래서 바칸 시대에 지어진 사원에 가면 신을 위한 탑도 있고,
부처님을 위한 탑도 있다. 미얀마의 불교도들은 탑을 지어야 한다는 생각이
있어서 돈을 모으기도 한다. 또 사원에 가면 복을 바라는 마음에 불상이나 탑
에 금박을 붙인다.

또 하나는, 탑 이름이 정확하지는 않아요. 그거는, 그것도 뭐 왕
의 아들이었는데, 왕 아들이 왕 자리를 너무 욕심 부려서 갖고 싶어
요. 그래서 그 왕의 오빠하고 형도 죽이고, 그 뭐라고? 왕도 죽였어

요, 아버지도. 그래서 왕이 됐어요.

그런데 왕이 됐는데 마음이 불안하죠. 아버지도 죽이고, 그 형도 죽였으니까. 밤에 자지 못했어요. 그 왕하고 아버지하고 형에게 용서를 빌게 탑 하나 만들었어요. 그 탑이 제가 알기로는 그, 뭐라고 할까? 바칸Pagan Kingdom*에서 큰 탑이 됐어요. 아마 큰 탑이에요. 바칸에서 제일 이렇게, 무게라고 할까? 부피가 큰 탑이 하나 있고, 높이가 큰 탑이 하나 있고, 또 유명한 너무 이쁜, 화려하게 탑이 하나 있고. 세 개가 유명해요. 그래서 용서할 수 있게 그 탑 하나를 만들었어요.

그리고 바칸 시대에서는 그때는 미얀마가 불교 나라가 아니에요. 그 뭐라고 할까? 그거는 설명하기가. 불교 나라가 아니라서, 그 바칸의 왕이 다른 나라에서 불교를 가져왔어요. 사람들이 불교를 안 믿잖아요. 그 신 같은 거만 믿고 맨날 그렇게만 하니까. 그래서 탑을 지었을 때 그 신탑, 뭐 작은 사원들도 만들어줬어요. 그래야 사람들이 신에게 기도하러 온 김에 불교도 알 수 있으니까 이렇게, 이런 개념으로 미얀마 바칸 사원에서는 중간에 부처님 탑도 있고 신 탑도 많이 있어요.

그렇게 신 많이 믿고. 그리고 그때는 더 많은 사람이 그 탑을 지을 수 있는 게 아니에요. 과부, 남편이 없는 사람. 그 사람까지도 탑을 지을 수 있었어요. 왜냐하면 그때 불교들이 그 뭐? 탑 하나를 만들어야겠다. 그래서 미얀마 사람들이 돈 모으는 이유가 그 탑을 짓는 거예요.

그래서 바칸에서 큰 탑도 있고, 작은 탑도 많이 있어요. 그래서 불교자라면 탑을 하나 만들어야 한다는 개념이 그때부터 있었어요. 지금은 그런 거 없지만, 지금은 금박 붙이는 거는 엄청 많이 해요. [조사자: 그 금박을 붙이면 나한테 복이 온다고 생각하는 거예요?] 네, 맞아요.

● 바칸왕조(1044~1287)는 최초로 미얀마를 통일한 왕조이다. 바칸왕조의 독자적인 역사를 기록한 비문이 전해진다. 파고다, 사원을 많이 건립하여 불탑(佛塔)왕조라고도 불린다.

껭네리와 껭네라의 사랑

● **구연정보**

조사일시 : 2018. 10. 29(월) 오후

조사장소 : 서울시 종로구 신교동

제 보 자 : 떼떼저 [미얀마, 여, 1992년생, 기타(한국 방문)]

조 사 자 : 박현숙, 엄희수

● **구연상황**

제보자가 〈자애의 수행자 봄밋다를 초대한 딸〉 이야기 구연을 마친 뒤, 조사자가 또 어떤 이야기가 있느냐고 물었다. 그러자 제보자가 이번에 준비한 이야기는 짧다고 했다. 조사자가 짧은 이야기도 괜찮다며 구연을 독려하자, 제보자가 조사자에게 사진을 보여주며 이야기 구연을 시작했다.

● **줄거리**

여자 껭네리와 남자 껭네라는 새처럼 날개가 달린 인간이었다. 껭네리와 껭네라는 서로 너무나 사랑하여 단 1분도 떨어지고 싶지 않았다. 어느 날 돌풍이 불어 둘이 하루 동안 헤어지게 됐다. 바람이 멈춘 후 다시 만난 둘은 하루 동안 헤어졌던 것이 너무 슬퍼서 7년 동안 계속 울었다. 미얀마에서는 천생연분인 남녀를 껭네리와 껭네라라고 비유한다.

혹시 이런 사진 본 적이 있으세요? (사진을 보여주며) 이거 새 같은 경우인데, 진짜 있는 새가 아니에요. 미얀마에서 상징적으로? 그 이야기는 너무 짧아요. [조사자 1: 괜찮아요.]

저도 그 뭐, 동물이라고 할까요? 사람도 되고 동물도 얘기할 수도 있어요. 그럼 그 탄생은 잘 몰라요. [조사자 1: 날아다녀요?] 네. 날아다녀요. 전설 이야기예요. [조사자 1: 이름이 뭐예요?] 이름 있어요.

여자는 '껭네리'. 이거는 여자예요. 남자는 '껭네라' 이름도 비슷해요. 껭네리, 껭네라. 첫 번째 거는 여자예요. 그 사람이라고만 얘기할게요.

　그 두 사람은 매우 사랑하는 껭네리, 껭네라예요. 껭네리는 여자고, 껭네라는 남자였어요. 두 명은 너무 사랑하고 1분조차도 헤어지지 않아요. 맨날 붙어서 사랑하고. 서로에게 의지하고 살았습니다. 그런데 어느 날, 심한 바람이 불어서 그 돌풍에 휘말려 둘이 헤어지게 됐어요. [조사자 1: 바람에 날아갔어?] 네네. 그래서 그다음 날 바람이 멈추고 둘은 서로 찾게, 상봉할 수 있어요. 그거는 하루만 헤어졌어요.

　그 하루는 두 사람에게 너무 오랜 시간이라고 생각해서 7년이나 울었어요. 이만큼 너무 사랑하고, 미얀마에서 너무 사랑하는 연인을, 한국에서는 천생연분이라고 하잖아요. 미얀마에서 잘 사랑하고 그러면 '껭네리 껭네라 같다.'고 그런 얘기가 있어요. 그거예요. 너무 짧아요.

　[조사자 1: 그런데 다시 만나지 못했어요?] 만났어요. 하루만 헤어지고. [조사자 1: 그런데 7년을 왜 울었어?] 그 하루 헤어져서. [조사자 1: 아, 그 하루 헤어진 게 그냥 서로.] 맨날 그 얘기만 하고 울었어요. [조사자 1: '우리 하루 헤어졌었다.'고?] 우리 하루 못 만났고, 그 하루가 몇 년 만에 만난 거라고 느껴서. 그 7년이나 울었대요.

　[조사자 1: 근데 원래 날개가 있었던 사람은 아니었던 거예요? 아니면 처음부터 날개가 있었어요?] 날개가 있었어요, 처음부터. 인간이라고 할 수도 있고 새라고도 할 수 있어요. 왜냐면 날개도 있고.

　[조사자 1: 그럼 이 껭네리, 껭네라 이름이 들어간 속담 같은 것도 있을 거 같은데. 없어요?] 그런 거는 없어요. 제가 알기에는 없어요. 노래 가사에서는 많이 있어요. [조사자 1: 엄청 사랑하는 사이를 표현할 때.] '껭네리 껭네라'. 네. [조사자 2: 관용어처럼 쓰이나 봐요?]

　[조사자 1: 응. 이것도 책에서 봤어요?] 네 책에서. '껭네리 껭네라'는 어린 아이들이 다 알아요. [조사자 1: 어린 애들 책에도 많이 나오는구나?]

　　[조사자 2: 아까 보여주신 사진이 실제 동상으로 되어있는 거예요?] 아
니, 동상 뭐예요? 아니 사진 찍었어요. 이거 공항에 있는 사진인데
요. [조사자 1: 미얀마 공항에?] 네. [조사자 2: 동상, 돌로 만든 거예요?]
네, 맞아요. 돌로.

절구에서 나무가 난다는 말의 유래

● **구연정보**

조사일시 : 2017. 11. 18(토) 오후

조사장소 : 전라남도 순천시 해룡면 순천 기적의 도서관

제 보 자 : 쏘딴따아웅 [미얀마, 여, 1982년생, 결혼이주 2년차]

조 사 자 : 박현숙, 김현희

● **구연상황**

제보자가 〈어부의 딸과 거북이와 계모〉 이야기 구연을 마쳤을 때 이와 유사한 설화 구연을 요청하자 제보자가 교과서에 나온 이야기라면서 속담 유래에 관한 짧은 이야기를 구연했다. 제보자는 구연을 마친 뒤 이야기 내용에 관해 간략한 평을 덧붙였다.

● **줄거리**

어느 왕국의 장관이 나이가 오십이 되도록 공부를 계속했다. 왕이 나이 오십이 될 때까지 공부하는 장관의 모습을 보고 이룰 수 없는 일을 계속하고 있다는 의미로 절구에 나무가 자라겠고 말했다. 장관은 포기하지 않고 왕의 말을 상기하면서 더욱 정진해서 공부의 완성을 이뤄냈다. 장관은 왕에게 절구에 꽂은 나뭇가지를 바치면서 자신의 성취를 알렸다. 이후 열심히 노력하면 안 되는 일이 없다는 뜻을 가진 속담으로 절구에서 나무가 난다는 말이 생겨났다.

옛날이야기인데, 이거 우리 교과서에서도 나왔어요, 이거.

어떤 왕 그거 있을 때 이야기인데 거기에 어떻게 장관이에요? 장관이라고 말할까요? [조사자: 장관?] 네, 장관. 장관도 나이가 오십 되는데도 그렇게 공부하고 있대요. 공부하고 있어서 그 왕은 우리 이 마늘 빻는 거 있잖아요. 마늘 빻는 거 그거. 뭐로? [조사자: 절구?]

절구?

"너는 왜 니가 공부하고 있으니까 공불이 되면 그거 그 절구에다가 이 나무가 생기겠다."고.

될 수 없는 것을 이렇게 시켰대. 이렇게 말했대, 왕이.

그래서 그 장관은 그 말을 기억해놓고 매일매일 공부했대요. 공부하고 있었대요. 공부하다가 어느 날 왕한테 갈 때는 왕 앞에 가서 뭐 절구에다가 이 나뭇가지 꽂아 놓고 왕한테 거 바쳤대요. 왕이,

"이거 무슨 뜻이냐?"

"제가 공부하고 있단 말할 때 왕은, 이거 제가 공부한다 하니까 이것이 나무가 나겠다고 말했는데, 지금은 진짜 나무가 나고 있다."고.

"저는 다 공불이 다 완성됐다."

고 하는 이야기가 있어요.

이것도 그렇게 공부라는 것은 나이 제한 없이 죽을 때까지 배울 수 있고, 그리고 뭐든지 사람이 이렇게 열심히만 한다면, 꾸준히 열심히 한다면 안 되는 일이 없다고 이런 뜻이에요.

배우지 않아 거지가 된 부자 아들

● **구연정보**

조사일시 : 2018. 10. 29(월) 오후

조사장소 : 서울시 종로구 신교동

제 보 자 : 떼떼져 [미얀마, 여, 1992년생, 기타(한국 방문)]

조 사 자 : 박현숙, 엄희수

● **구연상황**

제보자가 한국 설화 〈빨간 부채와 파란 부채〉 구연을 마친 뒤 조사자가 한국 설화 중에 또 아는 이야기가 있느냐고 물었다. 제보자가 잠시 기억을 되살리고 있는 중에 다른 조사자가 미얀마의 불교와 관련된 이야기가 있으면 해 달라고 요청했다. 제보자가 교육이 얼마나 중요한지에 대해 말해주는 이야기가 있다면서 구연을 시작했다.

● **줄거리**

옛날 어느 동네에 돈이 많은 부부가 있었다. 부부는 외아들이 원하는 것을 전부 다 해주었다. 부모는 돈이 많기 때문에 아들을 굳이 학교에 보내지 않아도 된다고 생각했다. 아들은 학교도 가지 않고 매일 친구들하고 놀며 지냈다. 그런데 어느 날 부모가 사고로 죽었다. 혼자 남겨진 아들은 매일 술을 마시며 돌아다녔다. 아들의 친구들은 아들에게 사기를 치며 재산을 다 빼앗아 갔다. 거지가 된 아들이 예전 친구들을 찾아갔지만 친구들은 그를 모른 척하며 외면했다.

교육이 얼마나 중요한 지에 대해서 그런 전설, 아, 전설 아니구요. 부처님 시대 이야기예요.

그때 어느 동네에게서 돈 많은 부부가 있어요. 부부가 돈이 얼마나 많은데 그 셀 수가 없을 만큼 돈이 많아요. 그때 그 부부에게 아

189

들 한 명이 생겼어요. 아들 한 명이 너무 이뻐해 주고, 하고 싶은 거 다 해 줘요.

그래서 부모들이는,

"우리는 돈 많으니까 학교 안 보내도 돼. 그 애가 하고 싶은 거 하라."

애가 뭐 맨날 학교도 안 가고 집에서 친구들하고 놀고 그렇게 하면서 뭐, 자라왔어요.

근데 그 엄마 아빠는 갑자기 사고로 죽어서 아들이 한 명만, 아들이 혼자만 남았어요. 그래서 그 아이들은 지식도 없고 학교도 못 가니까 아무것도 몰라요. 그래서 아이들은 매우 술 마시고, 놀고, 뭐 그렇게 빙빙 돌아다녔는데. 어느 날 친구들이 그 남자를 부려먹어요. 사기를 치고 자기가 그 남자가 가진 재산을 빼앗아 가요.

빼앗아가고, 빼앗아가고 드디어 그 남자에게 한 푼도 없어졌어요. 한 푼도 없어졌으니 예전에 친하던 친구에게 찾아가도 친구들이 모른 척 했어요. 그래서 드디어 그 남자는 친척도 없고, 친구도 없고, 돈도 없고, 집도 없고 드디어 거지가 됐어요.

그래서 그 이야기를 들려주는 이유는 돈이 아무리 많다고 해도 지식이나 교육을 안 받으면 다음에 그렇게 될 수도 있어요. 그래서 돈이 있어도 자만하지 말고 시간이 있을 때 교육을 잘 배우세요. 그런 목적으로 이야기를 많이 들려줘요.

[조사자 2: 교훈이 있는 이야기네요?] 네. 그런 이야기가 많은데 갑자기 머릿속에서. [조사자 1: 그러게. 갑자기 생각하려면 안 나오죠.] 네.

어부의 딸과 거북이와 계모

● 구연정보
조사일시 : 2017. 11. 18(토) 오후
조사장소 : 전라남도 순천시 해룡면 순천 기적의 도서관
제 보 자 : 쏘딴따아웅 [미얀마, 여, 1982년생, 결혼이주 2년차]
조 사 자 : 박현숙, 김현희

● 구연상황
제보자가 〈두 장사꾼과 금컵〉 이야기 구연을 마치자 조사자가 다른 이야기도 구연해 달라고 청했다. 제보자가 어릴 때 들은 이야기인데 미얀마에서 〈멧휠리와 거북이〉라는 제목으로 불린다면서 구연을 시작했다. 제보자는 구연을 마친 뒤 이야기 내용에 대해 짤막하게 평가했다.

● 줄거리
어느 마을에 한 어부 부부가 살았다. 하루는 남편이 물고기를 잡을 때마다 아내가 딸의 것이라고 말했다. 남편이 화가 나서 아내를 때리다가 아내를 바다에 빠뜨렸고 아내는 큰 거북이가 됐다. 딸이 귀가한 어부에게 어머니의 행적을 묻자, 어부는 물고기를 잡고 있다고 거짓말을 했다. 딸이 어부가 잡은 물고기를 팔러 다니는데 어느 과부가 물고기 값을 치르지 않았다. 어부는 딸의 부탁을 받고 과부에게 물고기 값을 받으러 갔다가 과부와 눈이 맞아서 과부의 세 딸까지 집으로 데려와 같이 살았다. 딸은 과부에게 구박을 받을 때마다 바다에 나가 어머니를 찾았고 큰 거북이가 와서 위로해 주었다. 과부의 세 딸이 이 사실을 계모에게 알렸고, 계모는 꾀병을 부려 큰 거북이를 잡아서 약으로 먹었다.

과부의 세 딸이 변신한 예쁜 소녀를 질투하여 소녀에게 뜨거운 물을 붓자 소녀는 새로 변했다. 새가 어부의 딸과 어울려 놀자 과부의 딸들은 새를 잡아서 먹었다. 어부의 딸이 세 자매가 먹고 버린 새의 뼈를 땅에 묻었는데 그 자리에서 나무가 자라고 진주 열매가 열렸다. 과부의 세 딸이 그 나뭇가지를 꺾어서 땅에 꽂자 나뭇가지가 세 딸을 괴롭혔다. 어부가 뒤늦게 모든 사실을 알고 과부와 세 딸을 내쫓았다. 네 모녀는 나쁜 사람들에게 죽임을 당했다.

어느 마을에 어부가 있대요. 어부 부부가 있대요. 그 딸이 한 명이 있고, 그 어부 부부가 이 잡아온 물고기를 따다가 마을에 돌아다니고 파는 일을 하고 있대요.

어느 날 어부가 바다에다가 물고기를 잡으러 있는데 물고기 한 마리 잡으면 그 어부의 부인이,

"우리, 우리 딸이, 우리 딸 거야."

또 잡으면 한 마리 잡으면,

"우리 딸 거야."

를 반복하니까 어부가 화가 났대요. 시끄럽고 그렇게 하니까 화가 났대요. 그래서 배로, 나무 자루로 그 부인을 때렸대요. 때리다가 그 부인은 바다 속으로 빠졌대요. 바다 속으로 떨어지니까 큰 거북이가 됐대요.

큰 거북이가 되고 그 어부도 자기 마을로 오니까 그 딸이,

"엄마 어디 있냐?"

물어보니까,

"물고기 잡고 있다."

이렇게 거짓말을 했대요.

거짓말을 하다가 그 딸은 아빠가 잡아 온 물고기를 팔러 갔다가, 어떻게 남자 결혼하고 남자가 죽고 여자만 있는 거 어떻게 부르죠? 제가 갑자기 생각이 안 나서요. [조사자: 과부?] 과부예요? 과부인데 딸이 세 명 있대요. [조사자: 남자가 혼자 사는 거? 여자가 혼자 사는 거 말하는 거죠?] 네.

남편과 과부. 딸 세 명하고 살고 있는데 그 집에서 물고기 산다고 해서 올라갔는데, 그 집에서 그 물고기도 갖고 싶은데 돈도 안 주고 하니까. 그래서,

"돈은 줄 수 없다. 물고기도 줄 수 없다."

하니까 그래서 그 여자가 자기 아빠를 데리고 또 와서,

"돈 주라."고.

"아니면 그 생선 돌려 달라."고.

했는데, 이렇게 이야기하다가 그 과부하고 여자애 아빠하고 사

귀게 되는 거래요.

　사귀게 되고 같이 살게 됐어요. 어떻게 살게 됐냐? 그 과부가 자기 딸이 아닌 여자한테는 일도 많이 시키고 많이 괴롭혔대요, 괴롭혔대요. 그래서 그 여자는 자기가 그렇게 그러니까 울고 싶을 때, 뭐 섭섭할 때는 거기 바닷가에 가서 울고, 자기 엄마를,

　"엄마."

　뭐 이렇게 엄마한테 말하는 것처럼 하니까 큰 거북이가 와서 딸하고 놀아주고 뭐 하고 했대요. 그래서 그렇게 몇 번 하고 있다가 그 여자도 거북이하고 친하게 되고 하니까 그나마 마음이 좋아지고 했는데.

　어느 날 그렇게 그 과부의 딸 세 명이 있잖아요.

　"그 여자는 왜 이렇게 이상하다"고.

　"그렇게 울고 싶을 때 왜 바닷가 쪽으로 가고 하는지 일단 지켜보자."

　고 하니까 따라갔는데, 거북이 하고 그렇게 놀고 있대요. 놀고 있다가 이렇게 하니까 그래서 거북이를 잡으러 자기 엄마한테 말했대요.

　"엄마, 그 여자는 딴 거 아니고 큰 거북이랑 놀고 있다."고.

　그래서 과부는 자기 남편한테 그것을 잡아 달라고 시키려고 이 침대에다가, 밑에다가 우리 쌀과자 있어요. 쌀과자를 깔아놓고, 눕혀놓고,

　"허리가 아프다."

　소리가 쌀과자니까 이렇게 눌러지면 '지지직' 하고 소리가 뼈가 나는 소리처럼,

　"나는 지금은 몸이 많이 아파서 지금 거북이를 먹어야 나아지겠다."

　고 하니까 그래서,

　"거북이를 잡아 주라."

　고 했대요. 그래서,

　"알았다."고.

하고 거북이를 잡으러 갔대요.

가니까 그 여자는 거북이는 자기랑 친한 사람이라고 알고 있으니까. 자기 아빠 그걸 잡으러 가는 걸 알자마자 바로 따라갔대요.

"아빠, 그거 잡으면 안 된다."

고 했대요.

그래서 거북이가 그렇게 잡으러 가는 거, 자기 아빠가 잡으러 가니까 자기 아빠가 예를 들면 남쪽에서 잡으려고 하면 엄마 거북이한테,

"북쪽으로 도망가라."

고 하고, 북쪽에서 잡으려고 하면,

"남쪽으로 도망가라."고.

이렇게 잡힐까 봐 말했었는데 결국은 잡혔대요. 잡게 되고 자기 엄마 국물 넣고 끓여서 먹었대요. 그래서 많이 섭섭해서 며칠 동안 울었대요.

그래서 그렇게 하다가 어느 날 딸 세 명은 그 여자는 점점 예뻐지고 있어서 그 마을에 예쁜 소녀가 있대요. 그래서 예쁜 소녀는 그 여자한테 관심이 있었대요. 그런데 그 소녀한테는 과부의 딸 세 명과 마음에 두고 있어서 어떻게 하면 좋은지 생각하고 있다가. 어느 날 부엌에다가 요리하고 있는데 여자한테 밑에 칼이 떨어져서,

"칼을 가서 그거 해주라."고.

"칼을 주워 오라."

고 했는데 밑에 가니까 위에서 뜨거운 물로 뿌렸대요.

그래서 뜨거운 물 뿌렸다가 사람이 새로 변했대요. 사람이 다 새로 변했대요. [조사자: 그 새 이름이 있어요?] 그냥 어떻게 말하는지 모르겠어요. 새예요. 새 이름은 없고. [조사자: 나는 새 말하는 거죠?] 나는 새요.

새가 되고, 새가 되고 하니까 그래서 그 새가 자기 좋아하는 소녀(어부의 딸) 있잖아요. 소녀한테 자주 가고 소녀랑 놀고 그렇게 하고 있는데 몇 번 하다가 그래서 그것은 과부의 딸 세 명과 알게 되고 그 새는 여자라고 알게 되고 아빠한테도 또 그렇게 시켰대요.

"아빠, 이렇게 새 고기 먹고 싶다."

하니까,

"잡아주라."

했는데 그래 또 아빠가 잡아줬대요.

잡아주니까 새를 잡고 그렇게 요리해서 먹으려고,

"우리 먹으면 아깝다."고.

"그 소녀한테도 불러서 같이 먹여야 되겠다."고.

그 소녀는 가서 같이 처음에는 뭔지 몰랐는데, 아빠가 말해주니까 자기랑 친한 새라는 거를 알고 먹지 못하고 그 뼈를 갖고 와서 집에서 땅에다가 심어났대요. 땅에다가 심어 놓으니까 그것이 나무로 되고 진주 열매가 열렸대요.

그래서 이런 것을 과부 딸 세 명이 알고 그 나무의 가지를 꺾어서 집에 가서 그것을 땅에다가 꽂아 놨대요. 꽂아 놓으니까 거기에서는 가시 많이 있는 나무하고 그걸로 그것이 자기들을 쑤셨대요. 이렇게 하다가 이 마지막으로는 소녀의 아빠가 이런 거를 다 알게 되고 그 집에서 떠나고 그 과부 딸 세 명도 이렇게 나쁜 사람의 손이 죽인 걸로. 나쁜 사람 손에 죽었대요.

그래서 거기에서도 남한테 좋은 마음으로 해야 되는데 좋은 마음이 없는 사람은 결국 마지막에는 억울하게 죽어야 된다고 이런 뜻으로.

공작의 깃털을 부러워한 까마귀 [1]

● **구연정보**

조사일시 : 2017. 11. 18(토) 오후
조사장소 : 전라남도 순천시 해룡면 순천 기적의 도서관
제 보 자 : 쏘딴따아웅 [미얀마, 여, 1982년생, 결혼이주 2년차]
조 사 자 : 박현숙, 김현희

● **구연상황**

제보자가 미얀마의 다양한 문화와 축제에 관해 들려준 뒤 조사자가 제보자
에게 옛이야기 구연을 요청했다. 제보자는 〈토끼와 거북이의 경주〉를 줄거리
위주로 간략하게 설명한 뒤 곧바로 공작과 까마귀 이야기라면서 구연을 시작
했다. 제보자는 구연을 마친 뒤 이 이야기를 어릴 적에 초등학교 교과서에서
배웠다고 했다.

● **줄거리**

까마귀는 예쁜 털을 가진 공작이 부러웠다. 그래서 까마귀가 공작의 털을 자
기의 몸에 붙이고 공작이 사는 곳으로 갔다. 까마귀가 공작들과 춤추며 놀다
가 붙여놓은 공작의 털이 하나씩 떨어져서 까마귀인 것이 들통났다. 공작이
까마귀와 자신들은 어울리지 않는다면서 까마귀를 때렸다. 까마귀는 어쩔 수
없이 까마귀가 사는 곳으로 날아갔다.

공작하고 까마귀. 이거 그렇게 까마귀는 자기가 까맣다고 해서
예쁘지 않잖아요. 그래서 어느 날 공작이 놀고 있는 데로 지나갔대
요. 지나갈 때는 공작이 노는 모습을 보고,

'나도 저렇게 공작이면 얼마나 좋겠어.'

하고,

'색깔도 예쁘고 털도 있고 하니까 되고 싶다.'

해서 이렇게 그거 생각이 떠올랐대요.

공작의 털을 자기 몸에다가 그렇게 붙여놓고 공작 사는 데로 갔
대요. 가니까 거기 사람들하고 어울리고 놀고 있는데다가 이거 붙여
놓은 게 하나씩 하나씩 털이 떨어졌대요. 떨어지니까 공작이,

"너는 공작 아니고 너는 까마귀다. 우리하고 어울리지 않았다."

라고 그렇게 많이 때렸대요. 그래야 무섭고 그래서 자기 까마귀
사는 데로 갔대요.

그래서 사람은 자기가 있는 걸로만 해야 되고 남들한테 노력하
지 않고 될 수 없는 것을 기대하고 살면 그렇게 안 된다고. 있는 대
로, 자기가 있는 걸로만 정직하게 살아야 된다고 이런 식으로, 네.

공작의 깃털을 부러워한 까마귀 [2]

● **구연정보**

조사일시 : 2018. 10. 29(월) 오후

조사장소 : 서울시 종로구 신교동

제 보 자 : 떼떼져 [미얀마, 여, 1992년생, 기타(한국 방문)]

조 사 자 : 박현숙, 엄희수

● **구연상황**

제보자가 한국설화 〈은혜 갚은 개구리〉 구연을 마쳤을 때 조사자가 미얀마에 도깨비나 귀신과 관련된 이야기가 있는지 물었다. 제보자가 자신은 귀신을 무서워해서 그런 이야기를 잘 모른다면서 '빽따'라는 귀신에 대해서 짧게 소개만 했다. 조사자가 다시 미얀마에서 학교 다닐 때 배웠던 이야기 중에 기억나는 것이 있냐고 묻자, 공작과 까마귀가 나오는 이야기가 생각난다며 구연을 시작했다.

● **줄거리**

공작의 아름다움을 부러워하는 한 까마귀가 있었다. 까마귀는 죽은 공작새의 털을 가져다가 자기 몸에 붙여서 공작처럼 꾸몄다. 그 까마귀는 공작들이 사는 동네에 가서 공작 행세를 하며 살았다. 그러던 어느 날, 몸에 붙어있던 공작의 털이 점점 떨어졌다. 이를 본 공작이 그 까마귀가 진짜 공작이 아니라는 것을 알아챘다. 공작은 부리로 까마귀를 쪼았고, 까마귀는 공작들이 사는 곳에서 쫓겨났다. 까마귀가 사는 동네로 돌아오자, 다른 까마귀들은 그를 가여워하고 상처를 치료해주었다. 까마귀는 아름다운 것에만 빠지는 것보다 자기 그대로의 모습을 받아들이는 것이 중요하다는 것을 깨달았다.

공작이 너무 예쁘잖아요. 그런데 까마귀가 공작을 보고 너무 부러워해요. 너무 부러워해요.

그래서 어느 날 그 날개가 까마귀는 까만색이잖아요. 그 죽은 공작새의 털을 가져서 자기 몸에 붙여요. 그러면 자기가 공작이 됐어요. 공작처럼, 공작이 되게 만들었어요. 그래서 까마귀 있는 곳에서 살지 않고 공작들이 사는 그런 나무에 가서 살았어요. 그래서 너무 까마귀가 그때는 거울이 없어서 호수를 보고 자기의 그림자를 보고 너무 만족해요.

'너무 이쁜 공작새가 됐어요. 나는 얼마나 이쁜지.'

이렇게 자기의 뭐, 그런 거에 빠졌어요. 그런데 어느 날 그 진짜 공작새가 아니라서 붙인 털이 쭉쭉 떨어졌어요. 그거는 까마귀가 몰랐어요. 그런데 점점 그 털이 떨어졌으니 어떤 공작새 한 마리가,

"어? 저 새는 뭐야? 우리보다도 작고, 털도 뭐야? 뒤쪽에는 까맣게 보이는데. 아마 공작새는 아닌 것 같아."

그래서 가서 자세히 보니 그 털이 쭉쭉쭉 떨어지고 완전히 까마귀가 되어버렸어요. 그래서 공작새가 너무 화가 나서,

"왜 우리의 털도 훔쳤고, 감히 우리 공작새처럼 하니?"

그래서 부리로 이렇게 쪼았어요. 그때 까마귀는 너무 아파서 도망갔어요. 그래서 도망가서 그 까마귀 있는 동네에 가서 아, 그 뭐 상처받은 까마귀를 보면서 까마귀들이 너무 가여워해서 치료해줬어요.

그래서 까마귀는 완전히 나아지고 그때는 알았어요. 자기가 있는 그대로가 좋은 거예요. 너무 아름다운 거에 빠지지 말고, 자기가 있는 그대로 받아들이는 게 중요하다고 그렇게.

[조사자: 그래도 그 까마귀 친구들이 받아줬네요?] 네네. [조사자: 싫어하지 않고. 다행이다.]

거미에게 잡아먹힌 힌다

● **구연정보**
조사일시 : 2018. 10. 29(월) 오후
조사장소 : 서울시 종로구 신교동
제 보 자 : 떼떼져 [미얀마, 여, 1992년생, 기타(한국 방문)]
조 사 자 : 박현숙, 엄희수

● **구연상황**
제보자가 〈공작의 깃털을 부러워한 까마귀〉 구연을 마친 뒤, 곧바로 다른 이
야기를 알려주겠다며 시작했다.

● **줄거리**
'힌다'라는 새들은 겨울이면 먹을 것을 모아 동굴에서 함께 지낸다. 유난히 긴
어느 겨울에 먹을 것이 없었는데, 설상가상으로 거미가 거미줄을 쳐서 동굴
입구를 막았다. 먹을 것이 떨어진 힌다 새들은 처음에는 나이 많은 힌다들을
잡아먹고 다음에는 어린 힌다들을 잡아먹었다. 그리고 이어서 힘이 없고 약
한 힌다들을 잡아먹었다. 힌다의 숫자가 점점 줄어들자 거미가 와서 나머지
힌다들을 잡아먹었다.

그 '힌다'. 힌다는 새 하나 이름이에요. '힌다'.

그 힌다들은 그, 계절을 잘 기억하지 못하는데 너무 추운, 만약
에 겨울이라면 못 나가잖아요. 그래서 어떤 굴에 가서 먹을 거를 모
으고, 굴에서만 가을 동안 같이 살았어요. 그런데 어느 가을에서 먹
을 것도 가득 찼고, 그 가을에 지내려고 하는데 큰 거미 한 마리가
그 입구에 거미의 줄을 만들어서 입구를 탁, 뭐라고 할까요? 막아졌
어요.

가을이, 그때 우연히 그 가을이 길었어요. 예전에는 3개월만 가을이었는데 그때 4개월 이상 그렇게 됐으니 그 힌다 새에게 먹을 것이 없어요. 그래서 힌다 그 젊은 뭐, 그래서 좀 모임 했어요. 회의 했어요.

"우리 어떡하나? 이렇게 먹을 것도 없는데 우리 어떻게 살아갈 수 있을까? 뭐 갈 수도 없고."

그랬더니,

"그러면 우리 힌다 중에 나이 많은 힌다들이 있잖아요. 그 힌다들을 죽여서 우리가 먹자."

그렇게 했더니 다는 동의하지 않지만 자기가 먼저 살아야 되니까, 뭐 억지로 동의했어요. 그때 나이가 많은, 그 뭐라고 할까? 나이 많은 힌다들을 죽여서 먹었어요. 그런데도 먹을 거가 모자라요. 그러면 다시 회의하더니,

"이번에는 우리 어떡할까? 그러면 너무 조그만 아이들이 있잖아. 그 아이들은 아무것도 못 하고, 싸울 일이 있으면 못 싸우잖아. 그러면 우리 아이들을 죽여서 먹자."

알 같은 거나, 새라서. 그런 거는 그렇게 먹어버렸어요. 그런데 그때도 거미줄은 아직 못 뚫었어요. 거미줄을. 그래서 뭐 조금 젊은, 뭐라고 할까?

"그러면 우리는 어떡하나? 노인, 나이 많은 힌다도 없고 아이도 없고. 그럴 때는 그러면 힘이 약한 사람을 죽여버리자."

그러면 힘이 약한, 뭐, 튼튼하지 않은 힌다를 죽여 버리고 먹어버렸어요. 그때 힌다들이 점점점 없어졌잖아요. 그때 거미가 와서 그 뭐라고 할까? 얼마 남지 않은 힌다들을 다 잡아먹었어요. 그래서 힌다의 제너레이션generation은 완전히 없어지는 거예요.

그래서 지금은 그런 거 있잖아요. 자기가 살기 위해서 남을 너무 해쳐서 그렇게 하는 거 많잖아요. 지금은 인간 고기, 사람을 먹는다는 이야기도 많이 나왔잖아요. 중국에서나, 일본에서나. 그렇게 해서 미얀마 이야기에서 그런 이야기가 있어요.

"아무리 고파도, 굶어도 우리가, 우리의 민족이라고 할까? 우리의

인간은, 인간이라면 인간이고 동물이라면 동물 뭐, 잘 지켜야 한다."

　　[조사자 1: 되게 교훈적인 이야기가 많네.]

　　[조사자 2: 힌다가 작은 새예요?] 음, 좀 작지는 않아요. [조사자 2: 힌다라는 새를 처음 들어봤어요.] [조사자 1: 볼 수 있어요?] 사진은 없어요, 저에게는.

두 장사꾼과 금컵

● 구연정보

조사일시 : 2017. 11. 18(토) 오후

조사장소 : 전라남도 순천시 해룡면 순천 기적의 도서관

제 보 자 : 쏘딴따아웅 [미얀마, 여, 1982년생, 결혼이주 2년차]

조 사 자 : 박현숙, 김현희

● 구연상황

제보자가 미얀마의 축제에 대해 들려준 뒤에, 조사자가 제보자에게 한국에는
착한 사람이 복을 받고 나쁜 사람은 벌을 받는 이야기가 있다고 하면서 미얀
마에 비슷한 이야기가 있는지 물었다. 제보자는 오래된 동화라고 소개한 뒤
구연을 시작했다. 구연을 마친 뒤 간략하게 이야기에 관한 해석을 덧붙였다.

● 줄거리

어느 마을에 가난한 할머니와 손녀가 살았다. 손녀가 액세서리를 갖고 싶다
고 하자 할머니가 상인을 불러서 가난한 사정을 말하고 갖고 있던 금컵을 내
주며 액세서리와 바꿔 달라고 했다. 욕심 많은 상인은 금컵이 자신의 액세서
리와 비교가 안 될 정도의 값어치가 있는 물건인 줄 알면서도 할머니에게 쓸
모없는 물건이라면서 할머니를 속였다. 상인은 자신이 주워갈 작정으로 컵을
던지고 나왔다. 얼마 뒤 착한 상인이 마을에 찾아와 할머니 집 앞을 지나가자
손녀가 다시 할머니를 졸랐다. 할머니가 착한 장사꾼에게 금컵을 내어주며
액세서리와 바꾸자고 했다. 착한 장사꾼은 할머니에게 그것이 뒤한 금컵임을
알려주고 손녀에게 액세서리 하나를 그냥 주었다. 할머니는 착한 장사꾼이
마음에 들어서 손녀를 결혼시켰다.

오래된 동화인데 그러니까 옛날 옛날에 전국으로 물건 팔러 다
니는 사람 두 명 있대요, 있대요. 한 명은 욕심쟁이이고 한 명은 착한

사람이래요.

그래서 어느 마을에 할머니하고 손녀가 살고 있대요. 너무 가난해서 그렇게 먹는 거도, 밥 먹는 것도, 밥도 매일매일 못 먹고 있대요. 그래서 어느 날 장사꾼 두 명이 욕심쟁이 먼저 그 동네에, 그 마을로 장사하러 왔다가 뭐 파냐면 지금 액세서리처럼 목걸이, 귀걸이 이런 거 파는데 할머니 이 손녀가,

"그거 사고 싶다."고.

해서 할머니는 그 사람을 불렀대요. 불러서,

"우리 돈 없고 너무 가난해서 이거 컵, 컵 있다."고.

"컵 있는데 이거랑 그거 바꿔주면 안 되겠냐?"

물어봤대요.

그래서 그 욕심쟁이는 그것을 보고 그 컵을 보니까 그냥 컵이 아니고 금컵이에요. 그래서 이것은 자기가 가지고 있는 물건 다 줘야 돼요. 다 줘도 모자라지 않았는데, 이것도 주기 싫고 금컵도 자기가 가지고 싶어서,

"이 컵은 오래돼서 쓸데가 없어서 안 된다."고.

이렇게 주고, 던져버리고 나왔대요.

나왔는데 착한 장사꾼은 그 집에 지나가다가 그 손녀가,

"할머니! 사 주세요. 사 주세요."

이렇게 울고 하니까,

"이번에도 해보고 안 되면 안 되는 걸로 알고 있어라."고.

이렇게 해서 한 번 불렀대요. 한 번 불러서 하니까 그 사람이 이거 보고,

"할머니 이건 그냥 컵이 아니고 금컵이라."고.

하고,

"이런 건 열 배 줘도 모자라지 않는 거라서, 할머니 저는 그것은 하나 줄게요. 저한테 이런 돈도 없고."

"그래요? 아까 어제 왔던 사람은 이것은 아무 쓸데 없는 컵이라고 던지고 갔는데, 손녀는 너무 착해서 이것도 갖고 가고 나의 예쁜 손녀하고 결혼해 준다."

고 해서 결혼하게 됐대요.

그렇게 사람은 착하게 살면 좋은 일도 생길 수 있고, 그리고 그 욕심쟁이는 또 그 금컵을 가지러 왔는데 그거 안 되니까 착한 사람한테 금컵이 가버리니까 바보가 되어 미쳐 버리고, 자기가 갖지 못하니까.

욕심부린 의원의 인과응보

● 구연정보
조사일시 : 2018. 10. 29(월) 오후
조사장소 : 서울시 종로구 신교동
제 보 자 : 떼떼져 [미얀마, 여, 1992년생, 기타(한국 방문)]
조 사 자 : 박현숙, 엄희수

● 구연상황
제보자가 〈껨네리와 껨네라의 사랑〉 이야기 구연을 마친 뒤 한국의 〈가는 말이 고와야 오는 말이 곱다〉는 말과 비슷한 속담이 있다고 했다. 제보자는 이어서 구연할 이야기를 찾다가 남에게 잘못하면 대가를 치른다는 뜻과 관련되는 〈욕심 부린 의원의 인과응보〉 이야기 구연을 시작했다.

● 줄거리
어느 마을에 의술이 뛰어나지 않아 환자에게 인기가 없는 의원이 있었다. 의원은 환자가 오지 않아 생활이 어려워지자 다른 동네로 옮겼지만 여전히 환자가 찾아오지 않았다. 어느 더운 날 의원이 나무 밑에 있다가 아이들 근처에 있는 나무 위에서 뱀을 발견했다. 의원은 아이들이 뱀에 물리면 자기에게 올 거라고 기대하고 아이들에게 나무 위에 예쁜 새가 있다고 거짓말을 했다. 한 아이가 나무 위로 올라갔다가 뱀을 보고 깜짝 놀라 뱀을 나무 밑으로 던졌다. 뱀은 나무 아래에 있던 의원 머리에 떨어졌고 의원은 뱀에게 물려 죽었다.

어느 마을에, 그 약사, 약사라고 할까요? 의사 정도는 아니구. 미얀마에서는 한약 치료하는 사람이 있거든요? 그거는 뭐라고, 약사? [조사자 2: 의원? 의원 정도.] 의원 남자 한 명이 있는데, 그 한 명은 잘 그, 배워서 치료해 주는 게 아니에요. 그냥 뭐, 여기 저기 뭐, 조금 있고 치료했으니까 그 뭐, 인기가 많지 않아요. 그래도 찾아오는 환자

도 많지 않고.

　그래서 음, 뭐, 생활하기가 어려워요. 그래서 그 마을에서 살다가

　'내가 이 마을에서 계속 살면 안 되겠다. 그러면 다른 데로 이사 가야겠다.'

　그렇게 생각하고 다른 동네로 갔는데, 가도 치료하려는 사람이 안 찾아와요. 왜냐면 그분이 잘 치료해줄 수 없는 사람이라서요. 그래서,

　'아, 나는 안 되겠다.'

　여기저기 돌아다니면서, 그런데 이 동네도 안 되고, 저 동네도 안 되고. 그러다가 날씨가 너무 더운 날에 그 큰 나무 밑에 그 남자가 의원이 앉았어요.

　'아, 날씨도 덥고, 지금 나에게 생활하는 돈도 없는데 어떡하나?'

　그런데 그 옆에 아이들이 놀고 있어요. 아이들이 놀고 있는데, 그, 뭐라고 할까? 근데 아이들이 놀고 있어요. 근데 나무 위에 뱀 한 마리가 있어요. 그래서 의원이 나쁜 생각을 했어요.

　'나에게는 환자 한 명도 없어요. 그럼 만약에 그 뱀이 아이를 만약 물었으면, 나에게 치료하러 올 수도 있어요.'

　그래서 아이 한 명, 집이 잘, 돈 있는 아이 한 명을 골라서,

　"얘야, 위에 너무 예쁜 새 한 마리가 있어. 너 갖고 싶지 않니?"

　애는 새를 너무 좋아해서,

　"좋아, 좋아."

　"그럼 올라가. 거기 예쁜 새 한 마리가 있는데."

　그래서 애가 올라가서 그 새 인줄 알아서, 올라가서 그 새를 잡으려고 하는데, 다행히 뭐라고 할까요? 뱀 머리 말고 꼬리, 아이가,

　"뱀이야!"

　하고 아래로 버렸어요.

　근데 아래에서 그 의원 머리 위에 뱀이 떨어져서 그 뱀이 의원을 물었어요. 그래서 그다음에 애가 안 죽고 의원이 죽었어요.

　그래서 맨날 다른 사람에게 나쁜 생각 하지 말고 만약에 나쁜 생각하면, 그 뭐라고 할까? 그 결과가 자기에게 찾아온다. [조사자 2: 재

미있는데요?]

　　[조사자 1: 그러게. 이 이야기도 책에서 읽었어요?] 네. 책에서. 미얀
마에서 그렇게 동화 이야기 책 조그마한 거 많이 있어요. 아이들이
어렸을 때 많이 이런 거 읽었어요.

　　[조사자 2: 다행이다. 그 애가 안 물려서.] 네. (웃음) [조사자 1: 이런
이야기 많죠?] 많아요, 이런 이야기는.

천국으로 간 운전기사와 지옥으로 간 목사

● 구연정보

조사일시 : 2017. 11. 18(토) 오후

조사장소 : 전라남도 순천시 해룡면 순천 기적의 도서관

제 보 자 : 쏘딴따아웅 [미얀마, 여, 1982년생, 결혼이주 2년차]

조 사 자 : 박현숙, 김현희

● 구연상황

제보자가 미얀마인들의 저승 인식과 장례문화를 설명하면서 주변에서 들은 경험담 구연을 마치자, 조사자가 미얀마에서는 죽은 사람을 천국이나 지옥으로 보내는 존재를 부처라고 생각하는지 물었다. 제보자는 부처가 아닌 다른 존재가 있다면서 그와 관련된 구연을 시작했다.

● 줄거리

운전기사와 목사가 죽었다. 망자를 천국과 지옥으로 보내는 어떤 존재가 운전기사는 천국, 목사님은 지옥으로 가라고 명령했다. 목사가 왜 운전기사가 아니라 자신이 지옥에 가느냐며 항변했다. 판결하는 존재가 목사에게 운전기사는 난폭한 운전으로 사람들이 열심히 기도하게 만들었고, 목사는 좋은 말로 설교를 했지만 사람들을 졸게 만들었기 때문이라고 설명했다.

[조사자: 그러면 천국을 보내든 지옥을 보내든 보내주는 대상이 있을 거 아니에요? 그런 존재가 부처라고 생각해요?] 아니요, 아니요. 부처 있고, 부처님이 꼭 그렇게 하는 거 아니고, 부처님이 지금 계시지 않잖아요. 부처님의 이 굴이 있잖아요. 굴에다 사람이 좋은 마음으로 하고, 좋은 일을 하고 남 할 일 도와주고 나쁜 일은 안 하고. 이런 사람은 천국으로 갈 수 있다고 이렇게, 이렇게 믿고 있어요.

[조사자: 그러면 한국처럼 죽으면 그 영혼을 데리고 가는 존재가 있거나 그러지는 않고?] 영혼을 그렇게 데리고 가는 사람 있어요. 데리고 가고. 데리고 가고 어디에냐면 데리고 가는데 거기에서,

"너는 살아 있을 때 나쁜 짓을 했으니까. 지옥으로 가."

"좋은 일 한 사람은 천국으로 가."

이렇게 해주는 사람이 있대요. 그래서 미얀마에서는 농담이 있어요. [조사자: 어떤 농담?] 어떤 거냐면 이거 버스 운전하는 운전기사님하고 목사님 이야기예요.

그래서 버스, 버스 운전하는 사람은 술을 못 먹고 운전하니까, 그렇게 빨리 빨리하니까 사람들이 무서워서 그렇게, 그렇게 부처님의 말씀, 예수님의 말씀 기억하고. 그렇게 무서워서 위험하니까 이렇게 하는데 목사님은 교회에 온 사람들한테 뭐 이야기하는데 관심이 없어서 이 사람들이 졸렸대요.

그래서 죽고 난 다음에 거기로 가니까. 버스 운전사는 천국으로 가라고 하고 목사님은 지옥으로 가래요. 그래서 목사님이,

"왜 그러냐?"고.

"그 사람은 살아 있을 때는 버스 함부로 운전하니까 사람들이 위험하다."고.

자기는,

"사람들한테 좋은 말, 좋게 사는 방법 알려줬는데 왜 나를 그렇게 했냐?"

고 물으니까,

"그래서 그랬다."고.

"운전기사 때문에 사람들이 좋은 것도 마음속에 담을 수 있고, 자기는 사람들을 졸리게 해서 그렇다."고.

[조사자: 그런 이야기도 있어요?] 이런 이야기도 있어요. (웃음)

화장 직전에 살아난 여인

● **구연정보**
조사일시 : 2017. 11. 18(토) 오후
조사장소 : 전라남도 순천시 해룡면 순천 기적의 도서관
제 보 자 : 쏘딴따아웅 [미얀마, 여, 1982년생, 결혼이주 2년차]
조 사 자 : 박현숙, 김현희

● **구연상황**
제보자가 미얀마의 식사문화와 금기에 관한 구연을 마친 뒤, 조사자가 죽었다가 살아났다는 사람에 관해 들어본 적이 있는지 물었다. 그러자 제보자가 자신이 어릴 때 직접 봤다면서 옆집에 살던 부부의 경험담을 구연했다.

● **줄거리**
옆집에 한 부부가 살았다. 군인 남편이 출장을 간 사이에 아주머니가 망고나무에 올라가다가 떨어져 머리를 다쳤다. 아주머니는 병원에서 사망진단을 받았고 장례준비가 시작됐다. 미얀마에서는 시신을 매장하면 망자가 이승에 머물고 싶어 한다고 믿기 때문에 반드시 화장하는 장례 풍습이 있다. 아주머니의 시신을 화장하기 직전에 군인 남편이 도착했다. 남편이 아내의 마지막 모습을 보려고 관 뚜껑을 열었는데 아주머니가 살아서 앉아 있었다. 주변 사람들이 아주머니에게 어떻게 살아왔는지 물었다. 아주머니는 저승길에서 돌아가신 어머니를 만나 대화를 나눴는데, 어머니가 출장 간 남편이 곧 올 테니 빨리 돌아가라고 했다고 전했다. 다시 살아난 아주머니는 그 후부터 귀신을 보게 됐다.

[조사자: 그러면 미얀마는 거기도 불교문화니까 사람이 죽으면 환생해서 태어난다고 생각하잖아요. 저승에 갔다 온 사람 이야기는 없어요?] 그런 것은 제가 그거 우리 직접 경험이에요.

우리 아빠는 군인이에요, 군인. 우리 어릴 때 우리 옆에서 사는 부부가 있어요. 부부가 있는데. 그거 어느 날 군인이니까 출장을 가셨어요. 우리 옆집 아줌마 집에 망고나무가 있어요. 미얀마에서는 한국처럼 집집마다 감나무 있는 것처럼 망고나무가 있어요. 그 아줌마는 그날 망고나무 위로 올라가다가다 떨어지고, 뒤로 떨어지고 머리 다치고 죽었대요.

"죽었다."고.

병원에서 죽었대요.

죽었다 하니까. 미얀마는 불로 태워요, 그렇게 묘지에다가 안 하고. 묘지에다가 넣으면 그 사람은 묘지를 자기 집이라고 생각하고 다음 세상으로 빨리 영혼이 안 간다. 빨리 안 간다고 믿기 때문에 그런 거 안 하고 바로 태워요.

그렇게 태워야 하는 것인데 남편 없잖아요. 가족도 없고 자식도 없어요, 그 집은.

그래서 남편보고,

"빨리 오라."고.

하고 남편 왔어요. 왔으니까,

"이거 불이 태우겠다."

고 하니까.

"어떠냐? 마지막으로 한 번 보고 싶냐? 아니면 그냥 태울까?"

하니까,

"어차피 마지막이라서 한 번 봐야겠다."

라고 그거 이 관을 열어보니까 갑자기 앉아 있는 거예요. 누워있는 것이에요.

"어? 나 지금 어디 왔나? 집이 아니고 어디냐?"

라고 자기네 남편한테 물어보는 거예요.

그래서 병원에서,

"그거 어떻게 되냐?"고.

"죽었다."고.

그래서 그 사람은 그다음부터 귀신을 보는 거예요. 귀신을 봐요.

귀신을 봐요, 그 집에.

그렇게 혼자 있으면 처음에는 익숙하지 않아서 무서웠대요. 낮에는 괜찮은데 밤이면 지기 집에서,

"어디 창문에서 뭐하고 있어?"

이런 식으로 무섭대요.

그런데 지금은 익숙해지고 지금까지 살아 계세요. 그래서 사람이 그렇게 우리도 알게 되는 것은 사람이 그렇게 죽었다가 다시 돌아온 사람들은 이런 거는 귀신같은 것을 볼 수 있나 봐요. 그리고 걸어갈 때도 우리 같이 걸어갈 때도 (비켜서는 시늉을 하면서) 이렇게, 이렇게. [조사자: 놀라? 피해?] 아니요, 비켜서 가. 어디가 있어서 이렇게 비켜서 가.

그래서 처음에는 사람들은,

"그 사람이 미쳤다."고.

"이렇게 머리가 다쳐서."

그런데 그런 거 아니래요, 아니래.

[조사자: 그럼, 그분이 그때 사고가 나가지고 돌아가셨다고 장례 치르려고 했을 때 그때가 나이가 몇 살이셨어요?] 삼십? [조사자: 삼십대. 지금은?] 지금은 오십 정도. [조사자: 한 오십대, 한 이십 년 전에.] 네.

그런 거 있어요. 우리는 그렇게 믿었어요. 왜냐하면 사람이 그렇게, 그다음에 영화도 많이 나왔잖아요. 외국에서도 사람이 그렇게, 한국 드라마도 많이, 한국영화도 많이 있고.

[조사자: 그러면 그분이 죽었을 때 이야기해주는 거는 없었어요? 자기가 어디를 갔다가 어떻게 살아나게 됐는지. 그런 이야기는 안 해주셨어요?] 아니요, 그렇게 꿈꿨다는데요. [조사자: 꿈꿨대?] 꿈이라고 자기가 생각하고 있는 거래요, 그렇게 꿈속에 그렇게 돌아가신 어머니하고 만났대요.

만났으니까,

"엄마!"

하고 그렇게 말하다가, 이야기하다가,

"너 왜 아직 안 가? 니네 남편 출장 갔다가 올 거야."

하니,

"엄마, 맞아. 나 깜빡하고 엄마랑 얘기하다가 이렇게 길어서. 나 빨리 갈게."

하고 이렇게 그렇게 인사하고 나오고 하니까, 그렇게 나오고 하니까. 깜짝 깨어나는 것을 자기는 남편이 관을 열고.

[조사자: 엄마가 살려줬나 보다.] 네. [조사자: 근데 또 남편이 바로 화장하자고 했으면 또.] 네, 그러니까요. 그런데 지금도 농담으로 해요. 자기 말 안 들으면,

"그때 내가 '안 본다, 바로 태워주라' 했으면 죽었다."고. (웃음)

[조사자: 그러네. 남편한테 정말 잘해야겠네요. 은인이잖아, 생명 살려준 은인이잖아.] 네.

은혜 갚는 개구리

● 구연정보

조사일시 : 2018. 10. 29(월) 오후
조사장소 : 서울시 종로구 신교동
제 보 자 : 떼떼져 [미얀마, 여, 1992년생, 기타(한국 방문)]
조 사 자 : 박현숙, 엄희수

● 구연상황

제보자가 〈배우지 않아 거지가 된 부자 아들〉 이야기 구연을 마치자 조사자가 제보자에게 앞서 잠시 언급했던 개구리 이야기가 뭐냐고 물었다. 제보자는 출처가 정확히 기억나지 않지만 한국설화라면서 구연을 시작했다. 제보자는 구연을 마친 뒤 미얀마에서 어린이 대상으로 이야기를 구술할 때 아이들에게 개구리 소리를 내게 하면 좋아한다고 말했다. 미얀마 아이들은 집중력이 좋고 이야기를 잘 기억한다는 설명도 덧붙였다.

● 줄거리

한 농부가 밭에 일하러 가다가 올챙이를 구해주었다. 며칠 후 농부는 개구리를 잡아먹으려는 아이들에게 떡을 주고 개구리를 놓아줬다. 다음 날 농부가 일하러 가는데 개구리가 나타나 쌀알 한 톨을 주었다. 농부는 쌀알을 주머니에 넣고 집에 갔는데, 다음 날 보니 엄청나게 많은 쌀이 나왔다. 이 소식을 들을 욕심쟁이 지주는 자기 땅에서 나온 거라며 쌀알을 빼앗았다. 이후 개구리가 또 나타나 농부에게 쌀알을 주었고, 이번에는 쌀알이 금이 됐다. 그런데 이번에도 지주가 빼앗았다. 다음에 개구리가 또 쌀알을 주자, 농부는 어차피 빼앗길 것이라 생각하여 바로 지주에게 갖다 주었다. 욕심 많은 지주는 쌀알을 마당에 있는 우물에 넣어 재산을 많이 만들려고 했다. 그런데 다음 날 시끄러운 소리가 나서 나와 보니 우물 안에서 수많은 개구리들이 나왔다. 개구리들은 지주의 쌀과 금을 모두 먹어버렸다.

농부 한 명이 맨날 농사 지으러 밭으로 맨날 갔어요. 근데 어느 밭에서 물이 조금만 있어요. 물이 조금만 있는데 그 옆에 올챙이 한 마리가 있어요. 올챙이 한 마리는 물 없는데 있어서 뭐, 죽을 수도 있어요. 그래서 그 농부가 올챙이를 주워서 물 있는 데로 옮겼어요.

그때 올챙이가 너무 기뻐서 헤어지고 그렇게 헤어지고 있어요. 그래서 그 농부가,

"아, 그래. 잘 가, 친구야."

그렇게 인사하고 농사 지으러 갔어요. 뭐 며칠 지나고 뭐 농부는 농사 지으러 왔다 갔다 하는데 어느 날, 아이들이 몇 명 모여서 개구리 한 마리를 잡아서,

"그 개구리로 우리 뭐 할까? 구워서 먹을까? 뭐 할까?"

개구리 한 마리를 잡아서 이렇게 놀리고 있어요. 그런데 한 농부가 와서 너무 착한 사람이라,

'안 되겠다. 그러면 그 개구리가 죽을 수도 있어. 그럼 내가 살려 줘야 돼.'

그렇게 생각해보니, 아이들에게 다가가서,

"아이들아, 내게 맛있는 떡이 있어. 그래서 그 떡하고 그 개구리를 바꿀래?"

그렇게 조건을 해 보니 아이들은,

"응, 알았어. 맛있는 떡을 내가 먹을게. 개구리를 가져가."

이렇게 하고 보니 그 개구리를 농부가 가져서 그 물 있는 연못이라고 할까? 거기에 풀어줬어요.

"그래, 개구리야 잘 가!"

이렇게 인사하고 집으로 갔어요. 내일 농부가 농사하러 논밭으로 오는 길에, 뭐라고 할까? 그 개구리가 이렇게 앉아서 기다렸어요. 어, 그러면, 그래서 그 농부가,

'어? 어제 내가 살려준 그 개구리인 것 같아. 인사를 해야지.'

"안녕, 개구리야!"

그 개구리가 입 속에서 하나를 떨어뜨렸어요. 떨어뜨려주고 쭉, 연못으로 갔어요. 농부가,

"어? 이게 뭐지?"

그걸 주워서 그 주머니에 넣고 집으로 갔어요. 하룻밤 자고 내일 아침에 주머니에서 꺼내 보니까, 주머니에서 쌀이 나왔어요.

"이게 뭐예요? 이게 뭐예요?"

이렇게 꺼내보니 쌀이 엄청나게 뭐뭐뭐, 이렇게 나왔어요.

그 소식을 누가 들었냐면 그 동네에 땅 주인이 들었어요. 그 땅 주인이 너무 욕심쟁이고, 너무 나쁜, 욕심쟁이인 주인이라서 그 농부를 불렀어요.

"너, 그 소식을 들었으니까 그거 (잠시 단어를 고민한다) 쌀알 하나를 찾았다면서?"

"응, 맞아요."

"아, 그래? 그거 어디에서 찾았어?"

그렇게 물어보더니,

"저 농사하는 그곳에서 찾았어요."

"그랬군. 농사하는 곳은 누가 가지는 거야?"

"그거는 땅 주인이 가지는 거죠."

"그러면 그 알은 누구 것이야?"

그렇게 물어보더니,

"아, 그럼 땅주인의 것이에요."

라고 하면서 그거 자기가 받은 그 알을 집주인에게 드렸어요.

그래서 너무 슬퍼가지고 농부가 쭐쭐 집에 갔어요. 너무 욕심쟁이 땅주인은, 그 큰 통에 그 알을 넣고 어마어마하게 쌀을 만들었어요. 그래서 다음 날 그 농부는 농사 지으러 가는 길에 개구리가 이렇게 앉아서 기다렸어요. 그때도,

"친구야, 안녕."

그렇게 인사하더니, 개구리가 또 한 알을 주었어요.

"응? 이게 뭐니?"

그렇게 하면서 주워서 주머니에 갖고 집에 갔어요. 그래서 다음 날 거기 안에서 금이 나왔어요. 그래서 금이 나왔더니, 그 뭐, 금이 나왔어요.

그 소식을 들어서 땅주인이 지난번처럼 했어요. 농부에게 그 알을 빼앗아 갔어요. 또 다음 날 농부가 농사 지으러 가는데 개구리가 또 다른 알을 줬어요. 아, 그때 농부가 생각했어요.

'아, 내가 그거 가져도 땅주인이 나에게 빼앗아 갈 거야. 그러면 차라리 그 땅주인에게 직접 가는 게 더 맞다.'

그렇게 생각해서 땅주인에게,

"내가 오늘 받은 알이야. 그거 땅주인님 거라서 내가 주려고 왔어요."

그랬더니 땅주인이,

"잘했어."

라며,

'마지막 받은 알을 어디에서 넣으면 어디에 넣으면 어마어마하게, 첫 번째는 쌀, 두 번째는 금, 세 번째는 뭐 될까?'

그렇게 생각해 보더니,

'그러면 우리 집에 큰 통이 없어.'

아무리 찾아봐도 어마어마하게 큰 통이 없으니까, 생각해보니 그 마당에 우물 있어요. 우물 하나가.

'그럼 우물이 얼마나 깊었는지 너무 깊었으니까 거기 안에 넣으면 아마 많이 나올 수도 있어.'

그랬더니 그 우물 안에 그 알을 넣었어요. 그때 다음 날 아침에 너무 시끄러운 소리가 났어요. 뭘까요? [조사자: 도깨비?] 아니에요. 그 우물 안에 개구리, 개구리, 개구리라는. 개구리 엄청나게 나와서 그 땅주인의 쌀이나 금이나 다 먹어버렸어요.

그래서 땅주인은 그 자기의 욕심 때문에 예전에 자기가 가진 것도 없어졌어요.

빨간 부채와 파란 부채

● **구연정보**

조사일시 : 2018. 10. 29(월) 오후

조사장소 : 서울시 종로구 신교동

제 보 자 : 떼떼져 [미얀마, 여, 1992년생, 기타(한국 방문)]

조 사 자 : 박현숙, 엄희수

● **구연상황**

제보자가 〈욕심 부린 의원의 인과응보〉 구연을 마쳤을 때 조사자가 아이들에게 읽어주었던 동화책 내용 중 기억나는 이야기가 있으면 구연해 달라고 청했다. 제보자가 미얀마 그림책은 별로 없어서 많이 읽지 않았고 최근에 한국 동화책을 많이 읽는다고 했다. 조사자가 한국 옛날이야기 구연을 요청하자 제보자가 구연을 시작했다.

● **줄거리**

어느 동네에 나무꾼이 살았다. 나무꾼이 숲에서 나무를 하다가 빨간 부채와 파란 부채를 발견했다. 나무꾼이 빨간 부채를 부치자 코가 길어지고, 파란 부채를 부치자 다시 코가 짧아졌다. 나무꾼은 부채를 가지고 어떻게 부자가 될지 궁리를 했다. 나무꾼은 부자 영감의 생일잔치에 부채를 몰래 가져가서 빨간 부채를 부쳐 영감의 코가 길어지게 만들었다. 나무꾼은 며칠 후 영감을 다시 찾아가서 코를 짧아지게 해주는 대가로 많은 돈을 받았다. 부자가 된 나무꾼은 빨간 부채로 부채질을 하다 잠들었다. 나무꾼의 코가 하늘까지 닿아 하늘의 천사가 나무꾼의 코를 나무에 묶었다. 코가 아파 잠에서 깬 나무꾼은 파란 부채를 부쳤는데 코가 짧아지면서 몸이 하늘로 떠올랐다. 나무꾼의 비명에 놀란 천사들이 끈을 풀어주자 나무꾼은 땅 위로 떨어졌다.

그 어느 동네에 나무꾼 한 명이 있어요. 그런데 그 나무꾼 한 명이 맨날 나무를 자르러 숲으로 갔어요. 그런데 어느 날 날씨가 너무

더워서 그 큰 나무 밑에서 잠깐 쉬고 있었어요. 근데 좀 힘들어서 누웠다가 나무에 팔랑팔랑하는, 흔들리는 두 개를 봤어요.

"어, 뭐지?"

그렇게 궁금해서 올라가보니까 빨간 부채하고 파란 부채가 있었어요.

"어, 이게 왜 이상하게 나무에 있었지?"

그리고 빨간 부채를 확 펼쳤어요.

"아, 날씨도 더운데 잘 됐다. 부채 찾았으니까 나 시원하게 해야지."

그래서 그 빨간 부채를 부쳤어요. 그때 코가 점점점 코가 갑자기 쭉쭉쭉쭉 하고 코가 너무 길어졌어요. 그런데,

"어떡하나, 내 코가 갑자기 이렇게 커졌어!"

당황스러웠는데, 그가 생각났어요.

'아, 그러면 나에게 부채가 두 개 있는데 빨간색 부채를 부쳤으니 코가 커졌어요. 그럼 파란 부채는 뭐 어떤 걸까?'

궁금해서 파란 부채를 펼쳐서 부쳤어요. 그때 코가 쭉쭉쭉쭉 하고 짧아졌어요. 그래서 그 나무꾼이 그 부채에 그, 마법을 알게 됐어요.

'나는 마법 같은 부채 두 개가 있으니까 집에 가서 쉬어야겠다.'

그래서 집에 가서 쉬었어요. 그런데 어느 날 그 동네에서 돈 많은 할아버지의 생일잔치가 있었어요. 그래서 그 나무꾼이 생각했어요. 꾀를 냈어요.

'그 부채를 사용해서 내가 어떻게 돈을 벌 수 있을까?'

그렇게 생각하면서 그 빨간 부채를 옷 안에 숨겨서 할아버지 생일잔치에 갔어요. 그때 할아버지는 생일에 찾아오는 손님 많아서 대접해야 해서 너무 힘들었어요. 땀도 흠뻑흠뻑 흘리고, 그래서 나무꾼이 그 할아버지 옆에 다가가서,

"할아버지, 덥죠? 제가 시원하게 해드릴게요."

"아, 그래그래. 잘 했어, 잘 했어. 더우니까 해줘."

그렇게 하니까,

"그럼 눈을 잠깐 감아주세요. 그러면 제가 시원하게 해 드릴게요."

그래서 할아버지는 눈을 감았어요. 눈을 감았으니 그 나무꾼은 그 숨겨서 가져온 빨간 부채를 꺼내서 펼치고 시원하게 해줬어요.

"할아버지, 시원하죠? 시원하죠?"

그렇게 부치다가 빨리 집으로 돌아가 버렸어요. 그런데 할아버지가

"시원해, 시원해."

이렇게 생각하다가 갑자기 코를 만졌더니 코가 이만큼 커졌어요. 아, 그런데 찾아온 손님도 많은데 너무 창피해가지고 그 방에서 못 나갔어요.

"어떡하나? 내 코가 갑자기 커졌으니. 난 창피해서 못 나가."

동네에서 막 의사들을 오라고 했는데, 이렇게 의사들이 얘기해요.

"저는 이렇게 이상한 병 한 번도 못 봤어요. 우리는 치료할 수 없어요."

한 명 의사도 못 하고, 저 멀리서 오는 의사도 치료하지 못했어요. 그래서 할아버지가 너무 서운했어요. 그때 나무꾼이 찾아왔어요.

"할아버지, 그 커진 코를 제가 치료해 줄 수 있어요. 그러면 뭐 줄 거예요?"

그렇게 물어보니,

"너 치료만 해라. 너 원하는 거 다 해 줄게."

그렇게 말했더니,

"그래 알았으니까 눈 조금만 감아요. 감아주세요."

그랬더니 파란 부채를 꺼내서 이렇게 부치니 코가 쭉쭉쭉쭉쭉쭉 정상이 됐어요. (웃음) 그런데 할아버지는 너무 좋아해서,

"아, 다행이다. 고마워. 진짜 너에게 고맙다."

너에게 땅을 이만큼 주고, 돈도 이만큼 주고, 금도 이만큼 줬으니까. 그 나무꾼이 갑자기 부자가 되어버렸어요.

그래서 부자가 되어버렸으니까 할 일 없죠? 할 일 없으니까 너무 심심해요. 너무 심심해서

"내가 뭐 해야 할까? 이렇게 심심해. 아, 이거 마법 같은 부채 두 개가 있으니 이거 가지고 한 번 놀자. 내가 이렇게 바다에 누워서 빨

간 부채를 꺼내서 그러면 내 코가 얼마까지 길어지는지 내가 알고
싶어.”

그래서 그 빨간 부채를 펼쳐서 부쳤더니 코가 쭉쭉쭉쭉쭉 길어
지고 어디까지 길어졌냐면 하늘까지. 그 하늘에서 그 뭐라고 할까?
천사들이 있어요. 천사들이 있는 마당에 그 코가 뾰족히 나왔어요.
천사들이 깜짝 놀랐어요.

“에, 이게 뭐예요?”

했더니 그 하늘 세상이라고 할까요? 땅 위에서 남자 한 명의 코
라고 생각해서, 그래서 그 천사들은 너무 싫어서 그 나무하고 코
를 끈으로 묶었어요.

땅 위에 있는 나무꾼의 코가 어떻게 될까요? 너무 아프겠죠? 왜
냐하면 자신의 코를 이렇게 묶어 놓았으니까.

“아, 그러면 하늘까지 뚫렸으니까 다시 짧게 해야죠.”

그래서 파란 부채를 꺼내서 펼쳤으니 코는 짧아졌는데 그 나무
꾼이 점점점점점 땅하고 떨어졌어요. 왜냐면 코가 그 마당에 있는
나무하고 묶어 있으니까. 그래서 갑자기 나무꾼이 너무 놀랍고 그래
서 너무 소리를 질렀어요.

“아, 살려줘! 살려줘! 살려주세요! 살려주세요! 제가 하늘로 올라
가서 어떡해!”

이렇게 하니까 천사들이 너무 시끄러워서,

“아, 안 되겠다. 묶은 끈을 풀어줘야 돼.”

그랬더니 풀어줬으니까 (하늘에서 떨어지는 소리를 내며) 휴우우.

그다음에 나무꾼하고 연락할 수도 없고 메세지를 보내도 답장이
안 왔어요. (일동 웃음)

[조사자: 너무 재미있는데요. 옛날에 어렸을 때 책에서 읽었던 이야기
인데. 이렇게 다시 들으니까 또 기억이 나기도 하고. 또 말씀도 대사도 넣어
서 해주시니까 너무 재미있게 들었어요.] 감사합니다.

나우봉

[태국, 여, 1975년생, 결혼이주 17년차]

나우봉 제보자는 1975년에 태국에서 장녀로 태어났다. 남편과 결혼하여 한국으로 이주했고 경상남도에서 살다가 남편의 근무지 이동으로 전라남도 순천으로 이주했다. 현재 순천시 태국 국적 이주민 모임 대표를 맡고 있으며 직장생활과 육아를 병행하고 있다.

나우봉 제보자는 이야기판에서 시종일관 장난기 섞인 활발한 모습으로 다수의 태국 설화와 여러 문화에 관한 이야기를 구연했다. 평소에 알고 있는 이야기도 기억이 확실하지 않을 때는 인터넷으로 검색하여 점검한 뒤 구연을 시작했다. 한국어 구사 능력은 의사소통에 지장이 없는 정도였다. 장면 구연시에 손짓을 자주 곁들였다. 총 2회 진행된 이야기판에서 구연한 자료는 누자리 제보자와 함께 구연한 것을 포함해 총 12편이다.

누자리

[태국, 여, 1975년생, 결혼이주 10년차]

누자리 제보자는 1975년에 태국에서 장녀로 태어났다. 남편과 결혼하여 한국으로 이주했으며, 서울에서 살다가 남편 근무지 이동으로 전라남도 순천으로 이주했다.

누자리 제보자는 두 번의 이야기판에 참여했다. 첫 이야기판에서는 함께 참여한 나우봉 제보자의 이야기를 들으며 나우봉 제보자가 이야기 내용에 적합한 한국어를 물어볼 때 적극적으로 알려주고 아는 내용에 대해 호응하는 청자 역할을 주로 했다. 두 번째 이야기판에서는 태국에 있는 어머니에게 전화를 걸어서 마을 전설을 기록하여 구연할 정도로 적극적으로 구연에 동참했다. 어린 시절에 부모님에게 들은 이야기에 대한 기억력이 좋았다. 전설을 구연한 뒤에는 스마트폰으로 증거물 사진을 찾아서 보여주기도 했다. 두 번의 이야기판 모두 어린 자녀가 동석했다. 누자리 제보자는 나우봉 제보자와 함께 전설 위주로 9편의 자료를 구술했다.

사이암낫(김수연)
[태국, 여, 1978년생, 결혼이주 12년차]

사이암낫 제보자는 태국의 방파인 근처에 있는 러시에서 1978년에 태어났다. 28살에 교회를 통해 한국인과 결혼한 뒤 꾸준히 통역과 상담의 일을 해왔다. 세계문화체험관에서 다문화강사로 활동하고 있으며 안산 다문화 작은도서관에서 옛이야기모임을 하고 있다.

사이암낫 제보자에게는 90살의 할머니가 계시는데, 할머니에게 어릴 적부터 들었던 유명한 이야기가 있다며 구연을 시작했다. 이야기를 통해 적극적으로 태국의 문화를 알리려는 모습을 보였다. 중간에 표현하기 어려운 단어가 있을 때는 함께 조사에 참여한 우즈베키스탄의 샤히스타나 제보자에게 물어보기도 했다. 총 2편의 이야기를 구연했다.

와닛차 (와닛차 진시리와닛)
[태국, 여, 1990년생, 유학 6년차]

와닛차 제보자는 1990년 태국 방콕에서 막내로 태어났다. 고등학교를 졸업하고 한국어를 공부하기 위하여 1년 정도 언어교육원에서 한국어를 익혔다. 대학 졸업 후 대학원에 진학하여 석사학위를 받았다.

와닛차 제보자가 이야기를 구연할 때의 목소리는 중저음으로 음색이 맑고 말투가 부드럽다. 한국어를 구사할 때 발음이 또박또박 정확하고 청중을 고려하여 천천히 구연하여 이야기 전달력이 좋았다. 이야기의 상황이나 장면을 표현할 때 비언어적 표현을 적극 활용하며 손짓을 자주 곁들였다. 청중을 이해시키기 위한 모국의 단어 의미를 설명하는 시간이 잦은 편이다. 기억력이 뛰어나 어릴 때 들었거나 TV, 애니메이션, 동화책에서 보았던 이야기를 잘 기억하고 있었다. 태국에서 유명한 이야기 위주로 구연했는데 서사구조가 복잡하고 긴 장편이 많았다. 이야기 내용은 자매나 여성 인물 간의 갈등담과 남녀결연담을 선호했다.

와닛차 제보자는 구연 과정에서 태국의 유명한 이야기를 알린다는 자부심을 드러냈으며, 사전에 구연목록을 작성하여 준비하고 한국어 번역을 통해 적절한 어휘를 미리 찾아 정리해 오는 등 매우 적극적인 자세로 구연에 임했다. 총 4회에 진행된 이야기판에서 20편 이상의 설화와 30편 이상의 속담 이야기를 구연했다.

떼떼져
[미얀마, 여, 1992년생, 기타(한국 방문)]

떼떼져 제보자는 1992년 미얀마 만달레이에서 태어났다. 대학에서 한국어과를 전공했다. 현재 양곤에 거주하고 있으며 도서관 관장을 맡고 있다.

2018년 제1회 한국 국제스토리텔링 축제에 참가한 제보자를 임정진 동화작가의 소개로 만나서 조사를 진행했다. 제보자는 한국어가 유창하며 도서관에서 미얀마 아동들에게 한국 동화책 읽어주는 활동을 하고 있어서 미얀마 설화 외에 한국설화도 많이 알고 있었다. 만달레이 고향 마을의 전설과 교훈담, 한국설화, 미얀마 문화 이야기 등 여러 종류의 이야기를 총 12편 구연했다.

쏘딴따아웅
[미얀마, 여, 1982년생, 결혼이주 2년차]

쏘딴따아웅 제보자는 1982년 미얀마 만달레이 구에 있는 삔우린Pyin U Lwin에서 태어났다. 대학에서 한국어과를 졸업한 제보자는 한국어 통역을 하다가 만난 남편과 결혼하면서 한국으로 이주했다. 현재 전라남도 순천에서 어린이집과 유치원, 초등학교 지역아동센터 등의 교육기관에서 미얀마 문화와 역사 교육을 행하고 있다.

쏘딴따아웅 제보자는 몽골 누자리 제보자의 소개로 만났다. 대학에서 한국어를 전공한 터라서 짧은 한국 생활 경력에 비해 한국어 구사 능력이 뛰어났다. 미얀마 모국에 대해 큰 자부심을 나타내며 미얀마의 문화와 신이체험담, 불교 관련 설화 등을 총 15편 구연했다.